Dieses Buch ist für meine kleine Schwester Julia.
In Liebe.

1

»Fuffzig zu wern is net forschtbar, sondern en Geschenk. Die Alternative is nämlich, net fuffzig zu wern!«, habe ich die Worte meines Exschwiegervaters Rudi im Ohr.

Ich bin fünfzig, und ich habe einen schlimmen Kater – keine gute Kombination. Und ab heute geht es auf die sechzig zu. Dieser Gedanke macht mir direkt noch mehr Kopfweh. Sofort fühle ich mich richtig alt. Ich brauche eine Schmerztablette und einen Kaffee.

Gestern war mein Geburtstag. Ein schöner Tag. Ein rauschendes Fest.

Ich schlurfe im Bademantel runter ins Wohnzimmer. Hier ist sehr deutlich zu sehen – das Fest war wirklich rauschend. Ich würde am liebsten sofort ins Bett zurückkriechen und mich schlafend stellen, so lange bis jemand das alles in Ordnung gebracht hat. Aber wer sollte das tun? Paul, mein Lebensgefährte, ist arbeiten, mein Sohn Mark wird gar nicht bemerken, wie schlimm es hier aussieht, und meine Tochter wohnt nicht mehr hier. Also mache ich mir einen Kaffee und stelle mich dem Chaos.

Fünfzig fühlt sich nicht anders an als 49. Immerhin ein Trost. Ich habe mich nicht auf den Fünfzigsten gefreut. Wie auch! In den letzten Jahren ist einfach zu viel passiert. Der Tod meines Vaters, die schleichende Demenz meiner Mutter und dazu die Sorge um meinen Sohn.

Mark hat mit Ach und Krach und teurer Nachhilfe das Abitur geschafft, und seitdem erholt er sich von dieser wahnsinnigen Strapaze. Er will weder ins Ausland noch studieren noch arbeiten. Tatsächlich liegt er seit einem Jahr mehr oder weniger einfach nur rum. Auf dem Sofa oder im Bett – für kleinstmögliche Abwechslung ist also gesorgt. Gegen Abend erhebt er sich allerdings tatsächlich manchmal und geht aus.

In den ersten Monaten war ich entspannt. Er muss sich eben finden, habe ich gedacht. Er weiß nur noch nicht so genau, was er will. Es ist legitim, sich ein bisschen auszuruhen. Es ist normal, dass man eine Weile braucht, um in Schwung zu kommen. Die Frage ist nur, wie lange dauert eine Weile? Einen Monat, zwei oder drei? Jahre? Anfangs habe ich es mit Motivation probiert, schließlich bin ich zur Druckvariante übergegangen: Wenn du jetzt nicht ..., dann ...! Nur ist die Palette an Wenn-nicht-dann-Drohungen begrenzt. Er ist achtzehn und gilt als Erwachsener. Ich kann ihm den Geldhahn zudrehen, das Taschengeld einbehalten und Hartz-IV-Horrorbilder beschwören, viel mehr Spielraum habe ich nicht.

Mark lässt das kalt. Sein Kommentar: »Mutter entspann dich! Ich brauch doch nicht viel!«

Bei Geld kann er tatsächlich sehr genügsam sein (im Liegen verbraucht man ja auch eher wenig!), und außerdem ist er ein Meister im Geldquellenfinden. Mal pumpt er den Opa an, mal die Oma, und manchmal erweicht er sogar seinen Vater.

»Schmeiß ihn raus!«, sagt meine Schwester Birgit, deren Kinder wahre Vorzeigemodelle sind. Stipendien, Auszeichnungen – allesamt Begriffe, die in meinem Leben sicher keine Rolle spielen und spielen werden. Begriffe, die ich nur vom Hörensagen kenne.

Es stimmt, ich könnte ihn rausschmeißen, aber was dann? Kriegt er den Dreh, oder liegt er dann womöglich unter der Brücke statt auf dem Sofa? Inzwischen ist das Abitur fast ein Jahr her, aber ich schaffe es noch immer nicht, ihn vor die Tür zu setzen. Solange er hier bei mir lebt, habe ich wenigstens das Gefühl, einen Hauch von Kontrolle zu haben.

Paul findet mich zu angespannt. »Er wird sich finden. Im Kern ist er ein guter Typ«, meint er. »Später interessiert es niemanden, was er zwischen Abitur und Studium gemacht hat.«

Ich bin mir da nicht so sicher. Heutzutage war eigentlich jeder im Ausland, spricht die abgefahrensten Sprachen und hat schon vor seinem Studium zahlreiche Praktika absolviert. Ist somit schon fast überqualifiziert, bevor es überhaupt losgeht.

Habe ich die einzige Niete großgezogen? Was habe ich falsch gemacht? Von wem hat er das bloß? Wenn ich ganz ehrlich bin, dann glaube ich, von mir. Ich würde auch sehr oft auf dem Sofa liegen, wenn ich könnte. Auch ich bin nicht sonderlich ehrgeizig.

Rede ich mit anderen Müttern über meinen Sohn, schlägt mir eine Welle großen Mitgefühls entgegen. Und eine Welle der guten Ratschläge. Bei allem Verständnis und Trost spüre ich aber auch immer Erleichterung. Erleichterung darüber, dass es mein Kind ist und nicht ihres. Sie sagen »Das wird schon« und gieren dabei nach mehr Details. Sie lieben die Geschichten von meinem faulen Sohn, saugen sie geradezu auf. Geschichten, die ich ehrlich gesagt, immer noch ein bisschen schöne. Dank meines Sohns stehen ihre Kinder schlagartig besser da. Nach dem Motto: Meiner ist vielleicht kein überragender Student, er ist zu dick und hat keine Freundin, aber immerhin studiert er.

Tatsächlich habe ich immer mal wieder Angst, Mark könnte mit dem Sofa verwachsen, so hartnäckig wie er rumliegt. Bei älteren Menschen kommt ja noch zusätzlich die Sorge dazu, sie könnten sich wundliegen. Doch auch wenn diese Gefahr bei meinem Sohn sicher nicht besteht, habe ich manchmal schon gedacht, ich sollte ihn mal wenden. Ihn mit einer Pflanze zu vergleichen wäre für die Pflanze fast schon eine Beleidigung. Eine Pflanze streckt sich der Sonne entgegen. Mark streckt sich gar nicht. Er hat mehr was von einer Amöbe. Die Amöbe ist ein Einzeller und hat trotzdem alles, was Leben ausmacht: Stoffwechsel, Wachstum, Fortpflanzung und Reizbarkeit. Ich hoffe sehr, dass er sich in diesem Zustand wenigstens nicht fortpflanzt. Aber eigentlich kann ich mir nicht vorstellen, dass das auf diesem niedrigen Aktivitätslevel überhaupt möglich ist. Er atmet, er isst, er schläft. Das war's dann aber auch schon fast.

Bei meinen Freundinnen versuche ich, das Ganze freundlicher darzustellen. Sage, dass Mark noch unentschlossen ist. Einfach noch nicht genau weiß, wohin er will. Die Wahrheit ist, er hat überhaupt keine Lust, irgendetwas zu machen. Bisher habe ich auch noch kein wirkliches Interesse bei ihm entdecken können. Es gibt ja junge Menschen, die eine Leidenschaft für etwas haben. Junge Menschen, die sich voller Überzeugung in der Politik einbringen oder fanatisch Sport treiben oder begeistert Koreanisch lernen oder irgendwas eifrig sammeln. Die sich bei Amnesty engagieren oder den Regenwald retten oder Müll aufsammeln oder Flüchtlingskindern Deutsch beibringen. Oder alles auf einmal. Manchmal hasse ich diese Turbokinder. Mark ist ziemlich leidenschaftslos. Er ist ein netter Kerl, aber ohne jeden Antrieb und Ehrgeiz. Ich liebe ihn, aber gleichzeitig könnte ich ihm ständig eine schmieren. Es macht mich wahnsinnig, ihn so zu sehen. Ich habe das Gefühl, er verpennt sein Leben.

Wenn ich diese Sorge äußere, kontert er nur: »Übertreib nicht, Mutter. Es ist noch jede Menge Zeit!«

Ich habe ihm zahlreiche Vorschläge gemacht, und er hat sie sich alle brav angehört. Mehr aber auch nicht. Natürlich habe ich immer wieder das Gespräch gesucht. Versucht herauszufinden, was in ihm vorgeht. Versucht, ihn mit vernünftigen Argumenten und einer großen Portion Verständnis zu bewegen.

»Egal, was du machen willst, ich unterstütze dich!«, habe ich mit Engelszungen auf ihn eingeredet und kam mir dabei pädagogisch sehr wertvoll vor. Ich habe ihm zahlreiche Berufsmöglichkeiten präsentiert und Termine bei der Berufsberatung für ihn vereinbart. Ich hätte auch mit meinem Kleiderschrank sprechen können.

Selbst Claudia, meine Tochter, hat mit ihm geredet. »Der ist einfach eine total faule Socke!«, war ihr Resümee. Auch sie tendiert in dieselbe Richtung wie meine Schwester: »Schmeiß ihn raus oder zwing ihn zu arbeiten!« Wie genau das gehen soll, jemanden zum Arbeiten zu zwingen, weiß Claudia allerdings auch nicht.

Schlaue Vorschläge kommen von allen Seiten. Ungefragt natürlich. Jeder hat irgendeinen tollen Tipp in petto. Zeitarbeit, Arbeitsberater, work and travel, Psychologe, Kibbuz oder autogenes Training zur Entspannung. Vor allem das mit dem autogenen Training ist völliger Quatsch – denn wenn mein Sohn eines ist, dann entspannt. In der Theorie habe ich auch jede Menge Ideen für ihn. Aber jemand, der zu nichts Lust hat, ist nicht zu überzeugen.

»Es geht ihm zu gut«, meint meine Tochter.

Das mag sein. Aber soll ich ihm das Essen verweigern? Den Kühlschrank mit einem Schloss sichern? Ihn in den Keller sperren? Ihm sein Bett wegnehmen? Ich bin ratlos und versuche trotzdem, möglichst lässig zu wirken. So als würde sich das alles von selbst regeln. Insgeheim aber sorge ich mich.

Mit einem großen Müllsack bewaffnet, beginne ich, die Partyspuren zu beseitigen. Auf dem Tisch entdecke ich das kleine Schiff. Schlagartig bessert sich meine Laune. Die Kreuzfahrt. Mein Wahnsinnsgeschenk. Paul, mein Liebster, hat mir vor aller Augen dieses Spielzeugschiff überreicht.

Im ersten Moment war ich verwirrt. »Was soll ich denn damit? Aus dem Setzkastenalter bin ich ja nun wirklich raus. Ich bezweifle, dass es überhaupt noch Setzkästen gibt. Ich bin auch kein Nautikfreak und brauche keinen weiteren Nippes, der irgendwo fröhlich vor sich hin verstaubt«, wäre es fast aus mir herausgeplatzt.

»Das ist natürlich nur ein Symbol«, hat Paul lachend in die Runde gesagt, als er mein erstauntes Gesicht gesehen hat. »Du wolltest doch schon immer mal auf Kreuzfahrt gehen. In drei Tagen ist es so weit! Dann stechen wir in See!«

Ich habe mich riesig gefreut. So ein phantastisches, luxuriöses Geschenk. »Wohin?«, wollte ich sofort wissen.

»Überraschung, mein Schatz!«, hat Paul nur geantwortet. »Eins aber kann ich verraten: Es ist eine ganz spezielle und ganz besondere Fahrt! Keine Nullachtfünfzehn-Kreuzfahrt!«

Alle waren enorm beeindruckt. »Mann, was für ein Mann! Was für ein Geschenk! Da kannst du echt froh sein! So was würde ich auch gern mal bekommen!« Tamara, meine Nachbarin, hat ihrem Mann, der nicht gerade zur Großzügigkeit neigt, das Schiff immer wieder vor die Nase gehalten – mit einem sehr verkniffenen Zug um den Mund. Ich war verzückt, auch von den neidischen Gesichtern.

Obwohl ich alles versucht habe, hat Paul mir nicht verraten, wohin es geht. Als alle Gäste weg waren, gegen zwei Uhr morgens, hat er allerdings doch eine Kleinigkeit rausgelassen. Wir fahren nicht allein auf diese Kreuzfahrt. Seine Tochter kommt mit. Na toll! Keine besonders tolle Zusatzüberraschung. Selbst in meinem sehr angeheiterten Zustand konnte ich der Sache nichts Positives abgewinnen. Alexa und ich haben zwar zu einer Art Waffenstillstand gefunden, aber man kann das, was da zwischen uns ist, nicht als herzliche Beziehung bezeichnen. Alexa ist, meiner Meinung nach, eine verwöhnte kleine Göre, die ihren Vater um den Finger wickelt.

Mein Schwiegervater Rudi hat mir in zahlreichen Beratungsgesprächen empfohlen, sie mit permanenter Freundlichkeit weichzukochen: »Immer nett sein, irschendwann gibt da jede uff! Niemand kann Nettischkeit uff lange Strecke widerstehn.«

Ich gebe mir Mühe, aber das geschickt taktierende sechzehnjährige Etwas ist zäh und ziemlich nettigkeitsresistent. Ich weiß, dass ich die Erwachsene bin, benehme mich aber nicht immer so souverän, wie ich sollte. Alexa hat eine Art und ein Gehabe, die mich wahnsinnig machen. Andererseits ist Paul so geduldig und auch so liebevoll mit meinem Amöbensohn, dass ich mir meine Vorbehalte nicht allzu sehr anmerken lassen kann. Gleiches Recht für alle Patchworkkinder.

»Aber es ist doch mein Geburtstag und nicht ihrer!«, habe ich nur ganz vorsichtig eingewendet.

Paul hat nur sehr verdutzt geguckt. War ihm nicht klar, dass ich auf diese Offenbarung nicht begeistert reagieren würde? Hätte ich doch insgesamt deutlicher sein müssen, was seine Tochter angeht? Bin ich durch mein Verhalten selbst schuld daran, dass die Zicke mit uns kommt? War ich zu nett?

»Ich dachte, dass wir jetzt eine Familie sind. Sie gehört doch zu uns«, hat mir Paul leicht zerknirscht erklärt.

Machen wir jetzt etwa alles zu dritt? Werden wir alle kommenden Urlaube mit Alexa verbringen?

»Ich dachte echt, du freust dich! Ihr versteht euch doch inzwischen richtig gut«, hat er noch ergänzt.

Wie naiv dieser Mann sein kann. Oder bin ich eine dermaßen gute Schauspielerin? Hat er tatsächlich nichts bemerkt? Oder ist es eine raffinierte Taktik seinerseits? Dass er einfach ignoriert, was ihm eigentlich ganz klar ist.

»Na ja, wenn es nach Familienzugehörigkeit geht, müssten Mark und Claudia auch mit!«, habe ich zu bedenken gegeben und bin mir dabei sehr schlau und raffiniert vorgekommen.

»Ich habe beide gefragt, Claudia schreibt Klausuren, und Mark wollte nicht«, hat Paul betont.

Mein Sohn wollte nicht? Auf eine kostenlose Kreuzfahrt? Was läuft in diesem Kleinen-Jungs-Gehirn noch alles schief?

»Alexa hingegen war gleich Feuer und Flamme für die Idee«, hat er noch nachgelegt.

Das wundert mich nicht. Ich sehe sie schon an der Reling stehen – ihr langes Haar weht im Wind, und ihre Designertunika flattert um ihren schlanken Körper. Sie wird einen knappen kleinen aufregenden Bikini tragen, und ich werde mich neben ihr in meinem schwarzen Badeanzug wie eine fette teigige alte Mopsqualle fühlen. Reiß dich zusammen, Andrea, ermahne ich mich. *Ich* werde an der Reling stehen, ein Glas Champagner in der Hand und mit Paul in den Sonnenuntergang blicken. Alexa wird in der Kajüte sein und ihren Sonnenbrand mit Lotion betupfen. Oder in der Disco irgendjemanden mit ausreichend Streifen auf dem weißen Hemd becircen. So ein Kreuzfahrtschiff ist groß genug für uns beide. Wir werden zusammen essen, und ansonsten macht jede, was sie mag. Wenn ich Glück habe, wird sie schlimm seekrank und kann ihre Kabine gar nicht mehr verlassen. Als fürsorgliche Stiefmutti werde ihr dann ein bisschen Zwieback und Reis vorbeibringen und ansonsten meine Ruhe haben. Das ist gemein, Andrea, tadele ich mich selbst. Gemein, aber verlockend. Ich versuche, der Vorstellung, dass Alexa mit uns fährt, etwas Schönes abzugewinnen. Es fällt mir schwer.

Ich räume die Spülmaschine ein und überlege, wo die Reise wohl hingeht. Asien wäre toll. Sonne, grünes Curry mit Hühnchen, nicht zu scharf, und neue Eindrücke. Ich war – außer in Istanbul – noch nie in Asien. Buddhastatuen, asiatische Freundlichkeit, grandiose Massagen und Reisfelder. Karibik hätte auch was. Diese unglaublich weißen Strände, Palmen, türkisfarbenes Wasser, phantastische Drinks mit frischem Obst und chillige Musik. Entspannung pur.

Wenn ich hier einigermaßen aufgeräumt habe, werde ich versuchen, im Internet rauszufinden, welches Schiff in drei Tagen ablegt und wohin. Das wäre ja gelacht, wenn ich das nicht rauskriege. Schließlich muss ich auch entsprechend packen. Das werde ich heute Abend auch Paul so sagen. Er wird ja wohl keine Kreuzfahrt durch die Gletscher gebucht haben. Sicherlich sind auch norwegische Fjorde oder Grönland interessant, aber lieber wäre mir irgendwas, wo es ordentlich warm ist. In Norwegen ist es im Frühling ja eher kühl. Südamerika würde mich auch reizen. Einmal ums Kap Hoorn fahren. Oder Südafrika? Da ist doch auch irgendein Kap. Neuseeland wird es nicht sein. Paul fliegt nicht besonders gern, und weiter als bis nach Neuseeland geht es ja kaum. Insofern scheidet auch Australien aus. Wir sind ja auch nur eine

Woche weg – so viel hat er mir immerhin erzählt. Für eine Woche fliegt man nicht nach Australien. Da bleibt ja von der Woche kaum mehr was fürs Schiff übrig. Ich sehe mich schon beim Kapitänsdinner. Ich muss mir unbedingt ein Abendkleid besorgen. Irgendwas mit kleinen Ärmeln. Paul braucht einen Smoking und muss ordentliche Schuhe mitnehmen. Er kann ja schlecht in Crocs oder Birkenstocks über die Planken schreiten. Jedenfalls nicht an meiner Seite. Immerhin ein Punkt, bei dem Alexa und ich sicherlich einer Meinung sein werden.

Ich schicke Paul sofort eine WhatsApp: »Hast du einen Smoking? Und passende Schuhe?«

Wie viel kann ich bis zum Reisestart womöglich noch abnehmen? In drei Tagen? Ich bin, was Gewichtsverlustversprechungen angeht, sehr leichtgläubig, glaube alles, weil ich es glauben will, aber in drei Tagen, das weiß auch ich, ist selbst bei einer Nulldiät keine enorme Wandlung möglich. Ich sollte mir neue Shapewear kaufen. Irgend so ein wahnsinnig enges elastisches Teil, das alles zusammenquetscht. Eigentlich hasse ich diese Sorte Unterwäsche. Sie macht das Atmen fast unmöglich, und wer je versucht hat, so eine Shapewear-Unterhose beim Toilettengang einfach runterzuschieben, weiß, wie schweißtreibend das sein kann. Und das dann in Asien, wo es eh so irre heiß ist. Ich googele ganz schnell die aktuellen Temperaturen in Asien. Asien ist riesig. Ich nehme Thailand. Die Temperaturen liegen ganzjährig zwischen dreißig und vierzig Grad. Also nichts für eine Shapewear-Unterhose. Und der Anblick, wenn man so eine figurformende Hose runterzieht, ist auch grausig.

Wie sich das zurückgedrängte Fett schlagartig wieder breitmacht. Eine Art Fetttsunami.

Ich schiebe mir das Stück Quiche, das vor mir liegt, in den Mund. Wenn jetzt eh nichts mehr zu machen ist, dann kommt es auf die paar Kalorien auch nicht an. Ich werde sicherlich bei den tropischen Temperaturen weniger Hunger haben und allein durchs Schwitzen ein paar Pfund verlieren. Außerdem: Ich bin, wie ich bin, und Paul scheine ich ja so zu gefallen. Ehrlich gesagt, bin ich, was mein Gewicht angeht, auch nicht mal unzufrieden. Jedenfalls nicht extrem unzufrieden, nur so wie alle anderen Frauen auch. Es ist ja nie richtig. Immer könnte man doch noch ein bisschen weniger wiegen. Vielleicht kaufe ich mir einfach noch schnell einen neuen Bikini. Ich sollte offensiv mit meinem Körper umgehen. Man sieht ja eh, was los ist. Egal wie viel ich drüber hänge.

Ich habe neulich einen Lederbikini in einer Zeitschrift gesehen. Sehr stylisch. Dunkelbraunes Leder. Wenn ich ein wenig Farbe habe, sieht das sicher super aus. Ich gehe direkt ins Netz und suche den Bikini. Den schenke ich mir jetzt selbst zum Geburtstag. Nachträglich.

Die Quiche schmeckt richtig gut. Gestern habe ich vor lauter Aufregung fast nichts gegessen. Ich mag Partys, aber eigentlich nur Partys bei anderen. Ich bin sehr viel lieber Gast als Gastgeberin. Da habe ich immerzu Angst, jemand könnte verhungern oder sich nicht amüsieren. Im schlimmsten Falle beides. Ich esse noch ein Stück Quiche. Hier ist gestern Abend niemand verhungert. Es ist noch Essen für mehrere Wochen übrig. Vor Panik, zu wenig zu haben, mache ich immer zu viel. Also, *machen* ist vielleicht das falsche Wort. Ich habe das Essen bestellt. Für vierzig Leute, obwohl nur dreißig eingeladen waren. Überall stehen eingetrocknete Häppchen rum. Ich war gestern nicht mehr in der Lage, alles in Frischhaltefolie zu packen und wegzuräumen. Mein Hausfrauengen ist sowieso unterentwickelt, und nach ausgiebigem Alkoholgenuss sind nicht mal mehr Spurenelemente davon messbar.

Anita kann wirklich kochen, das muss man ihr lassen. Ihre Quiche ist phantastisch. Erstaunlich, dass selbst davon noch was übrig geblieben ist. Anita sah auch richtig gut aus gestern Abend. Seit sie ihren Mann Friedhelm vor die Tür gesetzt hat, geht es optisch mit ihr steil bergauf. Sie wohnt jetzt – und das ist wirklich ein ziemlicher Knaller – mit Rena zusammen, ausgerechnet mit der Frau, mit der sie ihr Friedhelm betrogen hat. Auf so eine Idee muss man erst mal kommen. Eine seltsame Kombination, aber die beiden eint ihr Hass und ihre Wut auf Friedhelm und ihr Wunsch, es jetzt, wie Anita sagt – auf den letzten Metern – noch mal ordentlich krachen zu lassen. Außerdem ist das Haus zu groß für sie allein, und ein wenig Gesellschaft und Ansprache ist einfach schön, findet Anita. Inzwischen sind Rena und Anita quasi beste Freundinnen.

Tamara, unsere andere Nachbarin, kann sich gar nicht mehr einkriegen über diese neue Konstellation. »Da stimmt doch was nicht. Hast du mal gesehen, wie die Männer da ein- und ausgehen? Das ist doch nicht normal!«, empört sie sich gern, tut aber bei Anita ganz freundlich.

Es stimmt, dass bei unserer Nachbarin im letzten Jahr mehr los ist als in all den Jahren zuvor. Rena und Anita genießen ganz offensichtlich ihr Leben. Es brennt häufig lange Licht, und man hört oft Musik. Laute Musik. Ja, es gibt auch Herrenbesuch. Und wenn schon! Es sei den beiden gegönnt. Hätte ich meinen Paul nicht, würde ich mich ihnen anschließen. Von außen betrachtet sieht das Ganze nach Spaß aus.

»Ich glaube nicht, dass diese Rena einen guten Einfluss auf Anita hat!«, hat Tamara bemerkt.

Wozu braucht Anita guten Einfluss? Sie braucht Spaß und Abwechslung, um die ganze Scheiße mit Friedhelm und ihre gescheiterte Ehe zu vergessen. Dafür scheint mir Rena vorzüglich geeignet.

»Du bist nicht ihre Mutter, und Anita ist mehr als erwachsen!«, habe ich Tamara geantwortet. »Und mal ehrlich, Tamara, aus dem Guter-Einfluss-Alter sind wir doch echt raus! Ganz im Gegenteil, ein bisschen schlechter Einfluss bringt vielleicht auch mal Schwung ins Leben!«

Das war für meine Verhältnisse ziemlich direkt und ziemlich mutig. Ich hatte allerdings auch schon zwei Prosecco intus und weiß inzwischen, dass mit meinem Alkoholpegel auch mein Direktheitspegel deutlich ansteigt. Normalerweise habe ich eher den Hang zur Harmonie. Ich will gefallen und lasse mich deshalb oft auch auf Sachen ein, die ich eigentlich so nicht tun würde. Einfach auch, weil es einfacher ist. Und bequemer. Und weil mich dann alle mögen. Damit könnte ich jetzt mit fünfzig endlich mal aufhören, denke ich.

Ich klicke auf *Bestellen*, und schon ist der Lederbikini auf dem Weg zu mir. Bei dem Preis hätte ich auch eine ganze Lederjacke bekommen. Egal. Es ist mein Geld und mein Geschenk an mich. Ausgerechnet mit sich selbst sollte man nicht knauserig sein.

Inzwischen habe ich alle Quichereste aufgegessen. Auch eine Möglichkeit, für Ordnung zu sorgen. Und gleichzeitig die perfekte Frischhaltefoliensparmaßnahme. Wollte der Caterer nicht heute Vormittag vorbeikommen und das Geschirr und die Reste abholen? Wo bleibt der denn? Ich kann erst richtig putzen, wenn das Zeug hier weg ist. Eine schöne Ausrede, um mich mit meinem dicken Kopf ein bisschen aufs Sofa zu legen. Ich sollte mich jetzt, wo ich ja doch auch schon fünfzig Jahre alt bin, nicht zu sehr anstrengen. Im Alter braucht der Körper mehr Verschnaufpausen.

Ich muss wieder an meine Kreuzfahrt denken, schnappe mir mein iPad und fange an zu recherchieren. Schaue mir Bilder von Kreuzfahrtschiffen an. Herrliche Bilder. Es gibt wunderschöne Schiffe. *Aida, Mein Schiff* und natürlich die *MS Europa*. Ich denke nicht, dass Paul der *Aida*-Typ ist. Zu viele Menschen, zu viel Halligalli und Animation. Das passt nicht zu meinem Paul. Gegen *Mein Schiff* spricht die enorme Passagierkapazität. Da können fast zweitausend Menschen mitfahren. Paul ist eher ein Individualist. Die *MS Europa* sieht toll aus. Es gibt die Europa 1 und die Europa 2. Die Zwei ist das noch schönere Schiff und eher etwas lässiger als die Eins. Auf der Zwei gibt es kein Kapitänsdinner, und man braucht auch keine Abendgarderobe. Kein Abendkleid, kein Smoking.

Ich schicke eine neue WhatsApp an Paul. »Braucht man auf unserem Schiff überhaupt Abendgarderobe?«

Wenn er mir darauf mit einem Nein antwortet, könnte es tatsächlich sein, dass wir mit der Europa 2 fahren! Andererseits, so wie ich Paul kenne, hat der sich darüber nicht informiert. Klamotten interessieren ihn einfach nicht. Ich war schon froh, dass er gestern Abend nicht in Birkenstocks auf meiner Geburtstagsfeier erschienen ist. Hat aber auch nur geklappt, weil ich ihn darum gebeten habe. Eine Reise auf der MS Europa ist sauteuer. Richtig schlimm teuer. Aber Paul ist nicht geizig, und er muss auch kaum noch für seine Ex Bea bezahlen.

Bea ist nämlich neu verliebt. Zufälligerweise wieder in einen Mann der sehr, sehr, sehr viel Geld hat. Er hatte aber auch schon sehr, sehr, sehr viel Zeit, es zu verdienen, denn er ist 74 Jahre alt. Bea ist mit einem Rentner zusammen. Einem Mann, der fast so alt ist wie Rudi. Bea bezeichnet ihn allerdings nicht als Rentner, sondern als Privatier, was natürlich sehr viel besser klingt und auch direkt klar macht, dass er Geld hat. Heinz, so heißt der Rentner, hatte eine Fabrik für Umverpackungen. Ich musste erst mal googeln, was Umverpackungen überhaupt sind. Man kann mit Dingen reich werden, die ich nicht mal kenne. Kein Wunder, dass ich nicht reich bin. Umverpackungen sind Verpackungen, die nicht zwingend erforderlich sind. So etwas wie die Pappschachtel um die Zahnpastatube. Er hat also eigentlich zusätzlichen Müll produziert und damit einen Haufen Geld verdient. So viel Geld, das er sich nun im Ruhestand sogar Bea leisten kann.

Und ich habe demnächst einen Lederbikini. Ich werde mir Alexa schönreden und zur Not mit ein paar karibischen Drinks sogar schöntrinken. Ich werde meine

Reise genießen. Werde mich eine Woche lang um nichts sorgen und kümmern. Einfach nur genießen.

Es klingelt. Der Mann vom Catering ist da, um Geschirr und Besteck abzuholen. Mist, meine Rechtfertigung fürs Sofaliegen hat sich damit erledigt. Er packt alles zusammen, fragt höflich, ob es geschmeckt hat und hinterlässt mir ein Formular.

»Wäre toll, wenn sie uns im Netz bewerten würden!«, sagt er.

Ohne Bewertung geht heute ja gar nichts mehr. Bei Online-Einkäufen ist es man es mittlerweile ja schon gewohnt. Kaum hat man eine Bestellung aufgegeben, wird man aufgefordert, die Transaktion und den Artikel zu beurteilen. Neulich habe ich Staubsaugerbeutel bestellt. Was schreibt man da für eine Bewertung? Soll ich das Design beurteilen oder die Funktion? Der Beutel hält und sammelt den Staub? Ist das allein schon Grund für Ekstase und Vergabe der vollen Sternezahl? Es ist mir sogar schon mal passiert, dass ich nach einer kurzen Taxifahrt zwei Stunden später vom Taxiunternehmer aufgefordert wurde, die Fahrt und den Fahrer zu bewerten. Was genau sollte ich nun bewerten? Das Radioprogramm, die Konversation, die Frisur des Fahrers, seine Klamotten oder die Sitzpolster? Die Fußmatten oder den Innenraumgeruch? Man soll Ärzte im Internet bewerten, Flugreisen, Bücher und jegliche Einkäufe vom Hornhauthobel bis zum Kostüm. Eine Mehrarbeit, die einem niemand bezahlt. Jetzt also auch noch den Caterer. Vergibt man bald auch Sterne für Ehepartner oder Geliebte im Netz? Nach dem Motto: Er trägt den Müll runter, krault mir die Füße, isst anständig und schnarcht selten. Sexuell gesehen eher langweilig, dafür aber so rasant schnell wie der Duracellhase. Immer sehr bemüht. Deshalb vier von fünf Sternen. Bewertet man bald öffentlich sein gesamtes Leben oder tun wir das per Facebook, Twitter und Co. nicht ohnehin längst? Präsentieren wir auf all diesen Plattformen nicht sowieso ständig unsere wie auch immer gearteten Befindlichkeiten?

Wie würde ich mein momentanes Leben bewerten? Geschieden, Liebesleben aber gut, Sorge um Sohn und Mutter drücken allerdings erheblich auf Stimmung. Freundschaften und soziales Leben stabil, aber nicht spektakulär. Beruf öde, aber okay. Drei von fünf Sternen, würde ich sagen. Ich beschließe dringend, mehr Sterne in mein Leben zu holen.

Was mache ich eigentlich mit meiner Mutter und mit meinem Sohn, während ich auf Kreuzfahrt bin?

Ich werde heute Nachmittag wieder bei meiner Mutter vorbeifahren und gucken, wie es ihr geht. Fragt man sie nach ihrem Befinden, ist alles immer wunderbar. Phantastisch. Schöner denn je. Erstaunlich, denn als wir nach dem Tod meines Vaters eine Polin engagiert haben, die sich um sie kümmern sollte, war meine Mutter alles andere als begeistert. »Was will diese Frau hier? Was macht die in meiner Küche? Die soll weggehen!« waren noch die freundlichsten Sätze meiner Mutter.

Inzwischen sind die beiden ein Herz und eine Seele. Malgorzata ist zu Mamas absolutem Liebling geworden.

Zu ihrem Lebens-Role-Model. Mama hat sich mit der Zeit Malgorzata immer mehr angeglichen. Vor allem figürlich. Im vergangenen Jahr hat sie etwa zwanzig Kilo zugenommen. Das schaffen ansonsten nur Joschka Fischer und Susanne Fröhlich. Um das hinzukriegen, muss man schon sehr ordentlich essen. 7000 Kalorien muss man verbrennen, um ein Kilo zu verlieren. Also muss man 7000 Kalorien zusätzlich zu sich nehmen, um eins dazuzugewinnen. Angeblich. Ich habe immer das Gefühl, zum Zunehmen langt ein einziger Schokoriegel. Oder ein winziges Stückchen Streuselkuchen. Oder ein klitzekleines Tiramisu. Sollte die 7000-Kalorien-Theorie allerdings stimmen, muss meine Mutter im letzten Jahr 140000 Extrakalorien zu sich genommen haben. Eine Bratwurst hat im Schnitt 250 Kalorien. Das wären dann in Bratwürste umgerechnet ungefähr 560 Würstchen. Aber seit Malgorzata sich um Mama kümmert, wird quasi ständig gegessen. Herrliche, fettige polnische Gerichte. Immer mit viel Fleisch oder Wurst.

Mama hat seit ihrer Demenzerkrankung die Herrschaft über ihre Küche, ihre Figur, ihre Hobbys, ja ihr gesamtes Leben komplett delegiert. Malgorzata ist für alles zuständig. Mama macht, was Malgorzata sagt. Mama zieht an, was Malgorzata sagt. Und meistens tragen die beiden weite gemütliche Hausanzüge. Gern fliederfarben oder rosé. Flauschig und mit Gummizug in der Taille. Teleshopping heißt das Zauberwort. Teleshopping ist ein gemeinsames Hobby von Mama und Malgorzata. Da haben sie auch die geschmacklosen Hausanzüge her. Überhaupt Fernsehen. Die Glotze läuft rund um die Uhr. Frühstücksfernsehen,

Nachmittagssoaps und Vorabendkrimis. Malgorzata ist liebevoll, aber auch extrem energisch und hat Mama besser im Griff als jemals jemand anders zuvor. Wenn mein Vater das vom Himmel aus sehen könnte, wäre er garantiert voller Bewunderung für die Polin und gleichzeitig auch extrem beleidigt. Deshalb, weil meine Mutter bei ihm nie so gefällig und handzahm gewesen ist und weil es nie so viel Wurst in diesem Haushalt gegeben hat wie jetzt. Blutwurst, Leberwurst, Bratwurst, selbst Kutteln werden ab und an serviert. Allein der Gedanke: Kutteln! Da schüttelt es mich. Gegessen wird am Couchtisch vor dem Fernseher. Wie meine dominante Mutter zu so einem Hascherl mutieren konnte, ist mir ein Rätsel. Essen vor dem Fernseher war für meine Mutter immer ein Anzeichen für den nahenden Untergang des Abendlandes oder zumindest ein Abrutschen ins gefährliche Proletariat.

»Da kann man sich auch gleich noch tätowieren lassen!«, hat sie immer gesagt, wenn sie von Leuten gehört hat, die ihre Mahlzeiten außer der Reihe und vor der Glotze zu sich genommen haben.

Natürlich hat das alles mit ihrer Demenz zu tun. Aber dass sich die gesamte Persönlichkeit und alle Vorlieben so ändern können, hätte ich nicht für möglich gehalten. Kommt hier die wahre Version meiner Mutter zum Vorschein? Hätte sie eigentlich immer gern so gelebt?

»Mutti geht es gut!«, betont Malgorzata, wann immer wir fragen. »Mutti ist glücklich!« Bei Besuchen habe ich oft das Gefühl, ein trautes Paar in seiner Alltagsroutine zu stören. Aber ich muss Malgorzata zustimmen: Meine Mutter wirkt glücklich.

»Sie kann das doch gar nicht mehr beurteilen!«, schimpft meine Schwester Birgit, die sich beinahe täglich über die Situation ereifert. Sie sorgt sich um die Blutfettwerte meiner Mutter, um ihren Cholesterinspiegel, ihren Blutdruck, ihr Aussehen und um ihren Intellekt. »Mama sieht inzwischen aus wie eine übergewichtige, alte, leicht schlampige Putzfrau!«, schimpft Birgit und versucht mit allen Mitteln gegen die Verwandlung vorzugehen. Seit neuestem kauft sie für die beiden ein und macht Essenswochenpläne wie für eine Kita. »Sonst ist Mama irgendwann so dick, dass sie keinen Meter mehr gehen kann! Und der nächste Schlaganfall ist dann auch vorprogrammiert! Schon morgens kleine Bratwürstchen, das ist doch keine Ernährung!«

Sie hat Malgorzata angewiesen, mit den von ihr eingekauften Lebensmitteln, die von ihr ausgesuchten Gerichte zu kochen. »Ohne strenge Kontrolle geht das mit den beiden definitiv nicht!«, hat Birgit entschieden.

Ich bin ein bisschen ambivalent, was das Thema angeht. Einerseits will ich natürlich, dass meine Mutter gesund bleibt. Soweit man bei einer Demenz gesund sein kann. Andererseits denke ich, es ist die Hauptsache, dass Mama zufrieden ist. Und von Bevormundung halte ich generell eher wenig.

Stefan, mein Bruder, hält sich wie so oft einfach raus. »Ihr seid näher dran, also ist es das Beste, ihr entscheidet. Ich verlasse mich da voll auf euch!«, lautet sein Kommentar zur Situation. Er ist verliebt und weit weg vom Geschehen.

Natürlich könnte ich ebenso agieren. Mich einfach

raushalten und meine große Schwester, die Bestimmerin, walten lassen. Ich könnte. Schaffe es aber nicht. Egal, was Birgit tut, in mir regt sich, ehrlich gesagt, schon aus Prinzip, immer ein gewisser Widerstand. Ich frage mich ob es nicht legitim ist, irgendwann, ab einem bestimmten Alter, einfach zu leben, wie man will. Mama scheint essen und fernsehen zu wollen. Das ist nicht viel, aber wenn es das ist, was sie mag, dann sollten wir es doch eigentlich akzeptieren. Sie ist mehr als erwachsen. Sie ist alt.

»Lässt du einen Menschen, den du liebst, einfach so ins offene Messer laufen?«, ereifert sich meine Schwester. »Wie ignorant kann man sein? Also, ich werde nicht dastehen und zugucken, wie alles den Bach runtergeht. Ich werde nicht aufgeben.«

Ich, ich, ich. Ich bin die Gute, und du bist die, der alles egal ist, lautet die verborgene Botschaft.

»Mit deinem Sohn kannst du machen, was du willst – also, lassen, was du willst, ist wohl treffender –, aber hier geht es um unsere Mutter, und da stehe ich nicht tatenlos daneben und sehe bloß zu.«

Birgit mag gute Seiten haben, aber sie kann wirklich eine richtig blöde Kuh sein. Eine saublöde Kuh. Die Erwähnung meines Sohnes, versehen mit einem hämischen kleinen Lacher, hätte sie sich wahrlich sparen können. Was hat Mark mit meiner Mutter zu tun? Nach dem Tod unseres Vaters hatten meine Schwester und ich trotz all der Trauer eine gute Zeit miteinander. Wir haben uns gemeinsam gekümmert und waren sehr froh, Malgorzata gefunden zu haben. Ich habe Birgit in dieser Zeit sogar wirklich richtig gemocht. Ihre patente und pragmatische

Art geschätzt. Inzwischen nervt sie mich aber wieder, wie eh und je. Trotzdem bin ich irgendwie unsicher, ob sie mit Mama nicht doch recht hat. Nur weil sie meine Besserwisserschwester ist, kann ich ja nicht aus Bockigkeit alles sofort verneinen, was sie vorschlägt. Aus diesem Grund habe ich auch den Lebensmittelvorschriften und der Lebensmittelkontrolle zugestimmt.

»Wir müssen stichprobenartig checken, ob sie sich dran halten!«, hat Birgit gesagt.

Seitdem geht jeder von uns zwei- bis dreimal die Woche bei Mama und Malgorzata vorbei. Birgit versucht auch, mehr Bewegung in Mamas Leben zu bringen. Mehr Bewegung und mehr frische Luft. Sie ist quasi eine Art Personal Trainer. Sie zerrt Mama vom Sofa und geht mit ihr spazieren. Heute muss ich zu Mama. Birgit hat einen genauen Plan ausgetüftelt und ruft mich nach jedem Besuch an, um auf dem Laufenden zu sein. Sicherlich auch, um zu kontrollieren, ob ich mich an die Abmachungen halte. Birgit könnte nebenher prima als Bootcamp-Trainerin arbeiten oder als Domina. Sie hat etwas, dem man sich nur sehr schwer widersetzen kann. Eventuell käme sie auch als Diktatorin in Frage. Schluss damit! Ich muss aufhören, mich an Birgit abzuarbeiten. Muss aufhören, sie zu ernst zu nehmen. Sie ist nicht die oberste Instanz in Sachen Vernunft und Wissen. Soll sie doch alles besser wissen, »Siehste« sagen und sich daran ergötzen.

Ich werde gegen Nachmittag zu Mama fahren, ihr von der Reise erzählen, und vielleicht schaffe ich es ja auch mal, sie zu einem kleinen Spaziergang zu überreden. Aber wenn sie sich weigert, dann halt nicht. Ich werde sie nicht zwingen. Ich bin eben keine Birgit. Mama hat einen geregelten Tagesablauf, und das gibt ihr Sicherheit. So jedenfalls empfinde ich das. Wenn man sie da rausreißt, und sei es nur durch einen kleinen Gang um den Block, verwirrt sie das. Aber jetzt, wo ich fünfzig bin, sollte ich endlich genug Autorität haben, um meine Mutter zumindest vom Sofa in den Garten zu bekommen. Als blutdrucksenkende Maßnahme und als Rechtfertigung vor Birgit. Sie hat mich einfach noch immer im Griff. Sollte ich in meinem Alter auch so langsam mal auf die Reihe bekommen, mich von ihr zu emanzipieren.

Paul schreibt. »Kein Smoking, ist ganz entspannt. Normale Klamotten. Nix Aufgerüschtes! Kuss an Miss Fifty!«
Paul ist kein Smiley-Typ. Keine lachenden, keine zornigen, keine weinenden Smileys. Er versendet nicht ständig kleine Herzen, hüpfende Tänzerinnen oder Luftballons. Paul schreibt Nachrichten ohne Bildchen. Heutzutage eine Seltenheit. Er ist ein Mann, der davon ausgeht, dass man einen Witz auch dann noch verstehen kann, wenn kein kleines Grinsegesicht dahinter ist. Ich selbst habe mich von der Smiley-Emoji-Sucht ein wenig anstecken lassen.
Meine Freundin Sabine kann überhaupt keine Nachricht mehr ohne Daumen-hoch, Sternchen, Glücksklee oder was auch immer verschicken. Aber Sabine hat ja auch einen jungen Mann an ihrer Seite. Einen sehr jungen Mann. Juan. Ihre Urlaubsliebe. Noch immer sind die beiden ein Paar, obwohl in unserem Freundeskreis niemand auch nur fünf Euro auf die beiden gewettet hätte. Sabine

hat sich Juan quasi aus dem Urlaub mitgebracht, so wie andere einen Aschenbecher aus bunter Keramik. Juan ist absolut vernarrt in Sabine. So gesehen ist sein Nutzwert natürlich ungleich höher als der eines Keramikaschers, egal wie bunt, hübsch und praktisch der ist. Juan spricht inzwischen gar nicht mal schlecht deutsch, nennt Sabine ständig amor und Liebling, guapissima und Schönheit im Wechsel, und sie ist glücklicher denn je. Definitiv hat sie es allen Zweiflern gezeigt. Sie kann mittlerweile wirklich gute Tapas zubereiten – wenn man denn Tapas mag – und hat phantastischen Sex, wie sie gern und häufig betont.

Natürlich gibt es genug Menschen, so wie Sabines Mutter, die immerzu mit nachdenklichem und ernstem Gesicht zu bedenken geben, dass Juan wohl kein Mann für die lange Strecke sei, aber Sabine sagt: »Egal, wie lang die Strecke ist, sie ist es wert. Besser kurz und rasant als lang und langweilig. Garantien gibt es nie.«

Ich weiß sehr genau, dass es keine Garantien gibt. Ich bin eine geschiedene Frau, etwas, was ich nie sein wollte. Als ich geheiratet habe, dachte ich, dass eine Ehe für immer ist. Ganz schön naiv, kann ich aus heutiger Sicht sagen. Scheidungen gehören inzwischen zur Normalität, aber selbst wenn sie einvernehmlich stattfinden, sind sie immer auch das Eingeständnis eines Scheiterns. Man hat etwas begonnen und nicht zu Ende geführt. Die Scheidung von Christoph und mir ging schnell. Viel Besitz hatten wir nicht. Weniger Geld macht bei einer Scheidung weniger Ärger. Er zahlt für die Kinder, und seinen Anteil vom Haus hat ihm Paul abgekauft.

»Wenn ich hier mit dir dauerhaft wohnen soll, will ich klare Verhältnisse«, hat Paul seine Entscheidung begründet.

Mir war das erst gar nicht so recht. Gemeinsam ein Haus zu besitzen, verbindet sehr. Das ist schon fast wie eine Ehe. Und genau das würde Paul auch gern: mich ehelichen.

Ich bin, was das Thema angeht, unentschlossen. Es schmeichelt mir sehr, dass er mich heiraten will – aber ich war schon mal nicht besonders erfolgreich verheiratet. Muss man so etwas wiederholen? Können wir nicht auch so herrlich zusammen sein und zusammen leben?

Paul ist ein verständnisvoller Mann, manchmal schon fast zu verständnisvoll, und er ist nicht besonders konservativ, aber in dieser Angelegenheit hat er eine ganz klare Haltung: »Heiraten ist ein Bekenntnis. Es manifestiert die ernste Absicht, mit jemandem sein Leben teilen zu wollen. Und das will ich. Nur weil man einmal gescheitert ist, muss man das doch nicht für immer ablehnen oder aufgeben. Alles verdient eine zweite Chance, auch das Heiraten.«

Ich kann das verstehen und bin hocherfreut über seine so ernsten Absichten, aber in mir drinnen sagt eine Stimme: Wieso? Wieso heiraten?

»Wir haben es ja nicht eilig«, betont Paul. »Es wird der Tag kommen, an dem du von Herzen gern ja sagen wirst. Davon bin ich überzeugt. Ich habe keine Eile. Ich kann auf Gutes warten.«

Nach diesem Satz wollte ich sofort ja rufen, schon weil er mich so angerührt hat.

Ich habe natürlich mit meinen Freundinnen über das Heiratsthema gesprochen.

Sabine, voll mit Hormonen und sowieso sehr romantikanfällig, plädiert für ja. Ich glaube, insgeheim wartet sie selbst auf einen Antrag vom kleinen Juan. Vielleicht um die »lange Strecke« doch ein wenig wahrscheinlicher zu machen. Man trennt sich eben doch nicht so leichtfertig, wenn man verheiratet ist. Und genau aus diesem Grund, finde ich, sollte man auch nicht zu leichtfertig heiraten.

Rena und Anita, meine lebenslustigen Singlenachbarinnen, waren hingegen beide der Überzeugung: »Wozu? Wozu sich festlegen und dann enttäuscht werden?«

In dieser Auffassung steckt mir eindeutig zu viel Abgeklärtheit und auch Bitterkeit. Aber man fragt sich schon, warum man heutzutage überhaupt noch heiraten soll. Vor allem mit fünfzig und abgeschlossener Fortpflanzung. Wir wollen keine Kinder – da könnten wir auch noch so viel wollen! –, und ich brauche keinen Ernährer. Vor allem nicht, seit ich meinen neuen Job habe.

Ich arbeite seit fünf Monaten für einen ehemaligen Kunden meiner, jetzt somit auch ehemaligen, Agentur. Für einen Mann, den ich lange nur milde belächelt habe.

Mister Raumduft, Herr Klessling, hatte unsere Agentur, die, in der ich gearbeitet habe, beauftragt, für einen Keksduft-Raumerfrischer Slogans für das Marketing zu erfinden.

»(Weihnachts-)Glück muss keine Kalorien haben!« – meinen Vorschlag fand er geradezu genial. Der Keksduft-Raumerfrischer war ein Renner in der Weihnachtszeit.

»Das haben wir nur Ihnen zu verdanken, Frau Schnidt!«, hat Herr Klessling immer wieder betont. Nicht zur Freude meines Chefs. Aber zu meiner. Klessling war, und das hat mich dann doch sehr für ihn eingenommen, begeistert von mir. Herr Klessling hat eine sehr gutgehende Raumduftproduktionsfirma ohne eigene Marketingabteilung. Bisher hat er alles, was Werbung und Marketing betrifft, rausgegeben.

»Sie passen zu uns!«, hat mir Klessling bei einem gemeinsamen Mittagessen erklärt. »Sie sind bodenständig und nah dran am Kunden. Frauen wie Sie kaufen unsere Raumerfrischer-Deos. Deshalb können Sie sich auch so perfekt reindenken.«

Ich habe den Impuls unterdrückt, sofort zu sagen, dass ich keineswegs die typische Raumerfrischer-Deo-Kundin bin. Nicht mal ansatzweise. Ich gebe gern Geld aus und oft genug für ziemlichen Schwachsinn, aber Raumerfrischer-Deos sind so gar nicht meins. So weit würde ich nicht mal in sehr angetrunkenem Zustand gehen. Trotzdem habe ich sein überaus großzügiges Angebot angenommen. Jetzt hat er eine Marketingchefin. Mich.

Ich war schnell davon zu überzeugen, zu ihm zu wechseln. Zum einen habe ich es lange genug in meinem undankbaren Halbtagsjob mit mieser Bezahlung ausgehalten, und zum anderen hat es mich wirklich gereizt, mal irgendwo zu arbeiten, wo man mich wertschätzt. Wertschätzung und Anerkennung – Währungen, die allgemein viel zu wenig Beachtung finden, obwohl sie extrem hoch im Kurs stehen. Wenn Arbeitgeber das mal kapieren würden, hätten sie sehr viel motiviertere Angestellte – und das fürs gleiche Geld.

Außerdem hat mir Herr Klessling versprochen, dass ich eine Sekretärin bekomme und ein wunderbares Büro, nur für mich allein. »Und natürlich können sie ab und an auch Homeoffice machen. Hauptsache, das Ergebnis stimmt. Sie sind ja die Marketingchefin.«

Schon die Sekretärin hätte mir gereicht. Oder der Chefinnentitel. Ich war so verdammt geschmeichelt. Endlich sieht jemand meine Qualitäten oder scheint zumindest welche in mir zu erkennen. Denn insgeheim bin ich mir, was meine Qualitäten angeht, selbst nicht immer sicher. Ich zweifle oft an mir, hadere häufig und hoffe, dass keiner merkt, dass ich eigentlich nur bluffe. Dass ich eine kleine Hochstaplerin bin, die seit Jahren nur so tut, als ob.

Ich glaube im Ganz-klein-Machen sind wir Frauen ganz groß. Nur ja nicht zu laut »Hier« rufen. Lieber unauffällig in der zweiten Reihe stehen und abwarten. Dabei zusehen, wie Männer mit keinesfalls höherer Qualifikation, aber ungleich größerem Ego und Selbstbewusstsein, an uns vorbeiziehen. Männer, die immer erst mal ja sagen, wenn man sie fragt, ob sie das können, schaffen oder sich zutrauen. Wir Frauen sagen nichts, ärgern uns dann still vor uns hin und rackern weiter. Schön blöd.

Mal ehrlich, es fühlt sich gut an, Chefin zu sein, auch wenn ich außer der Sekretärin keine weiteren Mitarbeiter habe. Selbst die Bezahlung ist in Ordnung. Eine Dreiviertelstelle und genug Geld, um gut über die Runden zu kommen. Ohne irgendeinen Mann an der Seite. Eine Tatsache, die enorm beruhigt. Auch im Hinblick auf die

Rente. Endlich wieder autark zu sein fühlt sich richtig gut an.

Ich habe auf meiner Gästetoilette inzwischen ein Raumerfrischer-Deo. Nur für den Fall, dass Herr Klessling mal spontan vorbeischaut, und weil man sich mit dem Produkt, das man vermarktet, ja auch irgendwie identifizieren muss.

Paul findet Raumerfrischer-Deos abartig. »Gehört zu den Dingen, die niemand braucht!«, lautet seine Einschätzung. Das hätte ich vor einem Jahr noch mit voller Überzeugung unterschrieben, mittlerweile sehe ich das ein wenig anders.

»Wes Brot ich ess, des Lied ich sing!«, hätte mein Papa gesagt. Mein Papa – er hatte in jeder Lebenslage den passenden Spruch, das passende Zitat, die passende Bemerkung. Ich vermisse ihn wahnsinnig. Sein plötzlicher Tod hat mich aus der Bahn geworfen. Ich hätte mich so gern von ihm verabschiedet. Noch mal mit ihm gesprochen. In Ruhe. Ich würde jetzt so vieles anders machen. Ich wäre liebevoller, verständiger und zärtlicher. Nicht so schnell genervt. Ich hätte mehr Zeit mit ihm verbracht. Warum weiß man das immer erst, wenn es zu spät ist? Mir kommen die Tränen. Der Tod ist wirklich das Letzte. Nimmt ungefragt. Langt einfach zu, schöpft aus dem vollen und prallen Leben. Zack. Bumm. Und dann ist nichts mehr, wie es war.

Das Bild, wie mein Vater bleich und tot im Ehebett meiner Eltern liegt, wird, fürchte ich, nie aus meinem Kopf verschwinden. Es überlagert alle anderen Erinnerungen an meinen Vater. Ich schaue mir oft spät abends, wenn alle um mich herum schlafen, alte Fotoalben an, um Bilder zu sehen, auf denen mein Vater lebendig aussieht. Vital. Ich will mein Gehirn resetten, zurückfahren, neu bestücken. Ich habe wenige Fotos meines Vaters. Kein Wunder. Er war der Mann hinter der Kamera. Er war meistens der Mann dahinter. Er war zurückhaltend, kein Hallo-hier-komm-ich-Typ. Ich habe ihn nicht genug geschätzt. Seine besonnene Art. Immer stand meine Mutter im Vordergrund. Genau wie auf den Urlaubsfotos meiner Kindheit. Meine dominante Mutter, die sich jetzt dirigieren lässt wie eine Marionette.

Mama. Ich werde auf jeden Fall nachher bei ihr vorbeifahren. Ich will nicht, dass es mir mit ihr wie mit meinem Vater ergeht. Ich sollte viel öfter bei ihr sein. Zu meiner Sorge um sie kommt mein latent schlechtes Gewissen. Sollte sie nicht bei mir leben, statt mit einer ihr eigentlich fremden Person? Aber was macht sie hier den ganzen Tag, wenn niemand außer meinem Amöbensohn da ist? Oder wenn sie ganz allein ist? Ich hoffe ja, dass das nicht zum Dauerzustand wird und Mark irgendwann tatsächlich das Haus verlässt. Zum Arbeiten oder zum Studieren oder irgendwas anderes. Mittlerweile ist es mir sogar egal, was er macht. Deshalb: Ist meine Mutter bei Malgorzata nicht besser aufgehoben? Ja, ist es nicht tatsächlich so, dass sie in ihrem Haus einfach nur aufgehoben wird? Haben alte Menschen, besonders wenn sie krank sind, nicht Besseres verdient, als einfach nur aufgehoben zu werden? Eigentlich ist das nichts anderes als Aufbewahrung. Möglichst problemlose Aufbewahrung. Aufbewahrung, mit der man selbst im besten Falle wenig zu tun hat. Ist das, was meine Mutter da hat, überhaupt noch ein Leben?

Ich werde heute früher als sonst hinfahren und die beiden überraschen. Schon um herauszufinden, ob all die Harmonie nicht eine von Malgorzata perfekt inszenierte Show ist. Außerdem bin ich heute dran und muss überprüfen, ob die beiden auch brav essen, was Birgit und ich besorgen. Heute ist Gemüse mit Kartoffeln und Kräuterquark dran. Birgit schreibt nicht nur Listen und macht Pläne, sondern kopiert sie auch für mich. Damit wir immer abgleichen können, ob alles so läuft, wie Birgit es vorgesehen hat.

Ich muss auch Claudia anrufen. Hören, ob sie nach der Party gestern gut nach Hause gekommen ist.

»Keine Nachrichten sind gute Nachrichten«, hat mein Vater immer gesagt. Wenn ich nichts von euch höre, weiß ich, dass alles okay ist. Eine etwas verquere Logik, aber es stimmt – wenn etwas wirklich Schlimmes passiert, kriegt man eine Nachricht.

Claudia lebt inzwischen in Darmstadt, gemeinsam mit Emil, dem Sohn von Tamara. Noch immer kann ich es kaum fassen, dass die beiden ein Paar sind. Aber seit sie sich in Australien beim Work and Travel – bei Claudia mehr Travel als Work – getroffen haben, sind sie schockverliebt. Erstaunlich, dass es dort passiert ist. Denn sie hätten in all den Jahren, in denen sie hier Tür an Tür gewohnt haben, jede Menge Möglichkeiten gehabt, sich zu verlieben. Aber davon war Claudia weit entfernt gewesen. Ganz im Gegenteil. Sie hat Emil verabscheut. Egal wie oft

Tamara oder ich vorgeschlagen haben, dass die beiden mal miteinander spielen könnten, hat sie nur entsetzt reagiert.

»Er ist ganz anders geworden, Mama!«, beteuert meine Tochter jetzt immer.

Er sieht tatsächlich ganz anders aus. Vor allem sehr viel besser. Schlank, durchtrainiert. Seit Australien ist Emil ein richtiger Surferboy. Der Junge, der nie auf einem Bein stehen konnte und sogar beim Kinderturnen versagt hat. Der Junge, der sich beim Bobby-Car-Fahren gefürchtet und von Mutti einen Helm aufgesetzt bekommen hat. Dieser kleine, unsportliche Mopsjunge ist inzwischen ein cooler, hipper Surfer, und offensichtlich spielt Claudia heute sehr gern mit ihm.

Trotz alledem: Man kann zwar die Hülle verändern, aber das, was drunter ist, der Kern, der bleibt. Ob Claudia nicht bemerkt hat, dass Emil immer noch ist, was er immer schon war? Mamis kleiner verwöhnter Butzi, ein Streber, Klugscheißer und Schisser. Spießer sowieso.

Weil Emil so ein Schissspießer ist, wohnen die beiden in Darmstadt. Sie hätten auch nach Berlin gehen können, aber Emil hat für Darmstadt plädiert. »Da können wir am Wochenende heimfahren und Wäsche machen«, war sein Hauptargument.

Rein theoretisch hätten sie sogar zu Hause wohnen bleiben können, Darmstadt liegt gerade mal 45 Minuten entfernt. Tamara hatte vorgeschlagen, dass das junge Glück bei ihr im Dachgeschoss wohnen könnte. Das wäre dann richtig nah an der Waschmaschine gewesen. Ich habe meiner Tochter gesagt, wenn sie das macht, ist es ein untrügliches Zeichen dafür, dass die australische

Sonne ihr jegliches Gehirn weggebrutzelt hat. Hat Mister Superschlau-Emil noch nie gehört, dass man nicht nur bei Mami Wäsche waschen kann? Es gibt sogar Maschinen dafür, die man käuflich erwerben kann. Große Städte wie Berlin haben selbstverständlich auch Waschsalons. Aber die Wäsche ist natürlich nur eine Ausrede. Eine jämmerliche Ausrede. Emil ist im Grunde seines Herzens ein Zu-Hause-bleib-Kind – egal, ob er zum Surfen am anderen Ende der Welt war oder nicht. Eigentlich will er nur nicht zu weit weg von Mutti. Das ist per se nichts Schlechtes, aber ich hätte mir für Claudia ein bisschen mehr Aufregung und Abenteuer gewünscht. Genau das habe ich ihr, selbstverständlich vorsichtig und nett verpackt, auch gesagt. Habe ihr erklärt, dass man in zwei Wohnungen, sogar in zwei Städten wohnen und trotzdem ein Paar sein kann. Ich finde den Gedanken, in unterschiedlichen Wohnungen zu leben, gar nicht mal schlecht.

»Du magst ihn nicht und bist ungerecht!«, hat sie sich aufgeregt. »Und falls du dich nicht mehr erinnern kannst – ist ja in deinem Alter normal –, wir waren beide in Australien. Unser Abenteuerbedarf ist fürs Erste gedeckt. Tamara freut sich, dass Emil bei ihr in der Nähe wohnt. Bei dir hat man echt den Eindruck, du willst uns vor allem möglichst schnell loswerden. Und noch dazu möglichst weit weg! Vielleicht hätten wir doch in Australien bleiben sollen!«

Ich habe meine Bemerkung anscheinend doch nicht vorsichtig und nett genug angebracht.

Emil studiert Physik. Eine Studienfachwahl, die mir Respekt abnötigt, aber auch ein ganz klein wenig Angst macht. Wer studiert schon Physik? Alle, die in der Schule Physik als Leistungskurs hatten, waren seltsame Gestalten – und das ist schon eine freundliche Formulierung.

»Immerhin ist auch unsere Kanzlerin Physikerin!«, betont Tamara gern und das in einem Ton, der nahelegt, dass auch ihr Sohn auf dem Weg in ein sehr hohes, sehr wichtiges Amt ist. »Mit seinem Abitur hätte Emil alles studieren können!«, kann sie sich einen kleinen Seitenhieb auf das mäßige Abitur meiner Tochter nicht verkneifen. »Selbst Medizin!«, ergänzt sie noch.

Emil möchte Kernphysiker werden. Ich verstehe ehrlich gesagt nicht genau, worum es bei Kernphysik geht.

»Früher hieß das Atomwissenschaft«, versucht mir meine Tochter, die Thematik näherzubringen. »Emil beschäftigt sich mit dem Aufbau und dem Verhalten von Atomkernen!«

Ich habe wissend genickt und war inhaltlich keinen Deut schlauer. Aha. Gut, einer muss es ja machen, und wenn, dann ist einer wie der vernünftige Emil sicher ein geeigneter Kandidat. Eins muss man ihm wirklich lassen: Er ist klug und zielstrebig – und er sieht gut aus. Das ist für einen Mann ja schon eine ganze Menge. Dass er ein spießiger Schisser und ein Muttersöhnchen ist, kann man ja auch positiv sehen: Er ist heimatverbunden, kein Draufgänger und hängt an seiner Familie. So klingt das gleich viel besser.

Meine Tochter hat sich auch entschieden zu studieren. Sie hat, was die Fächerwahl angeht, lange geschwankt. Jura, Politik, Kunstgeschichte, Medienwissenschaften oder doch Lehramt für die Grundschule. Ziemlich breit gefächerte Interessen. Entschieden hat sie sich am Ende für Körperpflege. Ich habe erst gedacht, sie macht einen Witz. Körperpflege! Was gibt es da zu studieren? Waschen ist ja keine so große Sache. Man kann oben oder unten anfangen, auch mittig geht, man kann duschen, baden – aber ansonsten? Zu meinem Erstaunen kann man Körperpflege tatsächlich studieren, und ganz zufällig eben auch in Darmstadt.

»Ich mache einen Bachelor of Education«, hat Claudia mir und ihrem ebenfalls erstaunten Vater, Christoph, berichtet. »Das dauert sechs Semester und dannach kann ich noch den Master dranhängen.«

Es gibt sicherlich Menschen da draußen, die ein wenig Kontrolle und Lenkung in Sachen Körperpflege gebrauchen könnten, aber ob genau die nach Unterweisung lechzen?

»Und was wird man mit einem Körperpflegestudium? Waschfrau?«, habe ich, gespielt naiv und, zugegeben, auch einen Hauch gehässig, wissen wollen.

»Man unterrichtet an Berufsschulen oder geht zu einem Kosmetikkonzern und macht Schulungen oder so was in der Richtung«, blieb Claudia relativ vage.

Mein Ex und ich haben versucht, ihr diese Idee auszureden. Aber je mehr wir über Körperpflege gewettert haben, umso standhafter blieb Claudia bei ihrem Plan. Christoph und ich haben definitiv die falsche Taktik gewählt. Wir hätten es mit ekstatischer Begeisterung probieren sollen, vielleicht hätte das Zweifel bei Claudia geweckt: »Körperpflege finden wir absolut großartig! Wenn wir die Chance hätten, würden wir das auch noch mal gern studieren!« Wenn Eltern von etwas begeistert sind, provoziert das bei Kindern ja oft Abneigung. Oder vielleicht hätte ein Satz wie »Jura ist aber auch sehr kompliziert – wer weiß, ob du das schaffen würdest!« dazu geführt, ihren Ehrgeiz und Trotz zu wecken, und sie herausgefordert. Zu spät. Sie ist erwachsen und kann selbst entscheiden.

»Es ist doch ihr Leben!«, findet Paul, und ich finde das sehr vernünftig. In der Theorie jedenfalls.

»Würde es dir gefallen, wenn deine Tochter Körperpflege studiert?«, habe ich ihn eher beiläufig gefragt.

Seine Antwort hat ein bisschen auf sich warten lassen: »Wenn sie es möchte – ja, na ja, warum nicht. Aber eigentlich würde sie sich damit doch ein bisschen unter Wert verkaufen.«

Hat seine Alexa einen Wert, den meine Tochter Claudia nicht hat? Was meint er damit? Denkt er, sein Kind sei schlauer als meins? Nur weil sie ein bisschen bessere Noten hat?

Um Körperpflege zu studieren, muss man eine Ausbildung als Kosmetikerin oder Friseurin vorweisen können oder ein einjähriges Praktikum absolviert haben. Claudia hat sich, schon aus Zeitgründen, fürs Praktikum entschieden. Sie war vier Monate bei einem Hautarzt, vier Monate bei einer Kosmetikerin und vier Monate beim Friseur. Die Vorteile: Sie kann mir inzwischen die Haare dermaßen gut föhnen, dass selbst mein bisschen Haar echt was hermacht, und sie beäugt jeden Leberfleck mit solchen Argusaugen, dass ich keine Angst mehr vor unentdecktem Hautkrebs zu haben brauche.

Aber das Einzige, was mir an ihrer Studienfachwahl wirklich Spaß gemacht hat, waren die dummen Gesichter der Leute, denen ich verkündet habe: »Claudia fängt übrigens im Oktober mit Körperpflege an!« Ansonsten bin ich sehr verhalten. Aber immerhin macht sie etwas, hat ihre Praktika selbst organisiert und auch brav durchgehalten. Immerhin.

Beim Gedanken an Praktika fällt es mir wieder ein. Wollte nicht Rudi ein Praktikum für Mark organisieren? Ich muss ihn dringend anrufen. Rudi, mein Exschwiegervater, ist ein wahrer Segen. Wenn man von diesem Mann geliebt wird, kann einem eigentlich nichts passieren. Rudi hilft mir immer und wo immer er kann. Egal, ob es um die Kinder, die Vermittlung zwischen Christoph und mir oder sogar um meine Mutter geht. Er ist zur Stelle, wenn er gebraucht wird. Ohne dass man ihn groß bitten muss. Er macht alles einfach so, weil er es für selbstverständlich hält. Er ist ein phantastischer Mann. Ich hätte nicht für möglich gehalten, dass es in dieser Generation solche Männer gibt. Wenn ich ihm genau das sage, läuft er nur rot an und antwortet: »Übertreib halt net. Isch hab Zeit, un es macht mer Spaß. Un es is ja auch kein groß Sach.«

Das würden andere sicherlich ganz anders sehen. Es gibt ja Menschen, die für jede noch so kleine Handreichung riesige Dankesarien erwarten. Rudi ist Dank immer fast schon peinlich. Auch gestern Abend hat er sich gekümmert und eigentlich nur geguckt, dass auch alle etwas zu trinken und zu essen haben. Hätte ich ihn nicht gezwungen, nach Hause zu gehen, hätte er auch noch alles aufgeräumt. Jetzt, beim Anblick des Restchaos, bereue ich meine Entscheidung schon fast.

Ich wähle Rudis Nummer. Schon beim zweiten Klingeln ist er am Apparat.

»Herzscher, wie geht's dir denn so nach der Party?«, fragt er direkt.

»Bisschen Kopfweh, sonst gut«, antworte ich und lasse das Chaos unerwähnt, denn so wie ich Rudi kenne, würde er sofort vorbeikommen und mir helfen. »Sag mal, du wolltest dich doch schlaumachen, ob du für Mark ein Praktikum besorgen kannst. Hast du was in Aussicht? Der treibt mich mit seinem Rumgeliege sonst noch in den Wahnsinn.«

Rudi stöhnt auf. »Eijeijei, des hab isch glatt vergesse. Mach isch aber gleich. Mer finde schon was för den Bub. Isch kenn genuch Leut, die mer en Gefalle schulde. Hauptsache, er kommt ema raus un hat e Uffgabe. Der Rest findet sich, Andrea. Da musst du dir net so en Kopp mache.«

Schön wär's, denke ich. »Danke«, sage ich. »Wir müssen ihn nur dazu kriegen, auch hinzugehen, wenn er denn tatsächlich ein Praktikum bekommt.«

»Des schaff isch!«, sagt Rudi und klingt mindestens so überzeugt wie Angela Merkel mit ihrer Wir-schaffen-das-Parole.

Ich glaube beiden irgendwie. Vielleicht auch, weil ich ihnen glauben will.

Jetzt wähle ich endlich die Nummer meiner Tochter. Sie gehört zu den wenigen Menschen ihres Alters, die noch einen Festnetzanschluss haben. Emil fand es gut. Tamara auch.

Es läuft der Anrufbeantworter: »Hallo, hier sind Emil und Claudia! Wir sind unterwegs, freuen uns aber über eine Nachricht von euch.« Das Ganze mit verteilten Rollen gesprochen.

»Würde man nicht erst Claudia und dann Emil sagen?«, habe ich meine Tochter gefragt. »Dir kann man es echt nur schwer recht machen!«, hat sie nur gestöhnt.

»Wollte nur hören, ob ihr gut zu Hause angekommen seid. Habt einen schönen Tag!«, spreche ich aufs Band und denke, sei nicht so kleinlich, Andrea. Sie ist glücklich mit ihrem Emil, zufrieden mit ihrem Studium und genießt das Leben. Was will ich mehr? Sollte ich nicht begeistert sein? Wieso fällt es mir so schwer zu akzeptieren, dass andere Menschen vielleicht andere Vorstellungen von Glück haben? Von einem erfüllten Leben. Ich will nicht, dass sie ihre Bedürfnisse denen von Emil unterordnet, aber genau dieses Gefühl habe ich. Es wird nicht für immer sein. Man behält die erste große Liebe eher selten. Es werden andere kommen, und wahrscheinlich werde ich sogar irgendwann dem kleinen Streber-Emil hinterhertrauern. Es könnte wirklich schlimmer sein. Ein drogensüchtiger, kleinkrimineller AfDler oder Ähnliches.

Genau bei dem Gedanken taucht mein Sohn Mark auf. Immerhin ist er weder drogensüchtig noch kriminell noch AfDler. Man muss wirklich einen positiveren Blick auf die Welt haben. Mehr das Gute sehen.

»Morgen. Haben wir was zu essen?«, begrüßt er mich.

»Wonach sieht das, was hier steht, denn aus?«, antworte ich, deute auf all das Essen, das von der Party übrig geblieben ist, und bei seinem Anblick, verpennt und in Jogginghose, könnte ich direkt ausrasten.

»Du weißt, dass du demnächst ein Praktikum anfängst«, informiere ich ihn, während er sich den Teller mit allem Möglichen vollschaufelt. Er schaut mich erstaunt an.

»Opa hat es dir doch gesagt!«, rede ich weiter und versuche, freundlich zu klingen. »Du weißt, dass ich mir wünsche, dass du mal irgendwas machst.«

»Mutter, ich bin ja dabei zu überlegen, was ich machen könnte. Manches braucht halt. Sei doch nicht so ungeduldig. Mein Abi ist grade rum. Stress doch nicht so«, antwortet mein Sohn für seine Verhältnisse ungewöhnlich ausführlich, nimmt seinen Teller und tritt den Rückzug an.

Ungeduldig! Nach einem Jahr rumgammeln, ausruhen und entspannen.

»Ich finanziere das auf Dauer nicht!«, rufe ich noch hinterher.

Ich räume weiter das Wohnzimmer auf, schaue aus dem Fenster und sehe auf der Straße zwei gutgekleidete Typen vorbeigehen. Was machen die denn hier? In unserer kleinen Sackgasse? Ich öffne das Fenster, tue so, als würde ich den Putzlappen ausschlagen. Sie klingeln bei Anita und ihrer neuen Busenfreundin Rena. Wirklich ein bisschen seltsam, da muss ich Tamara recht geben. Um diese Zeit? Bevor die beiden noch bemerken, dass ich sie beobachte, schließe ich das Fenster lieber wieder. Was auch immer die Typen hier wollen, es geht mich nichts an.

Keine drei Minuten später klingelt es. Tamara steht vor der Tür.

»Hast du das gesehen?«, lautet ihre aufgeregte Begrüßung. »Da kannst du sagen, was du willst, aber das ist doch irgendwie merkwürdig. Am helllichten Tag, zwei Männer. Ich meine, was werden die wohl wollen?«, redet sie auf mich ein.

Tamara spricht genau das aus, was ich vor wenigen Minuten selbst gedacht habe. Aber so weit kommt es noch, dass ich das zugebe. Ich ticke genau wie Tamara. Das ist eine wenig schöne Erkenntnis.

»Willst du einen Kaffee?«, frage ich Tamara.

Ich kann sie ja schlecht einfach so an der Haustür abfertigen. Immerhin ist sie meine Nachbarin, ja auch Freundin, und auch noch Claudias Schwiegermutter in spe. Natürlich will sie. Tamara hat noch nie eine Tasse Kaffee abgelehnt.

»Mal ganz ehrlich, Andrea, manchmal – ich sage dir das jetzt mal einfach ungeschminkt, so wie ich es empfinde –, manchmal denke ich, die haben da eine Art Bordell.«

Ich muss lachen. Ein Bordell? Ein Reihenhausbordell? Das wäre ja mal was ganz Neues.

»Tamara, mach dich nicht lächerlich. Das haben die doch gar nicht nötig«, antworte ich, komme aber doch ein wenig ins Grübeln. Man weiß ja nie. Es gibt ja durchaus auch eine sehr hochklassige Form der Prostitution.

Tamara merkt, dass ich nicht wirklich aufs Thema anspringe, und beginnt, mir was von Emil zu erzählen. Weil er so wahnsinnig begabt ist, hat er jetzt irgendein Stipendium in Aussicht. Ich heuchle Anerkennung. Natürlich ist das toll, aber immer, wenn mir jemand von seinen irrsinnig begabten Kindern erzählt, wird mir schmerzlich bewusst, was da im Stockwerk über mir rumliegt. Da sind Kinder, die bekommen Stipendien, und meins schafft es nicht mal aus dem Bett. Gerecht ist das nicht.

»Was ist denn jetzt mit Mark?«, kommt Tamara zielstrebig auf meinen sehr wunden Punkt zu sprechen. Ich winde mich. Tue mich schwer mit der Wahrheit. Die ehrliche Antwort wäre: »Keine Ahnung. Keine Veränderungen. Es gibt nichts Neues.« Aber das kriege ich nicht über die Lippen.

»Es geht voran«, sage ich. »Er hat ein Praktikum in Aussicht. Und er freut sich drauf.«

Ganz gelogen ist das nicht. Er hat ja wahrscheinlich, wenn Rudi denn erfolgreich ist, tatsächlich ein Praktikum in Aussicht. Dass er sich darauf freut, kann er halt einfach nur sehr gut verbergen.

»Das ist ja schön!«, freut sich Tamara. »Man macht sich ja immer Sorgen.«

So weit ist es schon. Jetzt machen sich schon die Nachbarinnen Sorgen. Ich könnte auf der Stelle hochlaufen, Mark aus dem Bett zerren und auf die Straße stellen. So wütend macht es mich, dass ich hier sitze und seine Lahmarschigkeit auch noch decke. Einfach nur, weil man sich als gute Mutter vor seine Kinder stellt.

Mütter, die schlecht über ihre Kinder sprechen, sind nicht angesehen. Außerdem ist man als Mutter ja am Versagen seiner Kinder schuld. Hat irgendetwas falsch gemacht, sonst wären sie ja nicht so, wie sie sind. Wer seine Kinder kritisiert, kritisiert sich eigentlich selbst.

»Vielleicht müsst ihr ihm auch mal ein paar Tipps geben, Perspektiven aufzeigen«, schlägt mir Tamara vor.

Was denkt die? Denkt die tatsächlich, auf die Idee wären wir noch nicht gekommen? Denkt die, ich schreie jetzt »Hurra« und sage: »Danke, das ist die Lösung!« Mich nerven diese ungefragten Ratschläge genauso wie das Mitleid.

»Er hat es eben nicht so eilig. Aber mal ehrlich, Tamara, abgerechnet wird zum Schluss«, versuche ich die leidige Diskussion zu beenden.

All diese pseudopersönlichen Gespräche gehen mir fast genauso auf den Wecker wie mein Sohn.

Manchmal überlege ich, ob ich ihn nicht einfach mal für eine Weile zu seinem Vater schicken sollte. Christoph wohnt inzwischen in Hamburg. Schön weit weg. Er muss das Elend also nicht täglich aus nächster Nähe betrachten. Deswegen ist er auch um einiges entspannter als ich.

»Gib ihm Zeit. Das wird«, lautete seine Einschätzung.

»Wie viel Zeit denn genau?«, wollte ich wissen.

»Je mehr du drängst, umso mehr zieht er sich zurück. Lass ihn einfach. Du machst alles nur schlimmer mit deinem ewigen Genöle.«

Daraufhin war zwischen uns erst mal Funkstille. Mit deinem ewigen Genöle! Was fällt dem eigentlich ein? Woher will er wissen, dass ich nöle? Und wenn, wäre das eventuell nicht sogar logisch oder zumindest verständlich? Der hat gut reden, da oben im fernen Hamburg. Klar zahlt er für Mark, aber ansonsten ist er fein raus.

Dass an allem jetzt auch noch ich schuld sein soll, ist unverschämt. Und undankbar dazu. Er sollte verdammt froh sein, dass ich versuche, das hier irgendwie auf die Reihe zu kriegen. Aber eigentlich habe ich den Eindruck es ist ihm auch ein bisschen egal. Er hat momentan sehr viel mit sich selbst zu tun. Neue Kanzlei, neues – laut der Kinder sehr schickes und cooles – Penthouse nahe der Alster und neue Flamme. Da hat er natürlich kaum Zeit, sich mit störrischen Altlasten zu beschäftigen. Die Kinder sieht er eher unregelmäßig.

»Sie sind groß genug zu entscheiden, wann sie Lust haben, mich zu treffen!«, hat er mir mitgeteilt. »Claudia ist erwachsen und studiert, und Mark muss sich gerade finden. Wir telefonieren regelmäßig.«

Mark muss sich finden? Aha. Sehr aufwendig gestaltet er die Suche nach sich selbst allerdings nicht. Oder es ist eine ausgesprochen stille Suche, die ich aus nächster Nähe begleiten darf.

»Du bist der Vater. Es muss dich doch interessieren, was mit deinem Sohn ist!«, habe ich ihn ermahnt.

»Es interessiert mich auch, aber ich neige, im Gegensatz zu dir, nicht zu vorschneller Panik. Ich werde demnächst mal in Ruhe mit ihm sprechen, und dann wird das schon werden.«

Was bildet der sich eigentlich ein? Er wird mal in Ruhe mit Mark sprechen, und dann wird das schon! Als hätte ich all das nicht längst getan. Vielleicht sollte Mark tatsächlich besser bei seinem Vater sein. Genau das habe ich meinem Ex auch vorgeschlagen.

»Natürlich würde mich das freuen, aber es geht leider

nicht. Ich arbeite und kann mich nicht kümmern«, war seine sehr kurze und sehr deutliche Antwort.

»Du musst dich nicht groß kümmern, er liegt ja nur rum. Wenn du ein Sofa hast und einen Kühlschrank, reicht das völlig«, habe ich ungerührt gekontert.

»Andrea, mach dich nicht lächerlich. Er ist doch keine Zimmerpflanze, er braucht Ansprache und Zeit. Regelmäßige Mahlzeiten.«

Schon an dieser Aussage kann man erkennen, dass Christoph schon eine ganze Weile nicht mehr viel von Mark mitbekommen hat. Wie überheblich er doch sein kann.

Er hat überhaupt keine Vorstellung davon, was zurzeit mit seinem Sohn los ist, meint aber trotzdem, er könnte alles mit einem Vater-Sohn-Gespräch regeln. Ich sollte Mark mit einem Zettel um den Hals in den Zug nach Hamburg setzen. Soll er doch mal sehen, wie weit er mit seiner Taktik kommt. Ich sollte. Konjunktiv. Ich sollte so einiges. Aber wäre diese Verschickung nicht das Eingeständnis meiner Unfähigkeit, die Lage in den Griff zu bekommen? Das Eingeständnis des Scheiterns meiner Erziehungsversuche? Ich bin mir nicht sicher, ob es wirklich eine Option ist, Mark zu seinem Vater zu schicken. Vielleicht kann ich die Zeit auf der Kreuzfahrt nutzen, um mir darüber bewusst zu werden und um ein paar Entscheidungen zu treffen. Ich werde aufs Meer schauen, mir den Wind um die Nase wehen lassen, und alles wird sich klären.

»Hallo, bist du noch da?«, unterbricht Tamara meine Gedanken.

Ich habe ihre Anwesenheit in den letzten Minuten tatsächlich ausgeblendet.

»Ach, entschuldige. Ich kann gar nicht aufhören zu überlegen, wohin die Kreuzfahrt gehen wird!«, lenke ich geschickt auf ein erfreuliches Thema.

Sie nickt nur. »Verstehe ich vollkommen. Ganz ehrlich, ich könnte vor Neid platzen. Ich würde so gern mal auf ein Schiff, aber meinen Herrn Gemahl interessiert das gar nicht. Außerdem ist er für so was viel zu geizig. Da werde ich wohl ewig von träumen. Na ja, du musst mir auf jeden Fall alles erzählen. Haarklein. Es wird ein Traum, das kann ich dir garantieren. Ich habe jede Dokumentation über Kreuzfahrten gesehen. Ich kenne mich richtig gut aus, ohne je auf einem Schiff gewesen zu sein.«

Sie seufzt, und ich fühle mich direkt mies. Sie ist nett und ehrlich, sagt, was sie bekümmert, und gesteht ihren Neid, während ich hier eine doofe Show abziehe. Tamara ist, wie sie ist. Sie ist mir nicht so nah wie Sabine oder meine Freundin Heike in München, die ich leider kaum noch sehe, aber sie ist eigentlich eine wahrhaft treue Seele.

»Wer sagt denn, dass du nicht ohne deinen Mann auf ein Schiff darfst? Fahr doch allein oder mit einer Freundin. Du musst doch deine Träume nicht platzen lassen, nur weil dein Mann keine Lust dazu hat.«

»Wenn du das so sagst, klingt das total einfach, aber du weißt ja, wie er ist. Es würde ihm nicht gefallen, dass ich allein wegfahre. Und bezahlen müsste er es ja trotzdem.«

»Lass dir das nicht gefallen. Die Zeiten sind nun echt

vorbei, dass der Mann bestimmt, was wir tun«, hetze ich sie ein bisschen auf.

Ich meine, man glaubt kaum, dass wir im 21. Jahrhundert leben. Eine Kreuzfahrt ist doch kein komplett unbescheidener Wunsch. Man muss ja nicht in der Megaluxuskabine mit Veranda logieren. Es geht auch auf dem Schiff eine Nummer kleiner.

»Wenn dein Herz dran hängt, solltest du es durchsetzen«, sage ich.

Tamara guckt nur bedröppelt. »Du hast recht. Ich weiß das. Aber ich scheue die Konfrontation. Das gibt Theater, und ich weiß, dass er bei Geld sofort dichtmacht. Sonst ist er ja nicht so. Nicht so kleinlich. Aber halt geizig. Bevor wir das Haus nicht abbezahlt haben, ist er nicht bereit, irgendwelche Extras zu finanzieren.

»Sein Auto scheint da nicht zu zählen!«, schütte ich verbal noch ein wenig Öl ins Feuer.

»Na ja, das braucht er ja, und manchmal fahre ich auch damit«, verteidigt sie ihren Mann.

»Wenn du meinst«, sage ich, denke aber an die sauteuren neuen Felgen, die er sich gerade erst vor ein paar Wochen angeschafft hat.

Felgen! Diese Wahnsinnsliebe für Felgen bei Männern ist mir ein Rätsel. Spricht man Männer darauf an, kontern sie oft genug mit nur zwei Wörtern: Schuhe, Taschen! Kein schlechtes Gegenargument. So oder so – immer wieder wird mir klar, wie wunderbar es ist, sich nicht für jede noch so kleine Anschaffung rechtfertigen zu müssen.

»Sein Geld ist auch mein Geld!«, betonen Frauen, die nicht arbeiten gehen oft. Mag sein, aber ist seine Rente auch ihre? Ist man nicht ganz schnell die Gelackmeierte, wenn der Liebste auf einmal nicht mehr der Liebste ist und das neue Scheidungsrecht den Satz »Sein Geld ist auch mein Geld« ein bisschen anders interpretiert.

»Sollte ich mal was erben, dann mache ich eine Kreuzfahrt, egal, was mein Mann dazu sagt«, beendet Tamara das Thema.

Bei erben fällt mir meine Mutter wieder ein.

»Tamara, entschuldige bitte, ich bin ein bisschen in Eile. Ich muss unbedingt zu meiner Mutter!«, leite ich den sanften Rauswurf ein.

»Klar, kein Problem. Ich behalte das Nachbarhaus im Auge. Lange kann es ja da nicht mehr so weitergehen.« Sie schüttelt energisch den Kopf und geht.

Wenn sie dieselbe Energie mal im Umgang mit ihrem Mann aufbringen würde, ginge es ihr besser. Obwohl sie grundsätzlich in ihrer Ehe glücklich ist. Betont sie jedenfalls ständig. Vor allem mit ihrem unglaublichen Sexleben. Tamara hat immer noch häufig Sex.

»Wir mögen das, da kommen wir am besten miteinander klar! Das Bett ist der Ort, an dem wir gleich ticken«, ist ihre Erklärung.

Na ja – immerhin. Das können auch nicht alle nach Jahrzehnten in einer Beziehung sagen.

Christoph und ich hatten kaum noch Sex. So wenig, dass es mir noch während unserer Beziehung schwergefallen ist, mich daran zu erinnern. Gar nicht, weil der Sex nicht gut war. Er war eher Routine geworden. Andere Sachen waren irgendwie wichtiger. Egal. Vorbei. Sex mit Christoph kann ich mir nicht mehr vorstellen. Er ist mir fremd geworden.

Als mein Vater starb, hatten wir noch mal eine gute Zeit miteinander. Er war da, hat mich getröstet und sich gesorgt und gekümmert. Für einen kurzen Moment konnte ich mir tatsächlich vorstellen, dass wir wieder zueinander finden könnten. Es war dieses Vertraute, das mich angezogen hat. Dieses Berechenbare. Man kennt sich und seine Fehler, man weiß, wie es läuft, selbst wenn es nicht toll läuft. Man kann sein, wie man ist, man erwartet nicht mehr, als da ist, und hat eine gewisse Sicherheit. Das klingt unromantisch, aber alle, die eine lange Beziehung haben oder hatten, wissen, dass Romantik darin wenig bis gar keinen Raum einnimmt. Man hat sich über die Jahre von Romantik und Begehren verabschiedet. Davon ist keiner begeistert, aber die lange Strecke braucht vor allem Ausdauer und Realismus. Vielleicht auch noch Humor und eine angepasste Erwartungshaltung.

»Es regnet nicht jahrelang rote Rosen!«, hat mein Vater mal gesagt.

Obwohl sich Christoph, nach der Trennung, für seine Verhältnisse wirklich bemüht hat, zu verstehen, was mit uns passiert ist, hat das Neue, vielmehr der Neue, gewonnen. Zu verlockend war die Aussicht, all das jahrelang Vermisste nachzuholen. Außerdem war ich gerade frisch verliebt in Paul. Dagegen konnte das Vertraute nicht gewinnen. Das Vertraute hat oft auch Langeweile im Gepäck. Dieses Ernüchtertsein. Verliebt zu sein hingegen heißt, voller Erwartungen zu sein. Voller Euphorie. Dieses Gefühl ist unschlagbar. Einfach nur wunderbar. Auch wenn die Vernunft ständig mahnt: Verliebtheit legt sich, und schnell bist du wieder da, wo du jetzt bist. Man hört die Stimme der Vernunft, aber man will sie nicht hören. Sie hat etwas so Desillusionierendes. Deshalb habe ich sie irgendwann einfach ausgeblendet.

Heute bin ich froh über meine Entscheidung. Ich weiß, sie war richtig. Aber erfahren, wie es geworden wäre, wenn ich mich anders entschieden hätte, werde ich natürlich nie. Wie wäre es gewesen, wenn ich mit Christoph wieder zusammengekommen wäre? Hätte er sich verändert, so wie er es versprochen hat? Hätten wir wieder mehr Freude am gemeinsamen Leben gehabt? Möglich. Aber hätte ich es nicht immer bereut, dieser neuen Liebe keine Chance gegeben zu haben? Hätte ich lebenslang gehadert und gezweifelt? Ich wollte mir die neue Chance auf Liebesglück nicht entgehen lassen. Mein Leben war auch vorher kein schlechtes. Aber jetzt ist es richtig gut. Und Christoph und ich haben uns ja nicht wegen Paul getrennt, sondern lange vorher.

Meine Schwester war skeptisch und ist es noch immer. Sie hat dafür plädiert, dass ich bei Christoph bleibe. »Man kennt das Elend«, hat sie gewitzelt und dann auf ihre ernste, pragmatische Art hinzugefügt: »Es kommt meist nichts Besseres nach.«

Sabine war für Paul. »Wer nicht wagt, der nicht gewinnt!«, hat sie mich ermuntert. Aber Sabine war von vornherein parteiisch. Sie hat Christoph nie wirklich gemocht. Und sie ist verliebt ins Verliebtsein. »Genieße dieses Gefühl, es gibt kein besseres Lebenselixier.«

Ansonsten haben sich die meisten in meinem Freundeskreis mit konkreten Empfehlungen zurückgehalten. »Hör auf dein Herz!«, habe ich am häufigsten gehört. Und das habe ich dann auch gemacht. Bisher bin ich gut damit gefahren.

Klar, auch zwischen Paul und mir gibt es Themen, die schwierig sind. Ernährung gehört weiterhin dazu. Sein ständiger Fokus darauf, dass wir uns nur ja gesund, fleischarm und ökologisch wertvoll ernähren, kann anstrengend sein. Er hat einen gewissen missionarischen Eifer in dieser Hinsicht entwickelt. Es gibt viele Bereiche, in denen ich durchaus lernwillig bin, aber irgendwann habe selbst ich verstanden, und dann führen weitergehende Überzeugungsversuche eher zu Ablehnung und einer gewissen Müdigkeit. Ich esse jedenfalls sehr viel bewusster als früher, und ich gebe zu, dass es sich gut anfühlt. Nicht lebensverändernd, aber gut.

Ansonsten will Paul eigentlich nur eins: Raus aufs Land. Wir leben ländlich, aber stadtnah. Irgendwo zwischen Stadt und Land, also S-Bahn-Anschluss und trotzdem ein paar Felder rund ums Haus. Die Stadt ist innerhalb einer halben Stunde zu erreichen, und dennoch ticken die Uhren hier noch ein wenig langsamer. Wir haben einen Supermarkt, Schulen und sogar diverse Pizzerien. Also, genauer gesagt zwei. Natürlich kann man eine solche Wohnlage als unentschlossen bezeichnen. Nicht hopp, nicht top. Paul wäre für top und würde gern richtig raus aufs Land. Er sucht die Stille. Eigenes Gemüse anbauen, in frischer Luft leben und sich endlich mehr aufs Wesentliche besinnen.

»Warum müssen wir stadtnah wohnen, wenn wir sowieso nie in die Stadt fahren?«, fragt er mich oft.

Mir gefällt die Option, in die Stadt fahren zu können. Schnell und unproblematisch. Mit diesem Wissen kann ich sehr gut wochenlang ohne Stadt auskommen. Aber ich bin mir sicher: Je weiter ich von der Stadt entfernt leben würde, umso mehr würde es mich in die Stadt ziehen.

Landleben ist zurzeit sehr angesagt. Immer mehr Menschen zieht es aufs Land. Land scheint ein Synonym für Harmonie, Ehrlichkeit, für das wahre, echte Leben schlechthin zu sein. Ein deutliches Zeichen für diese Verklärung sind all die neuen Zeitschriften, die den Markt überfluten: *Landlust*, *Mein schönes Land*, *LiebesLand*, *LandGenuss* und *Hörzu Heimat* – um nur ein paar davon zu nennen. Irgendwas geht in den Menschen vor. Noch vor fünfzehn Jahren hätte allein der Vorschlag, eine solche Zeitschrift rauszubringen, dazu geführt, dass man sich einem Drogentest hätte unterziehen müssen. Heute lesen fast eine Million Menschen regelmäßig solche Zeitschriften. Auch viele meiner Freundinnen. Sie kaufen fertigen Obstsalat im Plastikbecher für 4,80 Euro und lesen beim Verzehr Artikel darüber, wie man Obst einmacht, Körbe flechtet und Limonade selbst herstellt. Das Landleben steht für eine diffuse Sehnsucht nach Heimeligkeit, bollernden Kaminöfen und selbstgezogenen Tomaten. Nach Frieden und Wärme. In der Vorstellung alles herrlich.

Aber – und das habe ich Paul auch sehr deutlich gesagt – ich bin keine Gummistiefelfrau. Mir stehen keine Latzhosen, und ich träume auch nicht davon, mein Gemüse selbst zu ernten oder Butter zu stampfen. Landluft hat für mich immer auch Provinzgeruch und einen Hauch von Spießigkeit. Riecht nach Gülle. Land ist auch einsam. Wenn der nächste Nachbar kilometerweit entfernt wohnt und man im Dorf trotzdem streng beäugt wird, ist das eine Mischung, die mir eher Angst macht.

»Du müsstest jeden Tag ewig weit zur Arbeit fahren!«, habe ich zunächst versucht, Paul mit ganz praktischen Argumenten von dieser Idee abzubringen.

»Ich könnte versuchen, eine Praxis aufzumachen und nur noch zeitweise in der Klinik zu arbeiten. Und am Wochenende würde ich im Garten werkeln, mit dir draußen picknicken oder Kopfsteinpflaster verlegen.«

Picknick mag mal ganz nett sein, aber seit wir uns kennen, waren wir genau einmal picknicken. Das spricht nicht dafür, dass es sich bei dem Wunsch zu picknicken um ein Grundbedürfnis von Paul handelt. Um zu picknicken, muss man außerdem nicht aufs Land ziehen. Wenn man sowieso im Grünen lebt, ist doch so gut wie jedes normale Abendessen ein Picknick. Es reicht ja fast, die Gartentür aufzumachen und eine Decke auf den Rasen zu legen. Und wie ein Mensch davon träumen kann, Kopfsteinpflaster zu verlegen, wird mir immer ein Rätsel bleiben.

Seit Mark mit der Schule fertig ist, wird Pauls Drängen heftiger.

»Aber du hast doch gerade erst Christoph die Haushälfte abgekauft, lass uns doch erst mal in Ruhe hier leben. Aufs Land können wir doch immer noch«, versuche ich, die Entscheidung zu vertagen.

Ich will nicht, dass Gartenarbeit und Kochen meine Hauptbeschäftigung werden. Allein der Gedanke hat für mich wenig Verlockendes. Ich liege wirklich sehr gern im Garten. Aber dafür muss der Garten nicht 6000 Quadratmeter groß sein. Ich schaffe es nicht mal, unser Reihenhausgärtchen in Schuss zu halten. Ein Gärtner, der nebenher noch leckere kleine Menüs für mich zaubert, wäre mein Traum. Ich könnte sofort und für immer aufs Kochen verzichten und mich ganz aufs Essen konzentrieren. Ich habe Paul sogar angeboten, bei uns im Garten ein bisschen Kopfsteinpflaster zu verlegen – schließlich will ich mir nicht anhören, dass ich der Erfüllung all seiner Wünsche im Weg stehe. An ein paar Pflastersteinen soll es nicht scheitern.

Aber insgeheim frage ich mich manchmal schon: Sind unsere Lebensvorstellungen wirklich kompatibel? Wenn es nach mir geht, müssen wir auch nicht unbedingt im Speckgürtelreihenhäuschen bleiben, obwohl ich den Gedanken okay finde. Ich lebe ganz gern hier. Ab und an finde ich die Vorstellung, in einem topmodernen Penthouse in der Stadt zu leben, auch verlockend. Ein Penthouse mit Dachterrasse – von mir aus auch mit Kopfsteinpflaster – und einem Lift, der direkt in die Wohnung geht. Das hat für mich etwas sehr Großstädtisches und Luxuriöses. Der Lift geht auf, und man ist in der Wohnung. Aber, zum einen ist ein solches Penthouse unbezahlbar für Menschen meiner Gehaltsgruppe, und zum anderen ist es ja nur ein Traum. Ein weit entfernter Traum, den mein Ex in Hamburg lebt.

Eigentlich ist unser Vororthäuschen der perfekte Kompromiss. Genau so habe ich ihm das auch gesagt: »Du träumst vom idyllischen Bauernhof auf dem Land, ich möchte das Luxus-Penthouse in der Stadt. Jeder verzichtet ein bisschen und fühlt sich doch wohl.«

»Warten wir es mal ab, Andrea«, hat Paul nur gesagt, »du wirst sehen, je älter du wirst, je mehr wirst du meinen Wunsch nach Landleben verstehen.«

Ich werde beständig älter, täglich sogar, bin nun immerhin fünfzig Jahre alt und kann nicht behaupten, dass mir die Idee vom Landleben besser gefällt als noch mit 48 oder 49. Im Alter finde ich es auch nicht unbedingt schlau, noch aufs Land zu ziehen. Ohne Auto ist man da richtig aufgeschmissen.

»Was, wenn wir nicht mehr mobil sind?«, habe ich Paul gefragt. »Da werden wir doch vereinsamen, nichts zu essen kaufen können, und wenn wir krank sind, nicht mal mehr in der Lage sein, eine Arztpraxis zu erreichen.«

»Schatz, ich bin Arzt. Du hast deinen eigenen Arzt immer an deiner Seite. Einsam bist du mit mir auch nicht, und Essen kann man bestellen. Und vor allem kann man auch immer wieder neu entscheiden und Dinge ändern.« Paul hat auf alles immer eine Antwort.

Manchmal fühle ich mich wirklich unwohl, weil ich seinem Traum so vehement im Weg stehe. Aber wenn der Traum des Partners so gar nicht deckungsgleich mit dem eigenen ist, macht das die Sache kompliziert. Sollte ich aus Liebe, Harmoniebedürfnis und Nettigkeit raus aufs Land ziehen? Würde Paul für dieses Entgegenkommen nicht langfristig einen zu hohen Preis zahlen müssen? Würde ich ihn nicht für meine schlechte Laune und für jeden Güllegeruch verantwortlich machen? Ich werde all das noch mal auf der Kreuzfahrt mit ihm besprechen.

Wenn ich an die Kreuzfahrt denke, bin ich noch mal mehr gerührt. Ich weiß, dass eine Kreuzfahrt niemals auf Pauls Wunschzettel stehen würde. Er macht das nur für mich. Um mir einen Traum zu erfüllen, und im Gegenzug stehe ich seinem hartnäckig im Weg. Allerdings geht es bei der Kreuzfahrt auch nur um eine Woche und nicht um das restliche Leben. Insofern kein Vergleich, und ich brauche weiß Gott kein schlechtes Gewissen zu haben. Sofort bin ich erleichtert. Immerhin war ich ja auch mit ihm im Wohnmobil unterwegs. Ein solcher Trip stand bisher auch nicht auf meinem Wunschzettel – und Paul hatte nicht mal Geburtstag. Ich fühle mich gleich sehr viel besser.

»Bin bei Oma!«, schreibe ich für Mark auf einen Zettel und verlasse das Haus. Im Zweifel wird er den Zettel nicht mal sehen, aber falls er einen ungewöhnlichen Mobilitätsschub hat und seine Mutter sucht, weiß er Bescheid.

Das Restchaos im Wohnzimmer läuft mir ja nicht weg, und wenn ich Glück habe, kommt Paul früh nach Hause und erledigt das. Meine Mutter ist wichtiger als irgendeine Unordnung, rede ich mir gut zu und freue mich fast, dem Aufräumen zu entkommen.

Meine Eltern wohnen eine Viertelstunde mit dem Auto entfernt. Auch im Speckgürtel, aber auf der anderen Speckseite. Ich sage und denke immer noch »meine Eltern«, obwohl da nur noch meine Mutter ist. Scheiße. Immerhin scheint die Sonne.

Als ich vor dem Haus meiner Mutter ankomme, verlassen gerade zwei Frauen mit Tüten das Haus. Frauen, die ich nicht kenne. Beide tragen trotz der frühlingshaften Temperaturen Kopftücher und lange Mäntel. Wer sind die beiden? Auf keinen Fall Freundinnen meiner Mutter. Die kenne ich alle und würde sie auch in diesem Aufputz erkennen. Seltsam. Leider finde ich nicht schnell genug einen Parkplatz, und bis ich mein Auto endlich abgestellt habe, sind die beiden weg.

Mein Handy piept. Es ist Malgorzata. Mama und Malgorzata schicken jeden Mittag ein Foto von ihrem Essen.

Auch eine von Birgits Kontrollideen. »Wir können ja nicht täglich vorbeischauen und gucken, was bei den beiden wirklich auf dem Teller landet. Und da Malgorzata ja so handyverrückt ist, kann sie uns ja eben ein Foto schicken.«

Seitdem kriege ich täglich gegen ein Uhr mittags eine Nachricht. In diesen Dingen ist Malgorzata extrem zuverlässig.

»Das kann man nun wirklich auch verlangen«, findet meine Schwester. »Ist doch kein großer Aufwand, eben mal ein Foto zu schicken.«

Ich würde mich sehr gegängelt fühlen. Aber bei dieser Bitte hat Malgorzata, die sonst ein sehr zäher Verhandlungspartner sein kann, nur gegrinst.

»Gut, kein Problem. Machen wir Foto«, hat sie gesagt.

Ich bin froh, dass das niemand von mir verlangt. Nie sieht mein Essen so bilderbuchmäßig aus wie bei Malgorzata. Es ist einfach unglaublich, was Malgorzata aus unseren Lebensmitteln zaubert. Allein das Foto heute!

Wahnsinn. Knackiges Gemüse in herrlichen Farben und eine Folienkartoffel mit Kräuterquark. Wie sahnig dieser Magerquark aussieht. Ich muss sie mal fragen, wie sie das schafft. Aus dieser bröckeligen, trockenen Masse so ein cremiges Etwas zu zaubern. Sofort habe ich Hunger. Vielleicht ist noch was übrig.

Ich klingele bei meiner Mutter, obwohl ich einen Schlüssel habe.

Etwas, was Birgit nie machen würde: »Wozu haben wir dann einen?« Für den Notfall, finde ich. Ein wenig Privatsphäre sollte jedem bleiben.

Es dauert einen Moment, bis mir Malgorzata die Tür öffnet.

»Mama schläft! Leise sein!«, begrüßt sie mich.

Ich bin überrascht. Schließlich habe ich vor wenigen Minuten das aktuelle Mittagessensbild bekommen. So schnell kann man das ja wohl kaum runterschlingen.

»Ich dachte, ihr seid am Essen«, antworte ich und bin sofort ein bisschen eingeschüchtert.

Malgorzata hat eine gewisse Autorität.

»Essen ist längst fertig. Mama will früh essen, hat immer schon um zwölf Hunger«, belehrt mich Malgorzata.

»Ist noch was da? Also, vom Essen?«, frage ich vorsichtig.

»Mama lässt keine Reste!«, strahlt mich Malgorzata an.

Meine Mutter, die früher schon aus Prinzip nie alles gegessen hat – »Kontrolle ist alles, Andrea!« –, lässt keine Reste. In diesem Fall sehr schade.

»Es sah so gut aus!«, seufze ich. Dann fallen mir die

Kopftuchfrauen ein. »Ihr hattet doch auch Besuch. Die habe ich gerade noch weggehen sehen, diese zwei Frauen. Wer war das denn?«, will ich wissen.

Malgorzata wirkt verlegen. Sie zögert. »Ach, waren nur Bekannte von Kirche«, antwortet sie.

Jetzt bin ich etwas erstaunt. Die beiden sahen nicht ganz so aus, wie man sich Mitglieder der katholischen Gemeinde vorstellt.

»Echt, ich hätte gedacht es seien Musliminnen, wegen der Kopftücher«, entgegne ich.

Wieder sieht Malgorzata ein wenig angespannt aus. »Gemeinde ist offen für alle. Wir haben Kleidung übergeben. Für arme Kinder.«

Kleider für arme Kinder? Sollen die jetzt in den alten fliederfarbenen Hausanzügen in die Schule?

»Welche Kleidung denn? Was sind denn das für Riesenkinder?«, bohre ich ein wenig weiter.

»Alte Sachen von Mama und mir, nur bisschen zu klein für uns.«

Ich bin noch immer verwundert, kann mir kaum vorstellen, dass Kinder Mamas alte Kostümchen auftragen, finde es aber auch nett von den beiden, so hilfsbereit zu sein.

»Besser nicht Frau Brigitta sagen! Immer sehr streng!«, bittet sie mich.

Malgorzata nennt meine Schwester auf deren Wunsch Brigitta. Gefällt Birgit besser als Birgit. Ich konnte mich an den neuen Namen nie gewöhnen.

»Bitte nicht!«, betont Malgorzata noch einmal.

Ich nicke. Ich kenne dieses Gefühl der latenten Angst

vor Birgit oder auch Brigitta einfach zu gut. Insgeheim aber spüre ich, dass hier irgendwas nicht stimmt.

»Stückchen Kuchen?«, lenkt Malgorzata meine Gedanken auf ein anderes Thema.

»Kuchen? Ihr habt Kuchen?« Ich kann mich nicht erinnern, dass auf Birgits Diätplan gesehen zu haben.

»Haben Frauen von Gemeinde mitgebracht. Konnten nicht nein sagen. Wäre unfreundlich«, antwortet Malgorzata.

Das kann ich nur zu gut verstehen. »Ja, gern«, sage ich deshalb. Es wäre ja auch unfreundlich von mir, den Kuchen abzulehnen.

Es ist eher Torte als Kuchen. Schwarzwälder Kirsch, um genau zu sein.

»Guter Kuchen!«, schwärmt Malgorzata, während sie mir ein Stück auf den Teller legt.

Die Gemeindefrauen waren großzügig. Vier Stück Schwarzwälder, wie man unschwer an der Verpackung erkennen kann, vom besten Konditor der Gegend.

»Die haben es aber gut mit euch gemeint«, freue ich mich mit Blick auf die Tortenstücke.

Malgorzata nickt: »Ja, so nett. Mama wird sich freuen. Auch besser nicht Schwester sagen! Ist Ausnahme, absolut.«

»Okay«, sage ich, obwohl ich weiß, dass das nicht wirklich fair ist. Aber ich habe keine Lust, mir ein weiteres Mal Vorträgt von Frau Siehste anzuhören. Was sie nicht weiß, macht sie nicht heiß, denke ich und esse meine Torte.

Ich fühle mich sogar ganz gut dabei, denke nur kurz

an meinen Lederbikini, aber was soll's – was ich esse, kann meine Mutter immerhin nicht mehr essen. Insofern ist mein Stück Schwarzwälder fast schon eine gute Tat. Für den Bluthochdruck meiner Mutter. Als ich fast fertig bin, höre ich meine Mutter.

»Ist sie weg?«, ruft sie.

Meint sie die Frauen oder etwa mich? Ich dachte, sie schläft. Hockt sie die ganze Zeit im Wohnzimmer und wartet darauf, dass ich gehe?

»Mama, meinst du etwa mich?«, rufe ich und setzte mich in Bewegung.

»Andrea ist hier. Kommt zu dir!«, informiert Malgorzata meine Mutter. Es klingt wie eine Warnung.

Mama sieht kein bisschen verschlafen aus. Wie meist in letzter Zeit trägt sie einen ihrer Homeshopping-Hausanzüge, heute in Himmelblau. Oberhalb ihres Busens ist ein großer brauner Fleck. Nach Kräuterquark und knackigem Gemüse sieht der nicht aus.

»Hallo, Mama«, sage ich und umarme sie.

Dann wische ich eben, wie aus Versehen, über den Fleck. Alt kann er nicht sein, er ist noch feucht.

»Was willst du denn?«, fragt sie wenig charmant und schiebt meine Hand weg. Eine herzliche Begrüßung ist das nicht gerade.

»Ich dachte, du freust dich, wenn ich mal auf einen Sprung vorbeischaue. Ich wollte dir von meiner Party erzählen. Und davon, was Paul mir zum Geburtstag geschenkt hat.« Ich streiche ihr über den Kopf. »Es gibt Kuchen!«, ergänze ich dann, und das scheint die erste Information zu sein, die sie wirklich interessiert.

Malgorzata hat ihr schon einen Teller zurechtgemacht und auf dem Couchtisch deponiert. Meine Mutter greift zur Fernbedienung und schaltet den Ton des Fernsehers ein. Ausgeschaltet wird die Glotze nur, wenn einer von uns darauf besteht. Ansonsten läuft sie einfach still vor sich hin. Als visuelle Untermalung.

»Mama«, wird sie von Malgorzata sanft ermahnt, »du hast doch noch Geschenk für Andrea. Du weißt doch, sie Geburtstag, du wolltest ihr doch gratulieren. Sie ist geworden fünfzig Jahre alt.«

»Das ist aber nett«, sage ich und bin gerührt, dass Malgorzata sich um ein Geschenk gekümmert hat.

Meine Mutter schafft solche Dinge nicht mehr. Alles Organisatorische fällt ihr schwer. Aber daran, dass Malgorzata meine Mutter Mama nennt, kann ich mich kaum gewöhnen.

»Sie heißt Erika!«, sagt Birgit ihr immer wieder.

»Ist für mich wie Mama, nicht wie Erika«, antwortet Malgorzata dann regelmäßig und sagt völlig unbeeindruckt weiter Mama. Inzwischen scheint die Information mit dem Geschenk und dem Geburtstag bei meiner Mutter angekommen zu sein. Sie springt auf, für ihre Verhältnisse und ihre neue Gewichtsklasse sehr leichtfüßig, und läuft ins Schlafzimmer zurück. Mit einem Lächeln und einem riesigen Päckchen steht sie kurz darauf vor mir.

»So«, kommt eine kleine Anweisung von Malgorzata, »jetzt gib ihr Geschenk.«

Es ist – Überraschung! – ein Hausanzug. Genauso ein Modell, wie Mama und Malgorzata es immer tragen. Lachsfarben. Oder ausgewaschene Koralle. Oder irgendwas dazwischen. Ein ganz blässliches Orange. Aus Nickistoff. Hose mit Gummizug und Jacke mit Reißverschluss.

»Haben wir mitbestellt für dich«, freut sich Malgorzata über mein Geschenk.

»Wenn man zwei kauft, kriegt man einen dazu!«, plaudert meine Mutter aus.

»Da können wir ja im Partnerlook rumlaufen«, versuche ich, das Grauen mit Humor zu nehmen.

»Du bist jetzt im Alter für einen Anzug«, erklärt mir Mama das Geschenk.

Das ist wieder ganz meine Mutter – so wie sie früher war. Sie hätte zwar niemals einen solchen Hausanzug getragen, aber so eine kleine spitze Bemerkung war genau ihr Stil. Es gibt immer mal Momente, da ist meine Mutter wieder meine Mutter. Aber diese Momente werden seltener. Das ist traurig, aber wenn ich ehrlich bin, mag ich meine »neue« Mutter fast lieber. Sie ist weniger kritisch und weniger bissig. Sie ist eine Art weichgespülte Version ihrer selbst. Ausgewaschen wie mein neuer Anzug.

»Du siehst bestimmt schön aus in dem Anzug!«, freut sich meine Mama »Zieh ihn doch mal an, ob er passt!«, schlägt sie vor.

»Gute Idee!«, wird sie von Malgorzata unterstützt.

Ich nutze die entspannte Stimmung und frage meine Mutter, was sie sich da über ihren Hausanzug gekleckert hat.

Sie errötet und zögert. »Weiß nicht!«, antwortet sie und macht ein Gesicht wie ein Kind, das man bei etwas Verbotenem erwischt hat.

Es sieht nämlich aus wie Bratensauce. Am liebsten

würde ich mal dran riechen. Aber dann denke ich, dass ich sie mit dieser Fragerei und diesem Kontrollieren bestimmt stresse und dass es letztlich ja auch egal ist.

»Ich probiere mal den Anzug«, sage ich und gehe ins Schlafzimmer meiner Mutter, um mich umzuziehen.

»O ja!«, jauchzt meine Mutter und kommt hinterher. Als ich meine Hose ausziehe, mustert sie mich. »Du musst Sport machen!«, sagt sie, als sie meine Oberschenkel sieht.

Das sagt gerade die Richtige, denke ich. Sie bewegt sich kaum mehr, ist ordentlich moppelig geworden und ermahnt mich jetzt. Ich erkenne die Frau, die mir zur Geburt meiner Tochter Cellulitecreme geschenkt hat und jetzt wahrscheinlich feststellt, dass sie nichts, aber rein gar nichts genützt hat.

Ich schlüpfe in die Hose und bin erstaunt. Der Stoff fühlt sich wunderbar an, und die Hose ist irre bequem.

»Und?«, fragt meine Mutter.

»Nicht ganz mein Geschmack, aber sehr angenehm zu tragen«, antworte ich wahrheitsgemäß. Nichts kneift, nichts engt ein, der Stretchanteil muss gigantisch sein. Ich will gar nicht mehr raus aus der Hose. Wäre der Anzug grau oder schwarz, könnte ich ihn vielleicht tatsächlich mal tragen. Für zu Hause geht eventuell sogar diese Variante.

Ich erzähle meiner Mutter von der Party und von der Kreuzfahrt.

Sie freut sich und klingt ehrlich interessiert. »Auf ein Schiff würde ich auch gern mal!«, seufzt sie.

Vielleicht sollten wir drei Geschwister, Birgit, Stefan und ich, Mama einladen und eine Reise mit ihr machen.

Am besten bald, bevor sie für immer in ihrem Hausanzugskosmos versinkt.

Wir schauen gemeinsam noch ein bisschen Fernsehen. Mama isst ein zweites Stück Torte.

»Ausnahme, absolut!«, beschwört mich Malgorzata erneut. »Du bist gute Tochter, gönnst Mama auch bisschen Freude!«, lobt sie mich sehr geschickt, bevor ich irgendeine kritische Bemerkung machen kann.

Ich weiß, dass Malgorzata mich lieber mag als Birgit und genieße das. Albern und ein leichter Sieg, aber trotzdem schön.

»Morgen kommt Birgit. Ihr solltet die Tortenverpackung besser wegräumen und den Hausanzug von Mama in die Wäsche tun«, sage ich zum Abschied, und Malgorzata grinst. Ich fühle mich gut, fast wie Teil einer kleinen Birgit-Verschwörung.

Hätte ich heute Nachmittag nicht noch einen Termin beim Hautarzt zum Leberfleckencheck, wäre ich gern noch in meinem neuen Hausanzug auf der Couch sitzen geblieben. Ein bisschen kann ich meine Mutter verstehen. Nichtstun hat etwas sehr Beruhigendes. Und dieser Anzug ermuntert einen direkt dazu.

Die Hautärztin ist in Frankfurt. Eine Empfehlung von Sabine. Den Termin habe ich vor fünf Monaten gemacht. Paul hatte mich ermahnt. Gefragt, ob ich den jährlichen Leberfleckencheck schon hinter mir habe. Dass Claudia hin und wieder nach meinen Leberflecken guckt, reicht ihm nicht. Ich bin ein wenig nachlässig, was Arzttermine angeht. Ich gehe zum Arzt, wenn mir etwas weh tut. Mit der Vorsorge nehme ich es, bis auf gelegentliche Besuche beim Gynäkologen, nicht so genau.

»So geht das nicht, Andrea!«, hat Paul, für seine Verhältnisse relativ streng, gesagt. »Ich will noch lange was von dir haben, und deshalb solltest du alle Angebote wahrnehmen.«

Er hat mir eine kleine To-do-Liste geschrieben, und ich weiß, dass es vernünftig wäre, sich daran zu halten, aber es gibt einige Punkte, vor denen mir graust. Darmspiegelung zum Beispiel. Ich weiß, dass man betäubt wird, wenn man das will, aber der Gedanke, mit entblößtem Hintern dazuliegen, und jemand schiebt einem einen Schlauch hinein, ist nicht gerade verlockend.

»Ich kann mitkommen«, hat Paul vorgeschlagen.

»Auf keinen Fall!«, habe ich sofort geantwortet.

Ich bin nicht sonderlich gehemmt, aber die Vorstellung finde ich keineswegs beruhigend. Ganz im Gegenteil. So möchte ich mich meinem Liebsten nun wirklich nicht präsentieren. Mit gespreizten Pobacken und Schlauch.

»Dann mach halt wenigstens mal den Hämoccult-Test«, hat mich Paul gebeten.

Ich wusste gar nicht, wovon er redet.

»Eine Untersuchung auf Blut im Stuhl. Man gibt eine Probe ab, und dann wird die untersucht«, hat er mir erklärt.

Ein herrliches Thema. Vor allem beim Frühstück. Ich habe versprochen, beides zu machen, schon um das Gespräch zu beenden. Er hat ja recht.

»Die Kasse bezahlt es, und Früherkennung ist echt

eine Errungenschaft der Medizin«, hat er ein kleines Plädoyer für all die Untersuchungen gehalten.

Deshalb habe ich mich auch zum Hautcheck angemeldet. Den Termin hätte ich jetzt fast vergessen. Zum Glück hat mich mein Handy daran erinnert. Ich hasse es, Monate vorher einen Termin zu machen. Es gibt ja Frauen, die sind so perfekt organisiert – wenn die sich ihre Haare strähnen lassen, machen sie direkt einen Termin für das nächste Mal. Drei Monate später. Bei mir sind Strähnchentermine immer akute Notfalltermine. Ich schaue morgens in den Spiegel und weiß, jetzt ist es wirklich höchste Zeit. Langfristige Planung gehört nicht zu meinen Kernkompetenzen.

Ich überlege kurz, ob meine Unterwäsche arzttauglich ist. Arztunterwäsche sollte hübsch, aber nicht zu hübsch sein. Nicht sexy, aber auch nicht Modell Für-einmal-geht's-gerade-noch-so. Ich trage die sportliche Variante, ohne Spitze, Push-up und Chichi, bin also, denke ich, optimal gerüstet.

Frau Dr. Kontner, die Hautärztin, soll laut Sabine sehr freundlich sein. Kein Wunder, denn Sabine lässt sich dort auch gern mal ein bisschen Botox spritzen. Nur in die Zornesfalte und die Stirn. Ach ja, und neben den Augen. Wegen der Krähenfüße.

Ich bin, was dieses Thema angeht, sehr ambivalent. Ich weiß, dass Paul es schrecklich findet. Wie die meisten Männer, die man danach fragt. Aber fast alle Männer würden selbst riesige Mengen an Botox nicht bemerken. Die denken, es sei normal, dass 48-Jährige nicht eine Falte im Gesicht haben.

Bei Sabine sieht es nicht schlecht aus. Juan, ihr Liebster, weiß selbstverständlich nichts davon.

»Männer wollen, dass man schlank und glatt ist, aber sie wollen nichts von der Anstrengung und dem Aufwand mitbekommen! Es soll alles ganz natürlich sein«, begründet sie ihr Schweigen. Sie findet, ich sollte mir wenigstens meine steile Zornesfalte zwischen den Augen wegmachen lassen: »Zwei, drei Pikser, und das Ding ist erledigt. Das merkt keiner. Und du wirkst besser gelaunt. Wesentlich entspannter.«

Ich weiß nicht so recht. Ich möchte nicht wie versteinert oder schockgefrostet aussehen und habe Angst, dass ich dann nichts mehr richtig bewegen kann, dass man in meinem Gesicht keine Emotion mehr erkennen kann. »Hol meinen Sohn vom Sofa, und meine Stirn entspannt sich ganz von selbst«, habe ich Sabine vorgeschlagen.

Sie hat nur gelacht. »Irgendwann wirst du es machen, schon weil es alle machen und du im Vergleich dann richtig alt und zornig aussiehst.«

Das ist natürlich ein Problem. Inzwischen gehört Botox fast zum Standard, und das verzerrt den Wettbewerb nicht unbedingt zu meinen Gunsten. Paul findet das albern und oberflächlich. Dumm geradezu.

»Aber deine Ex ist auch voll gebotoxt und sicher auch unterspritzt!«, habe ich argumentiert.

»Nein, Andrea«, hat er entgegnet, »Bea sah schon immer so aus. Das Alter ist einfach gnädig mit ihr. Sie scheint gute Gene zu haben, und sie pflegt sich auch ausgiebig.«

Er ist Arzt und fällt trotzdem auf so etwas rein? Sie pflegt sich ausgiebig! Wie naiv kann man sein? Ich könnte mich kaputtlachen, wenn es nicht so ärgerlich wäre. Was Bea angeht, ist Paul mit einer gewissen Blindheit und Begriffsstutzigkeit geschlagen.

»Frag sie einfach mal!«, habe ich leicht genervt gesagt. Er ist nicht darauf eingegangen. Bea ist zwischen uns immer noch ein etwas schwieriges Thema.

Ich finde, dass man einer erwachsenen Frau irgendwann auch zumuten kann, mal wieder etwas arbeiten zu gehen und ihren Lebensunterhalt wenigstens mitzufinanzieren.

Das sieht Paul anders: »Sie ist die Mutter meiner Tochter, und sie kümmert sich. Das ist mir das Wichtigste. Geld sollte da keine Rolle spielen. Außerdem bemüht sich Bea um Arbeit. Aber das ist eben kompliziert.«

Klar, wenn man Finca-Deko als Beruf hat, ist es im Rhein-Main-Gebiet natürlich schwierig. Die Fincadichte ist hier nicht wirklich hoch. Andere Arbeit scheint für Bea nicht in Frage zu kommen. Wäre Alexa ein Kleinkind, könnte ich Pauls Argumentation durchaus folgen, aber seine Tochter ist sechzehn und braucht, weiß Gott, keine Rund-um-die Uhr-Betreuung mehr. Inzwischen ist die Lage finanziell zum Glück entspannter. Zum einen durch meinen Job und zum anderen durch Beas schon erwähnten neuen Lover Heinz. Heinz und neuer Lover klingt als Kombination seltsam. Einen Heinz kann man sich schwer als Lover vorstellen. Heinz hört sich nach Schrebergarten und nicht nach Yacht an. Etwas, worauf Eltern bei der Namensvergabe mehr achten sollten. Ein Name ist auch immer schon eine Statement, und mit einem Schrebergartennamen zum Yachtbesitzer zu werden ist ungleich schwerer. Wahrscheinlich redet Bea deshalb auch nur sehr selten von Heinz. Sie nennt ihn in Gesprächen immer nur Schatzi oder Babe. Schatzi mag ja noch gehen, aber Babe ist richtig peinlich. Findet sogar Alexa. Nicht dass sie es mir erzählt hätte, wir neigen nicht zu Vertraulichkeiten, aber Paul hat es ausgeplaudert.

Obwohl ich schon oft darüber nachgedacht habe, kann ich nicht wirklich verstehen, was Paul und Bea verbunden hat. Sie sind so unglaublich verschieden. Es wird ihr Aussehen sein, das Paul fasziniert hat. Einen Mann, der laut eigenen Angaben, keinen Wert auf Verpackung und Optik legt. Letztlich ist er eben auch nur ein Kerl, und Bea kann sehr überzeugend sein. Und sie sieht echt Bombe aus. Um ehrlich zu sein, spielt sie in einer anderen Liga als ich. Ich muss wirklich mal aufhören, mich mit dieser Frau zu beschäftigen und zu messen. Gute Laune macht mir das nämlich nicht. Aber das ist der Nachteil von Patchwork – egal, wie mir Bea auf den Wecker geht, sie wird nicht aus meinem Leben verschwinden. Sie ist die Mutter von Pauls Tochter und damit quasi ein untrennbares Anhängsel. Das habe ich gratis dazubekommen. Na ja, gratis ist leider auch falsch. Aber zum Glück gibt es ja jetzt Heinz.

Vielleicht sollte ich meinen Leberfleckencheck bei Frau Dr. Kontner für ein ganz kleines bisschen Einsteiger-Botox nutzen. Ich entscheide, spontan zu gucken, wie ich Frau Doktor finde, und dann womöglich zu fragen, was es kosten würde. Nur mal zur Information.

Sabine äußert sich dazu nie so konkret. »Es kommt auf die Menge an Botox an, die du brauchst. So um die 300 Euro wirst du schon investieren müssen, damit man was sieht.«

Kein Wunder, dass Frau Doktor so nett zu Sabine ist. 300 Euro! Eine Menge Geld für eine kleine Falte. Vor allem, weil das Zeug ja nicht ewig hält.

»Aber in der Zeit, in der du das Botox drin hast, wird immerhin die Falte nicht tiefer, weil du da ja nichts mehr bewegen kannst. Ich hätte anfangen sollen, bevor die Falte überhaupt da war«, argumentiert Sabine.

Gehen demnächst Siebzehnjährige zur prophylaktischen Botox-Therapie? Ticken wir noch ganz richtig?

Die Praxis von Frau Doktor ist richtig schick. Sehr modern und riesengroß. Alles ist hell und weiß. Man hat direkt Angst, irgendwas dreckig zu machen. An den Wänden hängen phantastische Fotos, und das Wartezimmer ist voll. Überall liegen Flyer mit Angeboten zur Generalüberholung. Botox, Hyaluron, Laser, Altersfleckenbekämpfung. Es gibt unendlich viele Möglichkeiten, an sich arbeiten zu lassen. Alles ist so durchgestylt hier, dass man sich kaum vorstellen kann, hier mit Milbenbissen, einem Furunkel oder profanen Warzen aufzutauchen. Während ich im Wartezimmer sitze, überlege ich, warum die anderen wohl hier sind. Lassen die sich alle aufhübschen? Unterspritzen? Oder haben sie was Fieses untenrum? Hautärzte sind ja auch für Geschlechtskrankheiten zuständig. Dieses Was-hat-wohl-wer-Spiel liebe ich. Was hat wohl wer, was macht wohl wer, und wie lebt wohl wer?

Als ich damit durch bin, schnappe ich mir eine Zeitschrift. Hier gibt's mehr Auswahl als in einer internationalen Bahnhofsbuchhandlung. Unglaublich viele Hochglanzmagazine. Deko-Zeitschriften in rauen Mengen. Bea würde das Herz aufgehen. Wenn die Magazine ein Indikator fürs Klientel und die Preise von Frau Doktor sind, dann bin ich hier definitiv verkehrt. Ich käme nicht auf die Idee, eine Nachtischlampe für 1900 Euro zu kaufen. Oder ein Paar Stiefeletten für 1200 Euro. Das gibt mein Budget einfach nicht her. Und irgendwie hat es auch etwas Unanständiges. Außerdem macht es mir schlechte Laune, Hefte durchzublättern, in denen rein gar nichts ist, was ich mir leisten kann.

Mit Terminplanung und Pünktlichkeit scheint es Frau Dr. Kontner nicht so zu haben. Ich warte nun schon seit zwanzig Minuten, und dass bei einem Hautarzt Notfälle dazwischenkommen, ist ja eher selten.

Immerhin eine *Lisa* ist dabei. Wie hat die sich denn hierher verirrt? Ich blättere ein wenig drin rum. Bei den Rezepten komme ich ins Stocken. Das Bild habe ich doch schon mal gesehen, schießt es mir durch den Kopf. Knackiges Gemüse und eine Folienkartoffel mit Kräuterquark. Die Abbildung in der Sparte *Schnell gezaubert* sieht verdammt nochmal genauso aus wie das Foto, das mir Malgorzata heute Mittag geschickt hat. Aber wie kommt Malgorzatas Bild in die *Lisa*? Ich hole mein Handy raus, um den direkten Vergleich zu machen.

Just in dem Moment werde ich natürlich aufgerufen. »Frau Schnidt bitte in die Drei!«

Ich packe die *Lisa* in meine Handtasche, um mit meinen Detektivarbeiten später fortfahren zu können. Das wäre ja der Knaller. Sind etwa alle Fotos, die wir von Malgorzata bekommen, Fakes?

In Zimmer drei ist niemand. Ich setze mich auf die Liege und warte weitere fünf Minuten.

»So, Frau Schnidt, da wär isch!«, begrüßt mich eine Stimme.

Ein Mann. Ein gutaussehender Mann, der mir irgendwie vage bekannt vorkommt. Frau Dr. Kontner kann das definitiv nicht sein. So viel männliche Anteile hätte Sabine erwähnt.

»Äh, wo ist denn Frau Doktor?«, frage ich und bin sofort in Schockstarre.

»Im Urlaub. Uff Bora Bora. Den hat se sisch verdient. Isch bin die Vertretung. Die musste ma raus.«

Ich will auch raus, vor allem als mir klar wird, wen ich da vor mir habe. Jetzt erkenne ich ihn. Das ist Gregor, der Sohn von Heidrun. Heidrun ist eine frühere Freundin meiner Mutter, und ich war mit Gregor mal aus. Unsere Mütter dachten, sie könnten uns verkuppeln. Der Abend damals war ein Desaster. Geradezu legendär. Gregor hat mich stehenlassen, und ich habe mir, nach reichlich Alkoholkonsum, die Bänder am Fuß gerissen. Oder habe ich mir erst die Bänder gerissen und dann getrunken? Ich bin mir nicht mehr sicher. Es ist zu lange her. Aber das ist Gregor. Da bin ich mir sicher.

»Gregor?«, frage ich ein wenig scheu.

»Ja, wieso? Kenne mer uns?«, fragt er zurück.

Wie ernüchternd. Er erkennt mich nicht mal. Ich

muss ja einen bleibenden Eindruck hinterlassen haben. Fast bin ich beleidigt. Was mache ich jetzt bloß? Ich kann diesem Mann, dem Sohn der Exfreundin meiner Mutter, doch nicht meinen Körper zum Leberfleckencheck präsentieren? Allerdings – wenn er gar nicht weiß, wer ich bin, ist es doch wurscht.

»Annette, bist du des?«, kommt es da von Gregor.
Chance verpasst.
»Das hast du schon damals zu mir gesagt. Ich heiße Andrea und hab auch schon damals so geheißen«, antworte ich ein bisschen pikiert.
»Ach, du bist die Klaane von Muttis Freundin!«, fällt bei Gregor der Groschen. »Mer warn doch ma fort zusammen«, redet er weiter. »Na is lang her, wie mer sieht!«, beendet er seine Ausführungen mit einer wenig charmanten Feststellung. »Was mache mer? Ach, Leberflecken. Dann zieh dich ma aus!«, gibt er Anweisung.
Auf keinen Fall. Paul hat mir gesagt, beim Leberfleckencheck wird jeder Winkel, mit der Betonung auf jeder, abgesucht. Auch die Poritze und unter den Brüsten. Keinesfalls werde ich Gregor meinen Po präsentieren. Aber ich will hier auch nicht wie die scheue und verschämte kleine Andrea dastehen.
»Also, das muss ein Irrtum sein. Ich wollte eigentlich mal Botox probieren«, versuche ich, meine Pofalte vor Gregor zu schützen.
»Soso«, sagt er, und ich ahne, dass er ahnt, dass das eine Ausrede ist. Soll er denken, was er will, eins steht fest: Meine Pofalte wird für ihn immer ein Geheimnis

bleiben. Gregor war ein wirklicher Vollpfosten damals. Uncharmant und selbstgefällig.

»Hast du dein Auto noch?«, frage ich und versuche, so etwas wie normale Konversation zu machen.

»Den Porsche?«, will er wissen.

Ich nicke. Das Auto war damals mit Sicherheit das Beste an Gregor. Obwohl er auch gut ausgesehen hat. Aber gutes Aussehen verliert total an Bedeutung, wenn man sich richtig arschig verhält. Der hat mich damals mit meinem kaputten Knöchel abgeschüttelt wie ein lästiges Insekt. Da nützt auch der tollste Wagen nichts. Außen hui, innen pfui. Da gibt's ein Lied: Sie ist wunderschön, aber irgendwie so ... hässlich! Denn innen sieht sie scheiße aus! Passt perfekt auf Gregor.

»Geht's dir gut?«, will er auf einmal wissen. »Was macht deine Mutter?« Das sind mehr Fragen, als er mir damals gestellt hat. An dem Abend gab's nur ich, ich, ich.

»Mir geht es gut, meiner Mutter weniger«, antworte ich und frage im Gegenzug nach seiner Mutter.

»Die is nur noch fort. Kreuzfahrt hier, Kreuzfahrt da, un en neue Mann hat se. Also, isch würd sache, es läuft bei ihr.«

Dass er noch immer so stark Hessisch spricht, ist fast sympathisch. Aber auf die Nachricht, dass es meiner Mutter nicht gutgeht, hat er gar nicht reagiert.

»Also dann, genuch geschwätzt, das Wartezimmer is voll, der Rubel muss rollen, mache mer uns an die Arbeit«, beendet er unser Gespräch und holt eine Spritze aus dem Schrank. Jetzt bin ich kurz davor, doch lieber meine Pofalte zu zeigen.

»Da ist einiges zu tun!«, befindet er, als er mit dem Vergrößerungsglas mein Gesicht absucht.

»Nur die Falte zwischen meinen Augen«, sage ich schnell.

»Wenn mer schon mal dabei sind, sollten mer das Gröbste mitmache, damit des auch en Effekt hat, en offensichtlische«, lässt er mich wissen.

»Ich will nicht, dass es jemand sieht. Es soll keiner merken«, unterbreche ich ihn.

Er rollt demonstrativ mit den Augen. »Ehrlisch, Annette, des is immer das gleiche Theater. Ihr wollt super aussehe, aber unauffällig. Merkt mer nix, seid ihr enttäuscht, merkt mer was, auch. Des is irschendwie unmöglich. Un es nervt.«

Dass du immer Annette statt Andrea sagst, nervt auch, will ich kontern, schlucke die Bemerkung aber runter.

Wenn er daheim erzählt, die Annette war da, bin ich fein raus. Uncharmant ist er noch immer. Und unwirsch dazu. Aber wenn er den Mund hält, ist er wirklich attraktiv.

»Bist du verheiratet?«, will ich wissen, während er die Spritze mit einer Flüssigkeit füllt.

»Des hat doch damals schon net gefunkt zwischen uns«, antwortet er, und mir ist meine Frage sofort peinlich. Denkt der ernsthaft, ich wäre an ihm interessiert? Glaubt der, ich will die Lage sondieren?

»Ich bin versorgt, danke! Bin mit einem Kollegen von dir liiert«, antworte ich patzig.

Das mit dem Kollegen hätte ich mir sparen können. Peinlich, als hätte ich es nötig, vor ihm zu zeigen, dass auch ich arzttauglich bin, also durchaus eine gute Partie gemacht habe.

»Na, dann hat es ja doch noch hingehaue. Ich bin immer noch solo. Spaß kann mer auch so habe. Kostet auch weniger. Un alles ist immer frisch.« Er lacht.

Immerhin einer im Raum, der die Bemerkung witzig findet. Ich könnte direkt kotzen.

»So, jetzt mal still halte, es geht los!«

Bevor ich »Halt, stopp« und »Lass mich hier raus, du Doofbatz« schreien kann, bohrt er die Spritze in meine Stirn. Es knackt sehr seltsam.

»Ist das normal?«, frage ich leicht panisch und bereue schon jetzt, was ich da tue. Weh tut es nicht besonders, aber es knirscht seltsam.

»Is normal, muss sein, des geht uff en Knoche. Ruhig halte. Mer habe noch ein bissche übrig, des mach ich dir obe rein.«

Schon piekt es erneut. Ich habe gar keine Chance, dem Einhalt zu gebieten.

»Des nächste Mal sollte mir dringend auch nebe de Augen spritze, und ne Ladung Hyaluron würd auch nix schade. Bissche mehr Lippenvolumen wär auch gut«, sagt er. Er drückt mir Wattebäusche auf die Einspritzstellen »Noch bisschen weiter druffhalte. So, dann mach's gut, und grüß die Mutti!«

»Was mache ich denn jetzt?«, will ich wissen, als er schon an der Tür ist.

»Mehr Sonnenbrille trage, wesche der Falte, und in vier Tagen übers Ergebnis freue. Kann bis zu ner Woche dauern, bis mer was sieht. Isch sag vorne Bescheid, dass de en Rabatt kriegst, mer sin ja alte Bekannte! Also, bis zum nächste Mal. Da habbe mir noch einiges an Arbeit vor uns.« Damit ist er verschwunden, mein Termin beendet und mein Selbstwertgefühl am Boden.

Ich brauche dringend einen Spiegel. Werde ich mich noch erkennen? Werde ich Jahrzehnte jünger aussehen? Was wird Paul sagen? Werden es alle merken?

Ich gehe auf die Toilette der Praxis und mustere mich gründlich im Spiegel. Bis auf ein paar winzige Einstiche, die man aber nur sieht, wenn man Bescheid weiß, sieht mein Gesicht aus wie immer. Obwohl ich keine offensichtliche Veränderung wollte, bin ich nun fast enttäuscht. Wahrscheinlich war die Bemerkung von Gregor, jedenfalls in dieser Hinsicht, richtig. Man will die große Wirkung, aber keiner soll's sehen. Man will Begeisterung, aber keinesfalls Enttarnung. Bei mir ist gar nichts zu sehen. Aber Gregor hat auch gesagt, es kann dauern. Vielleicht werde ich morgen mit meinem neuen jüngeren Ich aufwachen. Oder übermorgen.

Als ich auf die Praxistür zusteuere, erklingt eine Stimme. »Moment mal, Frau Schnidt, ich glaube, Sie haben da eine Kleinigkeit vergessen! Sie müssten noch bezahlen!«

Ausgerechnet hier muss mir das passieren. Alles guckt. Auf der Peinlichkeitsskala ist das kaum zu toppen. Ich eile mit rotem Kopf an die Empfangstheke und zücke sofort mein Portemonnaie.

»Wolltest de dich davonschleichen, Annetscher?«, ertönt ein Lachen. Gregor.

Hoffentlich ist seine Spritztechnik besser als sein Namensgedächtnis. Die Sprechstundenhilfe sieht weit weniger amüsiert aus. Sie würde bestimmt die Stirn runzeln, wenn sie denn könnte, aber ihr Gesicht wirkt wie frisch gebügelt. Sie hat eine Haut wie ein praller, glatter, haarloser Hamster. Die Wangen so aufgepolstert, als hätte sie schon ein paar Nüsse für den Winter gesammelt. Offensichtlich nutzt sie jede Möglichkeit, die diese Praxis bietet.

»Sie haben ja schon eine Zeitschrift aus dem Wartezimmer entwendet, es wäre schön, wenn Sie wenigstens die Behandlung zahlen!«, zischt sie mich an. Nett geht anders.

»Entschuldigen Sie, ich war so in Gedanken. Was schulde ich Ihnen?«, sage ich so freundlich, wie es mir nach diesem Tadel möglich ist.

Hat die gesehen, dass ich die *Lisa* eingesteckt habe? Wie ist das von hier aus möglich? Haben die Kameras im Wartezimmer? Hat mich jemand verpetzt?

»Ich kann die Zeitschrift natürlich mitbezahlen. Es war so ein tolles Rezept drin, und ich war so in Gedanken, da habe ich sie versehentlich eingesteckt«, rede ich mich raus.

»Dreihundertzwanzig Euro, die Zeitschrift ist inklusive«, antwortet sie spitz.

Ich zucke zusammen. Sabine zahlt angeblich 300 Euro. Und dann sollen 320 Euro ein Freundschaftspreis für alte Bekannte sein?

Ich wage es, nachzufragen: »Ist da der Bekanntschaftsrabatt schon mit drin? Gregor und ich sind alte Freunde.«

Freunde ist ein ziemlich großes Wort für das, was

Gregor und mich verbindet. Aber immerhin ist er der Sohn einer ehemaligen Freundin meiner Mutter, und ich war mal mit ihm aus. Auch wenn es lange her ist. Geht die Sprechstundentante ja nichts an.

»Allerdings ist der Rabatt mit drin. Bei der Menge an Botox. Normalerweise machen wir damit zwei Gesichter«, pampt sie mich an. Ich gebe mich geschlagen. Wir werden sicherlich keine Freundinnen mehr. Was für eine Pissnelke. Dieser menschliche Rottweiler ist für Kunden- oder Patientenkontakt nicht geeignet. Furchterregend und einschüchternd wie die ist. Ich lege meine EC-Karte auf den Tresen und zahle.

»Wollen Sie einen Anschlusstermin oder eine Erinnerungsmail?«, fragt sie eine klitzekleine Spur netter.

Das Einzige, was ich brauche, ist ein Leberfleckencheck, das aber traue ich mich nicht zu sagen. Nicht dass sie nachschaut und sagt: »Der war doch heute! Gehen Sie grad noch mal rein zum Herrn Doktor.« Jetzt muss ich mir einen anderen Hautarzt suchen. Mist.

Drei Stunden später sitze ich zu Hause und versuche zu arbeiten. Die neueste Idee meines Chefs ist ein Raumerfrischer für Teenies. Ich soll mir überlegen, wie man diese Zielgruppe erobern könnte.

»Sie haben doch einen Teenager, Frau Schnidt, da wissen Sie doch, was die so wollen und gut finden, die jungen Leute. Welcher Duft zieht die an?«

Der Ausdruck »die jungen Leute« ist irgendwie süß, und alle, die ihn benutzen, sind alt. Wonach wollen junge Leute riechen? Ich bin zwar näher dran an dieser Zielgruppe als mein Chef, aber doch mit fünfzig schon meilenweit entfernt. Ich frage meinen hauseigenen Jugendlichen, der – große Überraschung! – nicht in seinem Bett liegt, sondern auf meinem Sofa.

»Was riecht für dich verlockend?«, frage ich ihn.

Er überlegt. »Lasagne, Gras und mein Bett«, lautet seine Antwort. Mit Gras meint er garantiert nicht das Grüne hinter unserem Haus.

Kiffgeruch wäre mit Sicherheit für viele dieser Altersgruppe ein verlockender Duft. Vor allem für die Jungs. Raumerfrischerkäufer sind jedoch zum größten Teil weiblich. Und selbst wenn nicht, glaube ich trotzdem kaum, dass sich Kiffaroma am Markt durchsetzen würde. Ich finde persönlich auch nicht, dass es lecker riecht. Für alle Kiffer wäre das allerdings irre praktisch. Sie könnten zu Hause in Ruhe einen Joint nach dem anderen durchziehen und immer behaupten, der Geruch käme nicht vom Rauchen, sondern vom Raumerfrischer. Herr Klessling, mein Chef, ist allerdings ein ziemlich konservativer Typ. Er wird bei diesem Vorschlag wohl nicht in Begeisterungsstürme ausbrechen.

Lasagneduft ist wirklich gut, aber ein bisschen speziell. Und man möchte auch nicht, dass es zu Hause wie in einer schlecht gelüfteten Pizzeria riecht. Außerdem ist Lasagne wieder Nahrung, deshalb vielleicht zu nah dran an unserem Kekserfolgsduft. Bleibt das Bett.

Ich fahre mir mit der Hand durchs Gesicht, und da fällt es mir wieder siedend heiß ein. Meine Stirn! Ich muss sofort checken, ob sich faltenmäßig was getan hat.

Ab jetzt begutachte ich nahezu viertelstündlich mein Gesicht im Badezimmerspiegel, um zu sehen, ob sich die 320 Euro bemerkbar machen. Bisher tun sie es nicht. Alles wie immer. Ich kann nur nicht mehr so böse gucken. Kann die Stirn kaum mehr runzeln. Wenn das alles an Wirkung ist, wäre es ärgerlich. Faltig, aber unbeweglich. Und das für 320 Euro. Gut – Zeitschrift inklusive.

Also, zurück zur Arbeit: Das Bett ist ein Rückzugsort. Ein Ort der Behaglichkeit. Vertraut und gemütlich. Das Bett steht für Erholung und Entspannung, natürlich für Schlaf, aber auch für Leidenschaft und Sex. Für das Gefühl, liegenbleiben zu dürfen, dieses Wochenendgefühl ohne Wecker. Für das Gefühl von Freiheit in häuslicher Umgebung. Kann man all das in einem Geruch vermitteln? Dieses Sonntagmorgengefühl. Dieses Wissen, du musst rein gar nichts tun. Dir nichts anziehen, nichts erledigen. Du kannst vor dich hin dösen, an die Decke gucken, träumen – einfach tun, was immer du willst, und das in einem geschützten Raum. Das alles vereint in einem Duft wäre großartig. Frische Bettwäsche ist auch so etwas Wunderbares. Chillen im frischbezogenem Bett – genau das will ich. Muss mir nur noch einen guten Namen für den Raumerfrischer ausdenken.

Die Duftkomposition machen andere. Verkauft wird immer auch eher eine Illusion, als ein bestimmter Geruch. Sehe die Abbildung auf der Schachtel direkt vor meinen Augen. Weiße Bettwäsche, dekorativ verwühlt. Gerade so, dass man sofort hineinschlüpfen will. Keinesfalls so, dass man denkt: Ich muss sofort das Bett frisch beziehen.

Dieses Im-Bett-Liegen haben alle Jugendlichen gemeinsam. Ich kenne keinen oder keine, die das nicht mag. Das wäre bei Lasagne und Gras schon anders.

Frühaufstehende Jugendliche sind fast schon so was wie ein Oxymoron. Den Begriff kenne ich noch aus dem Deutschunterricht. Bei einem Oxymoron stehen sich zwei Begriffe inhaltlich entgegen. So wie jauchzende Trauer etwa ein Widerspruch in sich ist. Frühaufstehen und Jugendlicher – das ist geradezu ein Paradeoxymoron. Das Bett ist der natürliche Lebensraum der Jugendlichen, aus dem sie sich nur sehr ungern vertreiben lassen.

Frühaufstehertrost könnte der Duft heißen. Oder Lakenchill. Oder Oxy, aber das klingt zu sehr nach Chemie. Aber auch irgendwie cool. Ist noch nicht so ganz ausgegoren. Aber wenn man auf der Suche nach einem Namen ist, muss man erst mal jeden noch so abwegigen Gedanken zulassen.

Ich notiere die wichtigsten Stichworte für Herrn Klessling, schicke ihm eine Mail und bin beglückt, etwas gefunden zu haben. Dafür werde ich mir einen halben Tag Homeoffice aufschreiben.

Nachdem ich noch mal schnell mein Botox-Gesicht überprüft habe, rufe ich bei Birgit an.

»Ist bei Mama alles okay?«, will sie wissen.

Ich zögere. Soll ich ihr das mit dem Foto verraten? Ihr erzählen, dass das Foto in der *Lisa* eindeutig dasselbe Foto ist, das ich auch auf meinem Handy habe? Oder sollte ich erst allein mit Malgorzata sprechen und ihr sagen, dass ich ihren kleinen Betrug aufgedeckt habe? Ihr die Chance geben, zu gestehen und sich zu erklären. Sie fragen, was da eigentlich los ist? Ob das eine Ausnahme war oder ob sie das schon immer so machen? Ich beschließe, Birgit erst mal nichts zu sagen. Ich habe keine Lust auf stundenlange Diskussionen und Angst davor, dass sie Malgorzata sofort empört kündigt. Was dann? Alles wieder zurück auf Anfang? Eine neue Pflegekraft suchen? Mama verunsichern?

Natürlich bin auch ich nicht begeistert von Malgorzatas Machenschaften. Ich weiß vor allem nicht, was das soll. Ist das eine trotzige Form des Boykotts? Ein Auflehnen gegen unsere Essensbevormundung? Raffiniert ist es auf jeden Fall. Genau betrachtet allerdings auch ziemlich aufwendig. Jedes Mal ein Gericht in einer Zeitschrift suchen, das mit den Lebensmitteln zubereitet wird, die wir besorgen? Ich muss über die Sache erst in Ruhe nachdenken.

»Alles bestens. Mama hat mir einen Hausanzug in Blassorange geschenkt. Genau das Modell, das die beiden immer tragen«, sage ich deshalb.

Birgit lacht. Sie würde noch mehr lachen, wenn sie sehen könnte, dass ich den Hausanzug anhabe. Wenn man ihn nicht anschauen muss, ist er wirklich ein Traum. So gemütlich. Für zu Hause perfekt.

»Du musst die nächsten Tage, bis ich wegfahre, nicht zu Mama. Das kann ich machen. Wenn ich dann auf Kreuzfahrt bin, wäre es toll, du würdest gehen«, schlage ich meiner Schwester vor.

Sie willigt – für ihre Verhältnisse unerwartet bereitwillig – ein und erzählt mir noch, dass Desdemonia, ihre große Tochter, die von allen nur Mona oder Desi genannt wird, nächste Woche mit ihrem ersten richtigen Job anfängt.

»Da kann ich Mona ein wenig zur Hand gehen mit der neuen Wohnung, die sie gefunden hat«, freut sich meine Schwester.

Meine Nichte ist ein wirklich schlaues Mädchen. Sie hat das Studium und diverse Praktika rasant schnell erledigt, wird in London leben und in einer großen Wirtschaftskanzlei arbeiten.

»Das ist phantastisch!«, freue ich mich für Mona.

Mona ist eine angenehme Person. Klug und bescheiden – und dazu noch lustig. Wie das genetisch möglich ist, ist mir ein Rätsel. Mein Schwager hat nicht mal Spurenelemente von Bescheidenheit in sich, und Birgit neigt auch nicht dazu. Lustig ist keiner von beiden. Man könnte Mona eine Streberin nennen, aber das ist sie nicht. Strebsam ja, aber Streberin nein. Auf London bin ich ein bisschen neidisch. In London zu leben muss irre aufregend sein. Irre teuer ist es allerdings auch. Allein die Kosten ihres Masterstudiums waren furchterregend. Dazu Wohnen und Leben. Birgit und Kurt haben richtig investiert.

»Für Bildung geben wir gern Geld aus. Das ist essentiell. Davon hat man ein Leben lang was«, hat Kurt mehrfach betont.

Ich wäre nur zu gern bereit, Geld für Marks Bildung auszugeben. Nachher werde ich noch mal einen Gesprächsversuch starten. Ich beende das Gespräch mit meiner Schwester, bevor sie noch ein »Siehste« unterbringen kann.

Kaum habe ich den Hörer aufgelegt, ist Paul zu Hause. Müde sieht er aus. Erschöpft. Die Arbeit in der Klinik ist anstrengend. Wären da nur die Patienten, wäre alles okay. Aber inzwischen hat er wahnsinnig viel Arbeit mit den Akten, wie er mir häufig erklärt, Büroarbeit, die ja eigentlich nicht sein Job ist. Die ständig liegenbleibt und ihm dann irgendwann über den Kopf wächst.

»Das ist nicht die Art Arbeit, die ich machen wollte. Ich wollte mich um Kranke kümmern und nicht ständig Formulare ausfüllen«, beschwert er sich. »Hätte ich eine Praxis auf dem Land, wäre das alles ein bisschen anders«, kommt er mal wieder auf sein Lieblingsthema zu sprechen.

Ich sage einfach nichts. Ignoriere das. Streichle ihm den Rücken. Blende das Bild von mir in Gummistiefeln einfach aus.

Wir machen uns einen gemütlichen ruhigen Abend und essen die Partyreste. Ich versuche, ihn ein bisschen über die Kreuzfahrt auszufragen, aber es gelingt mir nicht.

»Lass dich doch einfach überraschen. Normale Klamotten für normale Temperaturen. Mehr sage ich nicht. Habe ich auch bei Alexa nicht. Die hat es heute am Telefon auch schon probiert. Da kannst du all deine Verführungskünste auffahren. Ich bleibe eisern. Dauert ja nicht mehr lange, bis es losgeht. Es wird schön, Andrea. Es ist was wirklich Besonderes. Nichts, was jeder so macht.«

Ich gebe auf und werde mich tatsächlich überraschen lassen. Eines aber verrät er mir: Wir starten nicht in Frankfurt. Was auch immer das bedeuten mag. Dass dort kein Kreuzfahrtschiff in See sticht, war selbst mir klar. Auf dem

Main schippern Ausflugsdampfer, und das Meer ist sehr weit weg. Leider. Frankfurt am Meer wäre perfekt.

Meine Geographiekenntnisse sind nicht die allerbesten, obwohl ich vor Jahren mal die Hauptstädte der Welt auswendig gelernt habe. Aber was nützt es zu wissen, dass die Hauptstadt von Burundi Bujumbura heißt, wenn man auf der Karte nur mit Müh und Not den Kontinent Afrika findet. Ich beschließe, sofort zu gucken, wo Burundi liegt. Eigentlich sollte ich mir einen Globus kaufen und mir jeden Abend ein anderes Land vornehmen. Stattdessen lade ich mir eine Geographie-App runter und weiß jetzt: Burundi liegt in Ostafrika und grenzt an Ruanda, Tansania und die Republik Kongo.

Was meint Paul damit, wenn er sagt, die Reise startet nicht hier? Fliegen wir nicht ab Frankfurt? Richtung Karibik, Südostasien, Palma, Barcelona oder Athen? Sind das nicht die Häfen, von denen die großen Kreuzfahrten losgehen? Oder machen wir eine Atlantiküberquerung? Hamburg bis New York?

»Haben wir auch Landtage oder nur Seetage?«, will ich von Paul wissen.

»Nur eines von beiden!«, antwortet er und grinst.

Ich bin verunsichert. Wenn er die Wahrheit sagt, und warum sollte er lügen, spricht alles für eine Atlantiküberquerung. Nur Landtage – das wäre ja wohl kaum eine Kreuzfahrt. Also werden wir nach Amerika fahren. Phantastisch. Ich war erst einmal in New York. Mit Christoph. Bei seinem Marathonversuch.

Ob Paul ein guter Shoppingpartner für New York ist, wage ich zu bezweifeln. Konsum ist ihm eher lästig. Karibik wäre mir noch lieber, auch im Hinblick auf meinen Lederbikini. Mitnehmen werde ich ihn aber auf jeden Fall. Den kann man ja auch im Wellnessbereich anziehen. Oder mal abends in der Kabine. Nach zwanzigjähriger Ehe würde das im Zweifel nur ein müdes Lächeln hervorrufen, wenn überhaupt, in unserem Fall verspreche ich mir mehr davon. Wir befinden uns noch in der Phase grenzenloser Begierde. Da kann so ein Bikini einiges bewirken. Hoffe ich jedenfalls.

»Wie war dein Tag?«, will Paul wissen.

Auch etwas, was ich in meiner Ehe vermisst habe. Interesse an mir und dem, was ich mache. Wann hat das aufgehört bei Christoph und mir? Sich dafür zu interessieren, was den anderen umtreibt, was er macht, was ihn beschäftigt?

»Leider habe ich es doch nicht geschafft, den Leberfleckencheck machen zu lassen«, beichte ich schnell.

Diese Aussage ist nicht zu 100 Prozent richtig, aber gelogen ist sie auch nicht. Ich habe es ja wirklich nicht geschafft. Es nicht über mich gebracht, mich vor Gregor auszuziehen. Den Teil mit dem Ausweichmanöver und dem Botox lasse ich weg.

Noch immer sieht man nichts, und schon deshalb denke ich nicht, dass es nötig ist, es zu verraten. Ich weiß, Paul wäre alles andere als begeistert. Warum jemanden wegen nichts aufregen? Sich in Diskussionen stürzen, die unnötig sind? Wenn ich auf der Kreuzfahrt auf einmal glatt und jung aussehe, dann kann ich es auf den Erholungseffekt schieben. Kann sagen: »Guck, wie gut mir so eine Fahrt bekommt, das müssen wir unbedingt häufiger machen.«

»Ich werde einen neuen Termin machen, gleich nach der Kreuzfahrt!«, verspreche ich und wechsele das Thema, bevor Paul Genaueres wissen will und ich anfangen müsste zu lügen.

Die Geschichte von meiner Mutter findet er lustig.

»So viel kriminelle Energie hätte ich der kleinen Pummel-Malgorzata gar nicht zugetraut. Die ist ja richtig gewitzt!«

So kann man es natürlich auch sehen.

»Lass sie doch, Andrea, nimm ihr den Spaß nicht. Bring sie nicht in Verlegenheit.«

Das wäre natürlich die sehr großmütige Variante. Und die einfachste.

»Aber die gesundheitlichen Aspekte, ihr Blutzucker, ihr Cholesterin und der ganze andere Kram?«, frage ich.

Gesunde Ernährung ist Pauls Mission, insofern finde ich seine enorme Gelassenheit in Bezug auf meine Mutter eher seltsam.

»Sie ist gut eingestellt mit ihren Tabletten, und das Wichtigste sollte doch in ihrem Alter sein, dass sie sich wohl fühlt. Und das tut sie ja augenscheinlich.«

Ich werde es mir bis zum nächsten Besuch überlegen, wie ich mich verhalte. Ich kann ja noch eine Nacht darüber schlafen.

2

Nur noch zwei Tage, dann geht es los. Ich starte erste Kofferpackversuche.

»Soll ich dir auch was einpacken?«, frage ich Paul, bevor er zur Arbeit aufbricht.

»Wie alt sehe ich aus?«, fragt er zurück. »Ich bin weder fünf noch fünfundachtzig, also durchaus in der Lage, ein paar Klamotten zusammenzupacken.«

Im Normalfall wäre das eine sehr erfreuliche Nachricht, bei Paul und seinem Klamottenstil allerdings verhält sich das etwas anders. Er ist – um es ganz freundlich zu formulieren – farblich flexibel. Nicht, weil er besonders modebewusst ist, sondern weil es ihm einfach egal ist. Wie Bea das bloß ausgehalten hat? Eine so perfekt gestylte Person?

»Bea hat darum immer ein riesiges Theater gemacht, das hat mich unglaublich genervt«, sagt er, fast als könne er Gedanken lesen.

»Ich wollte dir nur Arbeit abnehmen. Ich hab heute einfach mehr Zeit als du, aber ich will dich nicht bevormunden«, rede ich mich raus.

Ich will ihn nicht kränken, aber ich möchte auf dem Schiff auch nicht schräg angeschaut werden – insofern würde ich ihn in dieser Hinsicht gern ein bisschen bevormunden. Frauen sind ja letztlich verantwortlich dafür, wie ihre Männer aussehen. Wenn Männer im vollgekleckerten Pulli irgendwo sitzen, sagen die wenigsten: »Oje, der könnte sich echt mal was Frisches anziehen!« Die Reaktionen lauten im Normalfall: »Hat das seine Frau denn nicht gesehen?« Gerecht ist das nicht. Aber wir fühlen uns sofort schuldig. Anstatt zu sagen: »Das hat er ganz allein zu verantworten«, sind wir irgendwie beschämt. Haben das ungute Gefühl, unsere Aufgabe vernachlässigt zu haben. Es sollte kleine Anstecker für Männer geben. Anstecker, auf denen steht: »Das habe ich selbst rausgesucht« oder »Mir gefällt es! Meiner Frau nicht!« oder »Meine Frau hat das nicht abgesegnet!« oder »Ja, ich bin farbenblind!« Solange es solche praktischen Hinweise nicht gibt, ist eine kleine Kontrolle hilfreich.

»Keine Sorge, Andrea, ich nehme die Crocs nicht mit und trage die Birkenstocks nur nach Anbruch der Dunkelheit!«

Ich bin leider nicht sicher, ob das jetzt ein Witz ist. Wahrscheinlich nicht. Warum nur ist es mir so wichtig, dass er gut angezogen ist? Er sieht so oder so gut aus. Das Material stimmt, an der Verpackung könnte man noch ein bisschen arbeiten. Besser so als andersrum.

»Wenn es dich entspannt, Andrea, dann darfst du gern für mich packen. Ich will dir nur keine Arbeit aufhalsen. Du hast mit deinem Job, deiner Mutter und mit Mark wirklich genug zu tun.«

Es ist schön, einen Mann an seiner Seite zu haben, der zu schätzen weiß, was man tut. Der es bemerkt und würdigt. Es nicht als selbstverständlich hinnimmt. Es wertschätzt. Wertschätzung – sowohl im Beruf als auch in der Beziehung – eine unerlässliche Sache.

Die meisten Frauen leiden weniger unter dem Arbeitspensum, das auf ihnen lastet, sondern darunter, dass niemand zu schätzen weiß, was sie leisten, und es somit auch nie lobend erwähnt. Es gibt Frauen, die fast in Tränen ausbrechen vor lauter Freude, wenn sie mal gelobt werden. Aber natürlich erst, nachdem sie das Lob selbst abgemildert haben. Auf ein Wahnsinn-wie-du-das-alles-schaffst antworten wir Frauen gern mit einem Das-ist-doch-keine-große-Sache-das-habe-ich-so-nebenher-erledigt. Sagt jemand, unser neues Kleid sei so hübsch, betonen wir sofort, dass es nicht neu, sondern im Gegenteil schon irre alt ist und außerdem auch ein Sonderangebot war. Wir sind nicht gut darin, Komplimente anzunehmen. Warum sonst antworten wir nicht: »Freut mich, dass dir mein Kleid gefällt, ich mag es auch sehr.« Haben wir Angst, wie Diven dazustehen? Um Wertschätzung und Anerkennung zu erhalten, darf man seine eigenen Leistungen nicht immer runterspielen. Wer selbst sagt: »Das ist doch nicht der Rede wert«, muss sich nicht wundern, wenn tatsächlich irgendwann niemand mehr darüber spricht. Ständig bescheiden zu sein führt nicht zu erhöhtem Lobaufkommen. Man muss aufpassen, dass Dienstleistung nicht zur Selbstverständlichkeit wird – gerade als Frau. Und besonders als Mutter.

So oder so – ich bin erleichtert, dass ich auch Pauls Koffer packen darf. Das zum Thema Dienstleistung.

Ich werde das mit dem Packen heute Nachmittag angehen. Vorher muss ich auf jeden Fall noch mal ins Büro und mit Herrn Klessling sprechen. Bisher hat er auf meine Mail nicht geantwortet. Ich hoffe doch sehr, dass ihm mein Vorschlag gefällt.

Gerade als ich fertig für den Aufbruch ins Büro bin, klingelt mein Telefon. Es ist Rudi, mein Exschwiegervater.

»Andrea, isch hab's geschafft. Der Bub is unnergebracht. Isch hab en Praktikum. Ganz was Gutes. Wo er rischtig ran muss.« Rudis Stimme überschlägt sich fast. »Du kennst doch den Ludwisch, also der hat emal vor Jahren den Karl, also den Hund von uns, angefahren.« Er holt Luft.

Ich kenne keinen Ludwig. Was allerdings auch an meinem miesen Namensgedächtnis liegen kann. Ich erinnere mich dunkel daran, dass Karl, Rudis damals schon sehr betagter Dackel, irgendwann mal von einem Auto gestreift wurde, der Fahrer untröstlich war und Rudi ihm dann mit großer Geste verziehen hat. Der Fahrer hieß also Ludwig. Was das jetzt mit Marks Praktikum zu tun hat, ist mir allerdings noch ein Rätsel.

»Der Ludwisch, du weißt doch«, sagt Rudi.

»Ich kann mich an keinen Ludwig erinnern«, gestehe ich.

»Andrea«, mahnt er, »wir warn doch dann alle zusamme beim Ludwisch zum Esse. Weschen dem Karl. Als Wiedergutmachung.«

Jetzt macht es bei mir Klick. Rudis ominöser Ludwig hatte eine Gaststätte, in der wir für lau, wie es Rudi gern nennt, alle zusammen gegessen haben. Riesige Schnitzel, die über den Tellerrand hingen, und dazu Unmengen an Pommes. Ich bekomme sofort Appetit.

»Ja, jetzt weiß ich es wieder. Aber was hat der Ludwig denn jetzt mit dem Praktikum zu tun?« Ich bin noch immer ein wenig ratlos.

»Beim Ludwisch kann de Mark mal in die Gastronomie reinschnuppern. Bediene, in der Küche helfe un einfach ma lerne, was Arbeit is.«

Da wird er aber begeistert sein, denke ich nur.

»Ich weiß nicht, ob ihn das interessiert«, wage ich einen kleinen Einwand.

»Wenn jemand sich für nix interessiert, kann er sich auch für alles interessiere. Gucke mer mal. Er kommt allemal aus em Bett, un des is doch schon was. Raus aus de Horizontale. De Ludwisch zahlt em sogar en bissi was. Isch hab gesagt, dass des Karlsche monatelang noch gehumpelt is, der arme Hund. Da war er direkt kleinlaut. Un als isch erwähnt hab, dass de Karl gestorbe is, vor sechs Woche, da hat er gesagt, dass er den Bub nimmt. Jederzeit.« Er seufzt, dann ergänzt er noch: »De Ludwisch is en enorm tierliebe Kerl!«

Leider ist mein Sohn kein Dackel. Ob ihm das also nützt, weiß ich nicht.

»Un de Ludwisch war ema bei der Marine, vor langer Zeit, der kann durschgreife. Aber wie. Isch kenn da Geschischte, mein lieber Scholli. Der kriegt den Mark schon in de Griff. Liebevoll autoritär. Der hat, was uns fehlt.«

Mein Sohn in der Gastronomie? Gut, er hält sich gern in der Nähe vom Kühlschrank auf, findet den Weg in die Küche, geht auch gern mal essen, aber ansonsten konnte ich bisher keine große Liebe zur Gastronomie bei meinem Sohn entdecken. Liebe kann auch wachsen, denke ich. Und dann bei einem ehemaligen Marinesoldat? Ob ihm das zusagt?

»Und wer macht ihm das schmackhaft?«, frage ich Rudi.

»Ei du. Isch kann aber komme un dir unner die Arme greife. Bevor ihr fahrt, machst de Folgendes: Du leerst den Kühlschrank, verschließt die Vorratskammer un dann muss der Bub ja aus em Haus, wenn er net verhungern will. Außerdem hat der Ludwisch versproche, dass es jeden Tag en schönes Schnitzel on top gibt. Für lau. Mit Pommes und Salat. Des kostet sonst dreizehn neunzisch.«

Das Schnitzel könnte tatsächlich helfen. Aber dass der ansonsten so liebe Rudi tatsächlich vorschlägt, den Kühlschrank zu leeren und die Vorratskammer abzuschließen, überrascht mich. Das sind drastische Maßnahmen. Der Vorschlag könnte glatt von Birgit sein. Ich weiß nicht, ob ich das übers Herz bringe. Das eigene Kind aushungern? Nicht dass der das Jugendamt anruft und mich anzeigt. Er ist über achtzehn fällt mir dann ein. Da ist das Jugendamt ja gar nicht mehr zuständig.

»Rudi, das ist aber sehr hart«, lege ich ein winziges Veto ein.

»Es is doch nur zu seinem Beste. Isch hab den Bub doch furschbar lieb, aber des geht doch net so weiter. Mer wolle doch, dass er ma in Gang kommt.«

Einen Versuch ist es vielleicht wirklich wert.

»Wenn er kei Nahrungsmiddel im Haus findet, muss er raus!«, lacht Rudi und erfreut sich an seiner eigenen Raffinesse.

»Wenn er nicht längst wie ein Eichhörnchen was in

seinem Zimmer gebunkert hat«, lache ich. Morgen werde ich also den Kühlschrank leeren und alles zu meiner Mutter bringen.

»Isch komm heut Abend emal uff en Sprung vorbei, und dann bringe mers dem Kleine schonend bei«, schlägt Rudi vor, und ich willige ein.

Ich habe ein bisschen Angst, meinen Sohn durch diesen radikalen Schritt aus dem Haus zu treiben. Genau das willst du doch, Andrea, ermahne ich mich. Aber was, wenn er irgendwo Unterschlupf findet? Sich bei einem Freund verkriecht und mir die Aktion niemals verzeiht? Werde ich dadurch meinen Sohn verlieren? Aber ist das nicht vielleicht die Chance, bei ihm etwas zu bewegen? Wenigstens den Hintern aus dem Bett?

»Ach ja, Andrea, eins noch. Geld derfst de ihm natürlisch auch keins dalasse. Net eine Mark.«

Rudi hat sich nach all den Jahren noch immer nicht daran gewöhnt, dass wir jetzt mit Euros bezahlen.

Ich bin gespannt, wie mein Mark reagiert. Wenn er denn überhaupt reagiert. Jede Reaktion ist besser als diese dauerhafte Lethargie, beruhige ich mich.

Bevor ich losfahre, muss ich erst noch mal durchatmen. Da trainiere ich doch einfach mal ein paar Hauptstädte mit meiner neuen App. Vielleicht kann ich mit diesem Wissen auf dem Kreuzfahrtschiff ja ein paar Klugscheißerpunkte sammeln. Die Hauptstadt der Fidschiinseln – nördlich von Neuseeland – heißt Suva. Wie Traube auf Spanisch, nur mit einem S davor. Man muss dem Gedächtnis Brücken bauen. Traube mit S. S-Klasse. Wie beim Auto. Die Supertraube sozusagen. Wenn man das in einem Gespräch einfach so einfließen lässt, »Ach so, Suva«, das hat doch was. Bin echt gespannt, was da für Leute auf dem Schiff sind.

Meine Stirn ist heute Morgen eindeutig anders. Oder bilde ich mir das nur ein? Schaue mir ein Selfie von letzter Woche an, um zu vergleichen. Ich bin die einzige Person weltweit, die es nicht kapiert, wie man diese verdammten Selfies macht. Ich sehe immer verzerrt aus. Gucke seltsam, habe einen riesigen Kopf und verdrehte Augen. Ich sollte mal einen Kurs bei meiner Tochter machen. Diese Generation ist selfieerprobt. Aber bei genauer Betrachtung habe ich auf dem Foto eindeutig mehr Falten. Ich versuche, vor dem Spiegel meine Stirn hochzuziehen. Es geht nicht. Da rührt sich nichts. Wie betoniert und sehr glatt. Sehe ich jetzt jünger aus? Besser?

Herr Klessling ist noch ein wenig skeptisch, was meine Duftvorschläge angeht.

»Bett ist doch nicht chic!«, wendet er ein.

Ich halte ein Bettplädoyer. Mein Sohn wäre begeistert, wenn er es hören könnte. »Endlich raffst du es«, würde er wahrscheinlich sagen.

»Aber Frau Schnidt, wir wollen doch was, was, wie sagt man, hip ist, gell! Und ein Bett ist halt nur ein Bett. Wäre was mit Skateboard oder so nicht besser?«

Skateboard? Oder so? Was soll denn oder so sein? Herr Klessling und die Trends.

»Skateboard fahren, wenn überhaupt, Zwölfjährige. Das ist schon fast retro«, kläre ich meinen Chef auf.

Davon mal ganz abgesehen – wie soll denn etwas nach Skateboard riechen? Wie soll ich das marketingmäßig verkaufen?

»Ein Bett ist was für alle. Alle Jugendlichen lieben das Bett!«, lege ich noch mal nach.

»Aber hat das genug Action?«, zweifelt Herr Klessling weiter.

»Action ist das eine, aber die Hauptbeschäftigung und das Allerliebste ist das Chillen. Abhängen. Sie sollten meinen Sohn sehen.«

Herr Klessling wirkt noch immer nicht überzeugt: »Ist Ihr Sohn denn repräsentativ? Oder nicht doch eher speziell?«

Gute Frage, richtiger Einwand, denke ich und widerspreche dennoch: »Er ist vielleicht etwas extrem, aber durchaus ein ganz normaler Jugendlicher oder junger Erwachsener.« Ich halte kurz inne und sage dann: »Cosy. Wie wäre es mit cosy?«

Herr Klessling guckt mich nur fragend an.

»Ich meine als Namen. Als Namen für den Duft. Cosy heißt gemütlich, angenehm, bequem, heimelig, klingt aber viel hipper und nicht so spießig wie gemütlich. Das ist englisch, das mögen junge Leute. Eigentlich geradezu genial«, gerate ich ob meines eigenen Vorschlags in Ekstase. Ekstase soll ja ansteckend wirken.

»Cosy, cosy. Ja, das hat was. Hört sich hip an«, schwenkt Herr Klessling so langsam auf meine Linie ein. »Arbeiten Sie weiter in diese Richtung. Ich überlege auch noch mal!« Dann ist unser Gespräch beendet. Herr Klessling winkt und ist verschwunden.

Das lief gar nicht mal schlecht, Andrea, freue ich mich. Herr Klessling braucht halt manchmal ein bisschen. Macht ja nichts, es ist ja nicht eilig.

Ich vertrödele noch ein wenig Zeit im Büro, erzähle meiner Sekretärin Heide – wir duzen uns seit wenigen Wochen – von meiner Kreuzfahrt. Heide will am liebsten mit. Ihre Begeisterung stachelt meine noch an. Wenn andere etwas begehren, erscheint es einem selbst sofort noch toller. Begehren macht attraktiv. Cosy chill. Das ist es. Ich will sofort zu Herrn Klessling rennen, denke dann aber, ich sollte warten. Man darf beim Arbeiten keinesfalls zu schnell sein. Sonst denkt er noch, ich könnte das alles auch locker halbtags erledigen. Ich notiere mir *Cosy chill* und finde, es sieht auch als Schriftzug hübsch aus. Dieses Doppel-C. Ich frage Heide, was sie davon hält.

Sie ist nicht ganz so ekstatisch. »Was genau soll das eigentlich bedeuten?«, fragt sie verunsichert.

Das wiederum verunsichert auch mich. Ist die Idee doch vielleicht nicht ganz so toll? Sollte ich doch noch Oxy mit ins Rennen schicken? Oder liegt es daran, dass Heide nicht mal annähernd zur Zielgruppe gehört? Heide ist sogar noch älter als ich.

Ich muss jemanden im Zielgruppenalter fragen. Claudia. Wozu habe ich zwei »junge Leute« im familieneigenen Portfolio. Ich rufe sofort bei Claudia an, und ihr Liebster, der Exmoppel Emil, nimmt ab.

»Emil, hier ist Andrea«, begrüße ich meinen Fastschon-Schwiegersohn.

»Hallo. Die Claudia ist an der Uni«, wimmelt er mich sofort ab.

Emil ist kein Smalltalk-Typ. Aber jung ist er auch.

»Ich habe da mal eine Frage. Emil, was denkst du, wenn du Cosy chill hörst?«

An seinen Sprachkenntnissen sollte es nicht scheitern, immerhin waren er und Claudia lange genug in Australien. Ich hatte zwischenzeitlich schon gedacht, die beiden würden gar nicht mehr zurückkommen.

»Cosy chill?«, fragt er zurück.

Meine Güte, der Junge soll doch angeblich hochbegabt sein, so schwer ist diese Frage doch weiß Gott nicht.

»Genau!«, sage ich. »Cosy chill.«

»Cosy chill, das hört sich nach Faulheit an«, lautet seine Antwort.

Nicht ganz die Antwort, die ich erhofft hatte. Faulheit ist nicht sexy. Faulheit klingt nicht nach hübschen weißen Laken und dezent verwühltem Bett, Faulheit klingt bräsig, unbeweglich und müffelt. Faulheit riecht sicher nicht gut. Faulheit hat was Abgestandenes.

»Ganz falsche Assoziation!«, ermahne ich Emil.

Aber was habe ich von einem hochbegabten Physiktalent erwartet? Ein typischer Vertreter, der von Herrn Klessling angepeilten Zielgruppe »junge Leute«, ist Emil definitiv nicht. Ein Streber wie er, hat mit Chillen natürlich nicht viel am Hut. Aus dem kurzzeitigen Surferboy wird nach und nach wieder der alte Emil.

»Egal, also danke«, sage ich deshalb nur. Ich muss Emil ja nicht vorsätzlich kränken. »Frag doch mal bitte Claudia, was ihr dazu einfällt. Aber erst mal, ohne ihr deine Gedanken zu verraten«, bitte ich ihn noch.

»Gut, mach ich. Bis dann, Andrea!«, verabschiedet sich Emil und fragt nicht mal nach, was es mit Cosy chill überhaupt auf sich hat.

»Kennst du junge Leute?«, erkundige ich mich bei meiner Heide.

»Natürlich!«, antwortet sie, und man hört einen Hauch von Beleidigtsein raus.

»Wärst du so nett und würdest dich mal umhören, was denen zu Cosy chill als Erstes einfällt?«, gehe ich auf das Eingeschnapptsein gar nicht ein.

»Mach ich!«, sagt sie.

Große Firmen würden jetzt eine Studie in Auftrag geben. An ein Marktforschungsinstitut. Das Geld haben wir nicht. Also muss es eine Nummer kleiner gehen. Außerdem finde ich diese ewigen Umfragen nervig. Das war schon so, als ich noch beim Fernsehen gearbeitet habe. Niemand verlässt sich mehr auf seine Intuition. Alles muss durch irgendwelche Umfragen und statistische Erhebungen abgesichert werden. Damit man nachher nur keinesfalls schuld ist. Man kann dann ja immer sagen: »Ja, die Marktforschung war dafür, ich hingegen hatte gleich Bedenken. Ich habe mir schon gedacht, dass das nicht funktioniert.« Kompletter Haftungsausschluss sozusagen. Verantwortung auf Wiedersehen!

Ich beschließe, das Arbeiten für heute einzustellen. Immerhin muss ich noch packen und habe Birgits Mamaschicht übernommen. Kaum denke ich an meine Mutter, vibriert mein Mobiltelefon. Das obligatorische Essensfoto von Malgorzata. Lachs steht heute auf dem Essensplan von Birgit. Lachs mit grünem Spargel. Bei den Beilagen sind wir nicht ganz so streng.

»Ob ihr Reis, Kartoffeln oder Nudeln dazu esst, ist uns egal. Aber die Gemüseportion sollte am größten sein. Bei Fleisch und der Sättigungsbeilage müsst ihr euch zurückhalten. Eine ganz kleine Ration Kohlenhydrate ist okay. Ohne wäre natürlich das Allerbeste. Aber wenn ihr das nicht schafft, dann halt eben nur eine Kartoffel«, hat Birgit angeordnet.

I am not bossy – I just have better ideas! steht auf einem Schild in Birgits Küche. So schätzt sie sich selbst ein. Ich würde sagen, da ist alles falsch. Sie ist extrem chefig, und sie hat, weiß Gott, nicht immer die besseren Ideen. Sie denkt, die besseren zu haben – aber das ist doch ein erheblicher Unterschied. Zweifel sind ihr fremd. Speziell jegliche Form von Selbstzweifeln. Lebt es sich so besser? Mit diesem permanenten Überlegenheitsgefühl? Mit diesem Siehste-Gen?

Ich weiß manchmal nicht, wie ihr direktes Umfeld, ihr Mann und ihre Kinder, das aushalten. Aber Kurt, ihr Besserwissermann, ist nahezu die perfekte Ergänzung. Birgit kommandiert, und Kurt liefert die Erklärung dazu oder nickt alles ab. Manchmal legt er quasi noch nach. Ihre Kinder funktionieren. Ist das etwas Positives? Kinder, die funktionieren? Kinder sind ja kein Staubsauger, versuche ich mich zu trösten. Staubsauger müssen funktionieren, nicht Kinder. Kinder sollten lebendig sein, neugierig und liebenswert. Das hört sich viel besser an, aber ein bisschen mehr an Funktionstüchtigkeit würde mich bei meinem Sohn nicht stören. Manchmal frage ich mich, was Birgit anders gemacht hat als ich. War ich zu lax? Zu unentschlossen? Hätte ich früher ein bisschen Druck aufbauen müssen? Habe ich zu wenig erzogen und zu viel abgewartet? Ich habe immer gedacht, eine liebevolle, wegweisende Begleitung reicht aus.

»Es langt nicht, sie zur Bushaltestelle zu bringen, du musst ihnen das Ticket kaufen und auch dafür sorgen, dass sie in den richtigen Bus einsteigen«, hat Birgit mal ihre Erziehungsrichtlinien zusammengefasst.

Bei ihr ist diese Strategie aufgegangen. Sie hat zwei Kinder, mit denen sie vortrefflich angeben kann. Vielleicht ist das Praktikum bei Rudis Exmarinefreund Ludwig für Mark der richtige Bus. Vielleicht stimmt die Richtung noch nicht ganz, aber immerhin ist er mal im Bus. Und umsteigen kann er ja immer noch. Auch mehrmals. Hauptsache er kommt irgendwann an. Geht überhaupt mal auf Fahrt. Jetzt fange ich schon an, in so albernen Busmetaphern wie meine Schwester zu denken.

Malgorzatas Foto sieht wieder mal irre gut aus. Am liebsten würde ich am Kiosk alle aktuellen Zeitschriften durchblättern, um zu gucken, wo sie dieses Foto her hat.

Ich glaube, ich muss ihr doch sagen, dass ich Bescheid weiß. Ich kann diese Form des Betrugs nicht mit gutem Gewissen decken. Mitwisser sind nicht weit entfernt von Mittätern. Immerhin ist Malgorzata unsere Angestellte. Also genau genommen Mamas Angestellte.

Mamas Witwenrente ist nicht schlecht. Finanzielle Nöte hat sie nicht. Das ist ein großes Glück. Mein Vater hat immer gut vorgesorgt und sehr viel Wert auf Altersabsicherung gelegt. Von der er jetzt so gar nichts hat, denke ich und bin direkt wieder traurig. Für uns ist sein Masterplan allerdings eine große Entlastung. Für Birgit, Stefan und mich.

Mein kleiner Bruder. Stefan. Das ist die Lösung. Ich frage Stefan, was er zu den Fakefotos meint. Mein Bruder hat den nötigen Abstand, allein durch die räumliche Distanz, und zudem ein wesentlich entspannteres Verhältnis zu meiner Schwester als ich. Als Nesthäkchen ist er generell fein raus. Dem Nachzügler lässt man viel durchgehen.

Große Geschwister bestimmen, kleine machen, was sie wollen, und Kinder in der Mitte, wie ich, sind die Angeschmierten. Die haben keinerlei Positionsbonus. Ich muss aufhören, mich selbst ständig zu bemitleiden. Dass man als mittleres Kind oft weniger Aufmerksamkeit bekommt, hat durchaus auch Vorteile. Wie immer im Leben kommt es auch auf den Blickwinkel an. Und was meine Kindheit angeht, kann ich mich nicht beschweren. Der würde ich rückblickend vier von fünf Sternen geben. Ein Stern Abzug für Birgit, die Schule und die mangelnde Aufmerksamkeit.

Stefan findet unsere Malgorzata-Fotostory zum Brüllen komisch.

»Hätte nicht gedacht, dass die so gewieft ist. Dolle Frau. Gefällt mir geradezu«, lacht er. Damit ist für ihn das Thema erledigt. »Lass ihnen die Freude«, befindet er, und das ist fast wörtlich das, was auch Paul gesagt hat.

Dann erzählt Stefan, dass er zufällig Christoph in Hamburg getroffen hat. Mit seiner neuen Freundin.

»Und?«, frage ich. »Wie sieht sie aus? Was hat sie angehabt? Ist sie nett? Ich will alles wissen. Wieso erzählst du mir das überhaupt jetzt erst? Du bist immerhin mein Bruder!«

»Reg dich ab«, antwortet er. »Ich war an der Alster laufen, und da sind sie an mir vorbeigejoggt. Ganz schön schnell die Tante.«

Also ist sie sportlich. Etwas, was man von mir nur mit sehr viel Wohlwollen behaupten kann. Diese supersportlichen Frauen sind mir ein Rätsel. Ich bin insgeheim voller Bewunderung für ihre Diszipliniertheit. Aber wenn Frauen sagen, es macht ihnen so riesig viel Spaß, stundenlang durch die Gegend zu joggen, bin ich doch skeptisch. Wo soll da der Spaß sein? Ich habe es wirklich oft probiert. Immer auf der Suche nach dem Spaß. Dem Glücksgefühl, das angeblich irgendwann einfach über einen schwappt. Wie eine megagroße Welle aus Endorphinen. Ich habe mich immer nur hinterher gut gefühlt. Sehr, sehr glücklich. Weil es vorbei war. Aber weit bin ich nie gekommen. Der Sport und ich haben ein etwas kompliziertes Verhältnis. Ich wäre sehr gern sportlich. Allerdings ohne den Aufwand und die Anstrengung. Einfach naturgegeben sportlich. Ich erinnere mich nur mit Grausen an die Bundesjugendspiele – mein persönliches Horror-Highlight der Schulzeit. Ich habe nie eine Ehrenurkunde bekommen. Nicht mal eine Siegerurkunde, soweit ich mich erinnern kann. Teilgenommen, stand bei mir. Wie demütigend ein einziges Wort sein kann.

Dinge, die man nicht kann, machen meistens auch nicht besonders viel Spaß. Natürlich weiß ich, dass man Joggen lernen kann. Wie oft habe ich Trainingspläne aus

Zeitschriften durchgelesen und überlegt, ob ich einen neuen Anlauf starten soll. Drei Minuten laufen, eine Minute gehen. Das Ganze steigern – die Laufzeiten verlängern, und innerhalb weniger Wochen kann man angeblich locker dreißig Minuten am Stück rennen. Gut möglich, dass das geht. Leider hat meine Ausdauer nie so lange angehalten. Joggen heißt bei mir roter Kopf, Atemnot und schwere, sehr schwere Beine. Auch schon bei drei Minuten laufen.

»Es langt, stramm spazieren zu gehen. Nordic Walking ist auch sehr effektiv«, findet Paul.

Nordic Walking. Ich mag zu alt zum Joggen sein, aber zu jung für Nordic Walking bin ich auf jeden Fall. Vielleicht mache ich auf dem Schiff einen neuen Fitnessversuch. Probiere ein weiteres Mal Yoga, Pilates oder Tae Bo. Oder auch nicht. Vielleicht muss auch einfach nicht jeder sportlich sein.

»Also, sie ist groß und dünn und hat lange Haare. Alt kann sie auch nicht sein«, redet mein Bruder weiter.

»Ein bisschen detaillierter könnte deine Beschreibung schon sein. Wie alt? Wie dünn? Was für Haare?«, giere ich nach Informationen.

»Ach, Andrea, halt groß und dünn. Vielleicht dreißig oder fünfunddreißig oder vierzig. Könnte auch siebenundzwanzig sein. So genau kann ich das nicht sagen. Ich hab sie ja nur ganz kurz gesehen. Aber wir gehen demnächst mal was zusammen trinken. Er mit Freundin, ich mit Freundin. Dann kann ich bestimmt mehr sagen.«

Ich bin sofort angesäuert. »Du bist mein Bruder!«, ermahne ich ihn.

»Ja, und?«, zeigt er sich begriffsstutzig.

Ich weiß nicht, ob ich es mag, dass sie zusammen ausgehen. Christoph und ich haben keinen Streit, aber unser Verhältnis ist auch nicht komplett entspannt. Ich finde den Gedanken, dass die vier sich anfreunden, irgendwie nicht angenehm.

»Ich weiß sehr genau, wer meine Schwester und wer nur mein Exschwager ist und wie die Solidaritätslage im Fall der Fälle wäre. Aber er hat mir nichts getan, und ich fand und finde ihn nett. Habe ich immer gesagt. Also bleib mal locker, Andrea«, bekomme ich einen kleinen Rüffel von meinem Bruder.

Absolut vernünftig, was er da sagt. Einerseits. Andererseits kann ja niemand verlangen, dass ich begeistert bin.

»Du hast ja recht, aber irgendwas an dem Gedanken gefällt mir trotzdem nicht.«

»Habt ihr Stress?«, fragt mein Bruder nach.

Nein, Stress wäre sicherlich zu viel gesagt. Aber auch wenn ich selbst einen neuen Mann an meiner Seite habe, gefällt es mir nicht, dass Christoph eine neue Freundin hat. Ich hätte es – ich weiß, das spricht nicht für mich – gern gesehen, wenn er mir länger hinterhergetrauert hätte. Seine Avancen, die er mir nach dem Tod meines Vaters gemacht hat, sehen so, rückwirkend betrachtet, irgendwie halbherzig aus. Wirken wie nicht ernst gemeint. Eins muss ich ihm allerdings lassen: Akquiseprobleme hat Christoph nicht.

»Sind ihre Haare blond?«, will ich noch wissen.

»Ja, blond und lang halt. Ganz normal. Große Brüste. Sie ist hübsch, aber keine Erscheinung.«

Na immerhin. Ich weiß, es könnte mir total egal sein, wie sie aussieht, aber aus irgendeinem Grund wäre ich gern, wenigstens einen Tick, hübscher. Ist das Eifersucht? Kann man eifersüchtig sein auf die Neue des Ex, den man gar nicht mehr will? Ist das bescheuert? Ja, das ist es. Ich sollte viel cooler sein. Und viel großherziger. Und viel sportlicher. Ich bin jetzt fünfzig Jahre alt, und noch immer bietet mein Ich unglaubliche Entwicklungsmöglichkeiten. Wann ist man ausgereift? Ist das Leben ein immerwährender Optimierungsprozess? Oder muss ich mich damit abfinden, eben nicht besonders cool und unsportlich zu sein? Ist es der Vorzug des Alters, dass man lernt zu akzeptieren, dass man so ist, wie man ist, und nicht anders? Lernt man, mit persönlichen Defiziten zu leben? Oder wird man sich noch auf dem Sterbebett ärgern, dass man uncool und unsportlich war?

Mein Bruder verspricht mir, mich sofort nach einem gemeinsamen Abend mit Christoph und der Neuen anzurufen. Am liebsten wäre mir, er würde Fotos machen. Die sind mit Sicherheit um einiges aussagekräftiger als seine vagen Beschreibungen. Die Antwort auf die Frage nach ihrem Alter sagt ja wohl alles. Zwischen 27 und vierzig! Da liegen Welten dazwischen. Da können mehrere Kinder geboren werden, Ehe eingegangen und geschieden werden, dreizehn Jahre sind eine verdammt lange Zeit. Wenn sie vor einem liegen vor allem. Rückblickend sind sie schnell rumgegangen. Aber diese Altersschätzung meines Bruders zeigt mal wieder, wie genau Männer hinschauen. Immerhin, die blonden langen Haare und die großen Brüste sind in seinem Gedächtnis geblieben. Blond scheint Signalwirkung zu haben.

»Tu so, als würdest du ein Selfie machen, und mach es so, dass sie mit drauf ist!«, gebe ich ihm eine letzte Anweisung für den gemeinsamen Abend in trauter Viererrunde.

Zwei Pärchen. Nein, wie reizend! Wie mir diese Verabredung stinkt. Schon während ich es sage, ist mir klar, dass das mit dem Selfie nicht klappen wird. Ich muss meine Tochter darauf ansetzen. Die hätte mir mit Sicherheit selbst die Schuhgröße und Nagellackfarbe nach dieser kurzen Joggingbegegnung nennen können. Dazu den vermeintlichen BMI und die Marke der Jogginghose.

Vielleicht sollte ich doch auch noch mal einen sportlichen Anlauf nehmen. Jetzt mit fünfzig sollte ich doch alt genug sein, um das hinzukriegen. Ich werde das gleich heute Abend probieren. Erst zu meiner Mutter, dann laufen und dann packen. Schon bei diesem kleinen gedanklichen Plan fühle ich mich besser. So strukturiert. Ich bin fünfzig und habe die Dinge im Griff. Ich werde eine sportliche Frau. Gesund und fit. Durchtrainiert. Allein der Vorsatz sorgt für bessere Stimmung. Ich lasse mich doch nicht von Christophs neuer Tusse abhängen. Große Brüste hin oder her.

Als ich das Büro verlasse, ruft mir Heide hinterher: »Meine Nichte findet Cosy chill gut! Viel besser als Meeresbrise und Tannenbaum und so was. Und übrigens, sie ist jung. Ein junger Mensch.«

Ich werde sportlich, und Cosy chill kommt an. Manchmal läuft es. Der Tag entwickelt sich sehr gut.

Ich beschließe, nicht mehr mit Christophs Miezen zu hadern und Mama und Malgorzata ihre kleinen Vergehen durchgehen zu lassen – so lange, bis ich ein weiteres Foto entdecke. Erst eine lückenlose Indizienkette und dann die Anklage. Herrn Klessling werde ich heute Abend eine Mail schicken. So als hätte ich den ganzen Tag nachgedacht. Fühle mich unglaublich raffiniert.

Zuerst kaufe für meine Mutter ein. Birgit hat mir noch schnell die aktuelle Liste gemailt: »Hätte ich ansonsten heute gemacht. Erledigst du das bitte!«

Dieses kleine Wort *bitte* lässt mich direkt freudig den Supermarkt ansteuern. An manchen Tagen geht einfach alles. Geistesblitze, eine fast schon freundliche Schwester und ein Sportschub.

Ich verlasse mit Bergen von Gemüse und winzigen Rationen Fleisch und Fisch den Supermarkt. An der Kasse fragt mich die Kassiererin, ob ich eine besondere Diät mache. Scheint eine recht trostlose Mischung zu sein, die Birgit da zusammengestellt hat.

»Ist nicht für mich, sondern für meine Mutter«, antworte ich.

»Wenn sie kein Kaninchen ist, hoffe ich, sie hat ansonsten Freude im Leben«, lautet ihr knapper Kommentar. Sind wir tatsächlich zu streng mit unseren Essensvorschriften?

Ich bin kurz davor, der Frau an der Kasse, der, ehrlich gesagt, ein Hauch mehr an Gemüse auch nicht schaden würde, eine ausführliche Erklärung abzuliefern, bremse mich dann aber. Man muss sich in meinem Alter nicht mehr vor allen und für alles rechtfertigen. Und der Speck meiner Mutter und ihre Blutfettwerte sind ja nichts, was ich hier an der Kasse diskutieren muss. Ich lasse mir meinen bisher optimalen Tag nicht von dieser Frau ruinieren. Geht sie ja eigentlich auch nichts an. Einerseits. Andererseits mag ich es, wenn Menschen Interesse zeigen, miteinander sprechen. Es macht den Alltag lebendiger und auch freundlicher. Aber diese unterschwellige Kritik nervt.

»Meine Mutter ist Veganerin. Fleisch und Fisch sind nur für den Besuch. Sie ist versessen auf Gemüse«, behaupte ich, und die Kassiererin nickt nur noch. Ich fühle mich als Siegerin.

»Jetzt fangen auch noch die Alten mit dem Kram an!«, seufzt sie und wünscht mir einen schönen Tag.

Auch Malgorzata seufzt, als sie meine Einkäufe in Empfang nimmt. Ich weiß, dass sie Gemüse für Arme-Leute-Essen hält.

»Macht Mutti nicht glücklich«, sagt sie nur.

»Aber ihre Blutwerte macht es glücklich!«, beende ich das Thema.

Malgorzata schiebt mich in die Küche und zeigt auf einen Teller grünen Spargel. »Hat sie nicht gegessen, war sauer. Mama will weißen Spargel, Schinken, Kartoffeln und Butter und belgische Sauce. Viel belgische Sauce!«

»Du meinst Sauce hollandaise.«

»Belgisch, holländisch, ist egal. Sauce. Sie will Sauce. Sonst ist ihr zu trocken«, mosert Malgorzata.

Ich kann meine Mutter insgeheim verstehen. Ein bisschen Sauce macht alles geschmeidiger. Leckerer. »Man kann ein wenig Olivenöl über den Spargel geben«, schlage ich vor.

»Olivenöl!«, schnaubt Malgorzata verächtlich.

Ich weiß, dass meine Mutter Generation Sonnenblumenöl ist. Olivenöl mag sie nicht. Auch nicht am Salat. »Es hat so einen strengen Eigengeschmack«, findet sie.

»Hat sie denn gar nichts gegessen?«, frage ich.

»Doch, sie hat Fisch gegessen und Kartoffeln, aber Spargel, diesen grünen harten Spargel, sie wollte nicht. Sie mag kein Gemüse. Oder nur schön gekocht mit Sauce.«

Ich habe es so langsam verstanden. Das Zauberwort lautet Sauce.

»Ich werde mit Birgit sprechen«, sage ich und fange an, die neuen Gemüsevorräte auszupacken. »Wo ist meine Mutter überhaupt?«, will ich von Malgorzata wissen.

»Macht Mittagsschläfchen. Dann gehen wir raus, ganz sicher«, betont sie.

Sie weiß, wie wichtig uns die tägliche Dosis frische Luft für Mama ist. Ob sie uns da genauso bescheißt wie mit dem Essen? Wahrscheinlich.

»Malgorzata«, versuche ich es noch mal mit vernünftigen Argumenten, »meine Mutter ist wirklich ein wenig zu rund. Und um ihre Werte zu verbessern, muss sie sich mehr bewegen und weniger essen.«

In der Theorie bin ich ganz groß. Vor allem, wenn es um andere Menschen geht.

»Aber sie will nicht!«, antwortet Malgorzata nur knapp.

»Es führt aber kein Weg dran vorbei, sonst wird sie

noch einen Schlaganfall bekommen! Auf dich hört sie doch.«

»Ich bin kein kleines Kind!«, höre ich da die Stimme meiner Mutter. »Ich bestimme selbst. Ich bin alt genug. Ich lass mir nicht vorschreiben, was ich essen muss und wie oft ich aus dem Haus muss. Ich kann machen, was ich will!«

Sie hat uns gehört. Belauscht. Und sie hat anscheinend einen ihrer klaren Momente.

»Mama, dir war es doch immer wichtig, auf dich zu achten. Wir machen das doch nicht, um dich zu gängeln, sondern weil wir dich lieb haben und uns sorgen.« Ich nehme sie in den Arm.

Sie schiebt mich weg. »Ich bin nicht das Kind, ich bin die Mutter!«, fährt sie mich an.

Da habe ich ja einen phantastischen Tag erwischt. Birgit würde sich das nicht gefallen lassen, aber ich bin nun mal nicht Birgit.

»Wir können dich nicht zwingen, Mama, aber auch die Ärzte sind unserer Meinung«, sage ich so ruhig wie möglich.

Ärzte flößen meiner Mutter Respekt ein. Das sind Autoritätspersonen.

»Ich entscheide. Nur ich. Sonst keiner«, bleibt meine Mutter bockig.

»Natürlich«, beeile ich mich zu sagen, »natürlich ist es deine Entscheidung, aber wenn du nicht hörst, wirst du sicher nicht sehr alt«, rutscht es mir raus.

»Ich bin eh schon alt!«, stöhnt sie und geht in Richtung Wohnzimmer.

Mittags zu schlafen scheint ihr nicht zu bekommen. So sauer habe ich meine Mutter schon lange nicht mehr gesehen.

Ich gehe hinterher, setze mich neben sie auf die Couch und starte einen neuen Versuch: »Mama, wir meinen es doch nicht böse. Niemand möchte dich bevormunden. Wir sorgen uns nur. Und wir möchten gern, dass du noch sehr, sehr lange lebst. Wir haben dich doch lieb.«

Ich schaue sie an und sehe, dass sie wie abgeschaltet wirkt. Meine Worte haben sie nicht mehr erreicht. Sie ist abgetaucht. In eine Welt, zu der ich keinen Zugang habe. Eben war sie noch voll da, jetzt ist sie weg. Nur noch körperlich präsent. Ich schmiege mich an sie, aber sie rückt von mir ab.

»Ich will fernsehen!«, ist alles, was sie sagt.

Ich fühle mich hilflos. Komme nicht an sie ran. Sie will lieber fernsehen, als mit mir zu reden oder mir nah zu sein. Das ist traurig. Sehr traurig.

Als der Fernseher läuft, ist sie zufrieden. Ihr Glück ist klein.

»Siehst du«, verabschiedet mich Malgorzata. »Sie ist stark. Wenn sie nicht will, dann sie will nicht. Und ich kann verstehen. Warum nicht noch Kuchen essen und Sauce? Sie ist alt und krank. Warum laufen, wenn man lieber fernsieht? Warum Stress machen? Sie ist müde. Lass sie leben, wie sie will. Ist doch schön. Und gemütlich. Und es gefällt ihr. Soll sie Rest vom Leben doch so verbringen, wie es ihr gefällt.«

Ich bin ermattet. All die Energie und die gute Stimmung des Tages sind verpufft.

»Ich komme morgen noch mal. Dann fahre ich für ein paar Tage weg«, informiere ich Malgorzata und küsse meine Mama zum Abschied. Sie wischt sich über die Wange. Fast so, als wäre sie ein kleines Mädchen und ich eine alte, sabbernde Tante.

»Müssen wir Gemüse weiter essen?«, ruft mir Malgorzata hinterher.

Ich tue einfach so, als hätte ich nichts gehört. Am liebsten würde ich sagen: »Macht doch alle, was ihr wollt.« Ich will nicht streiten, ich bin niemand, der gern streitet. Ich mag es friedlich. Harmonisch. Vielleicht haben die beiden sich morgen beruhigt, und wenn nicht, soll sich Birgit mal die nächste Woche damit rumschlagen. Vielleicht hat sie eine Lösung oder kann sich durchsetzen. Vielleicht müssen wir einfach auch aufhören einzufordern, dass Mama so lebt, wie wir es uns vorstellen. Sie einfach in Ruhe lassen. Mir würde es auch nicht gefallen, wenn sie mein Leben bestimmt. Sie hat es, weiß Gott, lange genug versucht und ist mir damit irrsinnig auf den Keks gegangen. Aber kann man das wirklich vergleichen? Schließlich ist sie dement. Und ob man da noch vernünftige Entscheidungen treffen kann, ist mehr als fraglich. Aber ist Vernunft wirklich das Maß aller Dinge? Treffe ich immer vernünftige Entscheidungen? Darf sie nicht einfach tun und lassen, was sie will, solange sie anderen damit nicht schadet? Darf man mit sich selbst nicht auch nachlässig umgehen? Ich drehe mich gedanklich im Kreis.

Bevor ich mich ans Kofferpacken mache, entdecke ich meinen neuen Bikini in der Post. Er ist umwerfend.

Braunes Leder – der Schnitt wie bei Ursula Andress in *James Bond jagt Dr. No.* Das Preisschild trenne ich sofort ab. Für das Geld hätte ich auch ein komplettes Outfit mit Schuhen bekommen können. Ich schmeiße das Schild in den Müll und schiebe es sicherheitshalber noch ein wenig tiefer hinein, damit niemand es zufällig entdeckt. Es ist mein Geld, und trotzdem ist es mir ein wenig peinlich, eine solche Summe für einen Bikini auszugeben. Er sieht aus, als würde er passen. Anprobieren erspare ich mir. Ich kann heute keine Enttäuschung mehr verkraften.

Dann setze ich mich an meinen Laptop und schicke Herrn Klessling eine Mail mit meinem Vorschlag. Obwohl ich Cosy chill perfekt finde, liefere ich ihm noch einen Alternativvorschlag. Oxy. Es ist immer gut, wenn der Chef das Gefühl hat, selbst gewählt zu haben. Um zu wählen, muss man eine Auswahl haben. Natürlich kann Oxy nicht im Entferntesten mit Cosy chill mithalten, aber das wird ja wohl auch Herrn Klessling auffallen. Ich bin zufrieden mit mir. Hoffentlich er auch. Morgen muss ich nicht ins Büro und kann in aller Ruhe die Kreuzfahrt vorbereiten.

Es klingelt. Rudi. Den hatte ich ja komplett vergessen.

»Ei, Andrea, hier bin isch! Jetzt wolle mer uns den Bub emal zur Brust nehme.« Er umarmt mich und drückt mich ganz fest.

Rudi ist einer der wenigen Männer dieser Generation, die kein Problem mit Berührungen haben. Schade, dass mein Papa in dieser Hinsicht so anders war. Er hat mir zur Begrüßung oft nur die Hand gegeben. Fast so, als wären wir entfernte Bekannte. Hätte ich doch bloß noch mal die Gelegenheit, ihn zu begrüßen, ich würde ihn an mich ziehen, ihn küssen und ihn einfach mit Liebe und Zärtlichkeit überschütten.

Neulich abends im Fernsehen hat eine Singlefrau erzählt, was ihr am meisten fehlt. Nicht der Sex, sondern die Berührung. »Dass einen jemand anfasst!« Dieser Satz war so unfassbar traurig. Ich werde ab sofort mehr küssen. Mit Rudi fange ich an.

Mark liegt – große Überraschung – im Bett.

Ich klopfe an seine Zimmertür und bitte ihn runterzukommen. »Opa ist da, wir haben Neuigkeiten für dich!«

Aus dem Zimmer kommt ein Grunzen. Immerhin – er lebt. Tote grunzen ja nicht.

»Kommst du runter!«, fasse ich noch mal nach.

»Ja, Mudder, ich komme. Mach mal nicht so einen Stress!«, antwortet mein bettlägeriger Sohn.

Ich verkneife mir jeden Kommentar. Stress! Ich war arbeiten, war bei meiner Mutter, war einkaufen, und Mark redet von Stress. Ich könnte problemlos ausrasten, weiß aber, das wäre absolut kontraproduktiv. Ich denke an die Kreuzfahrt, meine freie Woche und atme. Einfach nur atmen. Nicht aufregen. Atmen.

»Bis gleich!«, rufe ich ganz freundlich und bin begeistert von mir und meinen pädagogischen Fähigkeiten.

»Lass mich des mache. Bei mir traut er sich net zu widerspresche«, bietet mir Rudi an.

Ich nicke, obwohl ich mir da nicht ganz so sicher bin wie Rudi.

Es geht um ein Praktikum, ich schicke ihn nicht ins

Heim oder zur Fremdenlegion. Es ist nur ein Praktikum, versuche ich, mir Mut zuzusprechen.

Es dauert tatsächlich nicht mal zehn Minuten, und Mark ist da.

»Ei Gude!«, begrüßt er seinen Opa.

Er liebt Rudi. Kein Wunder, jeder liebt Rudi. Man kann gar nicht anders, als ihn zu lieben.

»Hör ma, Mark«, beginnt Rudi seine kleine Ansprache.

»Kann ich ein Bier?«, fragt mein Sohn.

Immerhin, er fragt. Aber dieser Verzicht auf Verben macht mich wahnsinnig.

»Trinken, holen, haben oder kaufen?«, frage ich nach.

Er verdreht die Augen und guckt seinen Opa an. »Du hast mich doch verstanden«, mault er. »Trinken, Mudder, trinken.«

Ich nicke. Vielleicht stimmt ihn ein bisschen Alkohol milde.

»Also, was is?«, will er wissen, als er sich mit dem Bier aufs Sofa plumpsen lässt.

»Du hast ab übermoin en Praktikumsplatz. Toll, gell!«, beginnt Rudi seine kleine Ansprache.

Mein Sohn sieht nicht direkt begeistert aus.

Bevor er irgendwas antworten kann, redet Rudi weiter. »Isch freu misch so für disch. Isch hab all maane Beziehunge spiele lasse, weil isch ja weiß, dass de gern en Praktikum mache willst. Un für disch tu isch ja alles.«

Rudi ist geschickt. Hätte ich ihm so gar nicht zugetraut. Ein raffinierter Einstieg, bei all der Begeisterung, kann Mark ja fast nicht nein sagen.

»Ja, wie und wo überhaupt?«, will der wissen, nachdem er seine Fassung wiedergefunden hat.

»Bei meinem Freund, dem Ludwisch, der war mir noch en Gefalle schuldisch, und der nimmt disch för en Praktikum.«

»Welcher Ludwig?«, fragt mein Sohn.

»Ei der Ludwisch, wo den Karl angefahrn hat. Mer warn da doch ema esse. Der mit dene riese Schnitzeln«, gibt Rudi Auskunft.

»Ich soll im Schnitzelparadies ein Praktikum machen?«, entfährt es meinem Sohn, und er hört sich geradezu entsetzt an. Fast so, als hätte Rudi gesagt, er müsse in den Knast oder ins Bordell.

»Des is en prima Gastronomiebetrieb, en werklisch gutlaufendes Restaurant!«, verteidigt Rudi das Lokal.

»Das ist jetzt ein Witz, oder?«, zischt mein Sohn.

»Nein Mark, es ist Ernst. Isch mach kein Witz, du derfst dich freue. Übermoin um zehn Uhr geht's los. Extra Ausschlafarbeitsbeginn. Allerdings nur am ersten Tach. Un es gibt sogar en bissche Geld und täglisch en Schnitzel obe druff. Isch bin schon jetzt stolz uff disch, du werst des super mache, da bin isch sischer«, entgegnet Rudi und ignoriert das empörte Gesicht meines Sohnes. »Isch komm die Woch dann auch emal zum Mittagstisch un besuch disch!«

Mark hat es die Sprache verschlagen. »Das kann doch nicht euer Ernst sein. Soll ich da kellnern oder die Schnitzelfritteuse bedienen?« Er schnaubt.

So viel hat er lange nicht mehr gesprochen. Jedenfalls nicht mit mir.

»Das warst du!«, wendet er sich mir zu.

»Isch dacht, dass de begeistert bist. Des is doch e dolle Sach! Guck's dir halt ema an. Is doch ema was anneres, un du hast doch immä gesagt, wenn de en Praktikum findest, dann machst de eins. Isch wollt dir doch nur helfe Bub. Un du gehst doch gern in die Kneip.«

Das war wieder sehr geschickt von Rudi. Ich wäre längst eingeknickt.

»Aber was soll ich denn in einer Kneipe?«, wagt mein Sohn einen kleinen Widerspruch, allerdings nicht mehr ganz so vehement.

»Du isst doch gern. Da dacht isch, des passt perfekt«, erklärt Rudi naiv.

»Na ja«, erwidert mein Sohn, und man merkt, dass ihm die Argumente ausgehen. »Ich wollte eigentlich nicht in die Gastronomie.«

»Des kann mer doch erst sage, wenn mer ma da war. Wenn's der net gefällt, musst de ja net mer hin. Isch hab misch so gefreut, dass isch des für disch klar mache konnt.«

Rudi die Freude zu verderben, das bringt nicht mal mein Amöbensohn übers Herz: »Ich kann es mir ja mal anschauen, aber ich glaube, es ist eher nichts für mich.«

»Prima«, beendet Rudi die Diskussion. »Übermoin um zehn Uhr pünktlich beim Ludwisch. Er erwartet disch. Isch komm vorbei, so um Vertel nach neun un hol disch ab. Nur damit du de Weg findest, un dann stell isch disch dem Ludwisch vor. Gell, also bis übermoin, ich muss los. Die Irene wartet. Un mer soll Fraue ja net warte lasse.« Rudi steht auf, und bevor Mark »Nein, auf keinen Fall« sagen kann, ist Rudi weg.

Kaum ist die Tür zu, wird mein Sohn laut. Und sauer. Und wütend. Natürlich nicht auf Rudi, sondern auf mich. »Das ist doch auf deinem Mist gewachsen«, brüllt er. »Du gehst mir so was von auf den Nerv! Du gönnst mir nichts. Nicht mal Ruhe. Sobald ich kann, bin ich hier raus!«

Er stürmt aus dem Wohnzimmer und rennt die Treppe hoch. Wie schnell der sich bewegen kann, wenn er will. Ich bin beeindruckt. Er hat nicht mal gefragt, wie viel Geld es gibt, so verdutzt war er. Er wird sich abregen. Und noch mal richtig aufregen, wenn er merkt, dass übermorgen der Kühlschrank leer ist. Muss auf meine To-do-Liste für morgen: Kühlschrank ausräumen.

Bis Paul nach Hause kommt, packe ich ein bisschen. Wie immer bin ich komplett unentschlossen. Vertage genervt alles auf morgen.

Mark verschwindet noch vor dem Abendessen mit den Worten: »Ihr müsst nicht auf mich warten, kann spät werden!« und Paul grinst nur.

Guter Anfang, kein so guter Ausgang des Tages.
2 von 5 Sternen

3

Am nächsten Morgen weckt mich Paul mit strahlendem Gesicht. »Nur noch einmal schlafen, dann geht's auf große Fahrt! Freust du dich? Alexa ist bestimmt auch schon ganz aufgeregt.«

Natürlich freue ich mich. Nicht auf Alexa, aber auf die Reise.

»Wir schlafen aber nicht in einer Kabine, oder?«, frage ich vorsichtig.

Was Alexa angeht, ist Paul schnell sauer. Er kann kaum verstehen, dass jemand nicht so vernarrt in seine Tochter sein kann wie er.

»Was denkst du denn, natürlich nicht. Wir haben eine große Kabine mit Veranda und Alexa eine kleinere. Da ist sie ja eh nur zum Schlafen. Es wird so viel geboten auf der Reise, da hockt man ja nicht im Zimmer.«

Am besten wäre es, man könnte sie bei der Kinderanimation abgeben. Denke ich, sage es aber natürlich nicht. Eine romantische Reise mit einem bockigen Teenager. Zu meinem Fünfzigsten bekommt Alexa eine Reise geschenkt. Ich darf einfach nicht darüber nachdenken. Je mehr ich das tue, umso saurer werde ich. Das hat dieses Motzkind nicht verdient. Sie hat mir bisher nicht mal gratuliert. Aber vielleicht gibt es einen Jugendclub, und ich bekomme sie kaum zu Gesicht. Die Hoffnung stirbt zuletzt.

»Was sagt eigentlich Bea dazu, dass Alexa mitkommt?«, erkundige ich mich.

»Ich glaube, es stinkt ihr, dass wir eine Kreuzfahrt machen, aber so hat sie mehr Zeit mit ihrem, wie nennst du ihn immer, Päckchen-Opa-Heinz. Sie findet – hat sie jedenfalls zu Alexa gesagt –, es wäre schön gewesen, ich hätte mal mit ihr eine Kreuzfahrt gemacht. Aber ich glaube, ihr Heinz hat ein Boot. Also eine Yacht. Da wird sie schon aufs Wasser kommen. Seefest ist sie ja.«

Bea ist sauer. Das hebt meine Stimmung sofort ein bisschen. Neid von anderen kann eine anregende Wirkung haben. Ich weiß, das zeugt nicht von wahrer Größe, aber es macht mir trotzdem Spaß. Größe hin, Größe her.

»Ich hätte damals in der Zeit mit Bea gar nicht das Geld gehabt. Als junger Arzt verdient man einfach nicht so viel. Wenn ich ihr mehr geboten hätte«, er seufzt.

Was dann? Wären sie noch zusammen? Hätte sie ihn nicht verlassen? Das Scheitern seiner Beziehung mit Bea nagt an Paul. Und das wiederum nagt an mir. Sieht er nicht, dass er es heute sehr viel besser hat? Dass ich die perfekte Frau für ihn bin? Ist ihm Bea nicht viel zu oberflächlich? Bin ich tatsächlich weniger oberflächlich oder nur weniger hübsch? Denkt nicht jeder von sich, er sei nicht oberflächlich?

»Wir fahren morgen um sieben Uhr dreißig hier los, Bea bringt Alexa vorbei, und dann geht's Richtung Süden!«, wechselt er geschickt das Thema.

Allein das Richtung-Süden macht mich glücklich. Ich bin etwas erstaunt darüber, dass wir mit dem Auto fahren. Aber wer weiß, vielleicht geht der Flug nicht ab Frankfurt, sondern ab München oder Stuttgart. Paul ist ein gut organisierter Mann, er wird wissen, was er tut.

»Wie viel Kilo Gepäck darf ich mitnehmen? Zwanzig?«, will ich noch wissen, bevor sich Paul auf den Weg in die Klinik macht.

»Wir brauchen doch nicht so viel, aber wenn es dich glücklich macht – es gibt keine Einschränkungen. Pack ein, was du magst. Nimm aber auch eine warme Jacke für abends mit. Und es wäre schön, man könnte den Koffer noch hochheben! Mach dich nicht so verrückt.« Er lacht, küsst mich und macht sich auf den Weg.

Keine Einschränkungen beim Gepäck. Das ist ungewöhnlich. Fliegen wir Business Class? Kein Wunder, dass Bea neidisch ist. Ich komme mir sofort sehr wichtig und bedeutend vor. So viel zum Thema Oberflächlichkeit.

Ich verbringe den gesamten Vormittag mit Kofferpacken. Keine Gewichtseinschränkung zu haben macht die Sache fast schwieriger. Man muss zwar weniger Entscheidungen treffen, aber je mehr man in den Koffer wirft, umso unübersichtlicher wird alles. Außerdem:

Jedes Outfit verlangt nach mehr – passende Schuhe, passende Tasche und so weiter. Wäre ja zu ärgerlich, wenn mir die dann fehlen würden. Ich brauche: Sandalen, flach und hoch, Pumps für abends, Sportschuhe – ich bin ja seit gestern sportlich … bisher noch passiv, aber das ändert sich ja heute oder morgen –, dann natürlich ein paar Turnschuhe für den Landgang. Theoretisch könnte ich dafür auch die Joggingschuhe nehmen, aber schön ist ja wirklich anders. Flipflops für den Strand und den Wellness-Bereich, und vielleicht ein paar coole Stiefeletten für kühlere Abende. Bei mir entwickelt sich Kofferpacken lawinenartig. Nehme ich das Kleid mit, brauche ich das Jäckchen dazu und die Schuhe. Und so weiter.

Ich schaffe es einfach nicht, in einer Farbfamilie zu bleiben. Das wird ja immer in Frauenzeitschriften propagiert: Packen Sie alles in einer Farbfamilie. Also alles in Dunkelblau und Weiß oder in Beige und Weiß oder Schwarz und Grau. Vielleicht, weil ich nicht genug Klamotten in einer bestimmten Farbfamilie habe. Was für ein bekloppter Ausdruck. Farbfamilie! Dunkelblau mit weiß wäre für eine Kreuzfahrt natürlich sehr passend. Dazu Goldschmuck und braune Haut. Allerdings habe ich kein bisschen braune Haut – woher auch – und bin auch keine gebürtige Hamburgerin. Die kommen schon mit maritimer Grundausstattung auf die Welt. Wer in Hamburg in bunten Klamotten rumläuft, ist sozial auffällig. Hamburg ist die beigeste und dunkelblauste Stadt Deutschlands. Es hat auch etwas sehr Demonstratives, auf einer Kreuzfahrt in Dunkelblau und Weiß rumzulaufen. Würden kreuzfahrterfahrene Menschen wahrscheinlich nicht machen. Schließlich gehört man ja nicht zum Personal. Ich raffe einfach alles zusammen, was irgendwie gut aussieht. Jede Menge Sommerkleidchen. Immer mit passendem Drum und Dran. Von den Ohrringen bis zu den Schuhen. Selbst meinen korallig-orangen Hausanzug packe ich ein. Für die Kabine. Nach dem Sport oder der Massage und für die Mittagspause. Eigentlich ist er untragbar, aber wenn ich ihn dabei habe, habe ich das Gefühl, meiner Mutter nah zu sein.

Bei Paul bin ich sehr viel entschiedener und sparsamer, schon weil ich einige meiner Schuhe in seinen Koffer stopfe. Drei kurze, drei lange Hosen. Passende Hemden, aber keine T-Shirts mit lustigen Aufdrucken – Paul liebt solche T-Shirts und hat noch welche mit seinen Lieblingsbands und »witzigen« Sprüchen drauf. Kein Orange, kein Senfgelb und keine Crocs. Bei ihm schaffe ich es, durch Verknappung in der maritimen Farbfamilie zu bleiben. Ein paar Birkenstocks für Spa-Besuche, ansonsten nur ein Paar Turnschuhe und ein Paar Lederschuhe. Zwei Badehosen. Unterwäsche soll er sich selbst raussuchen. Da bin ich nicht so streng, die sehe ja schließlich nur ich. Komme mir sonst auch zu muttimäßig vor.

Als ich fertig gepackt habe, geht nur Pauls Koffer zu. Scheiße. Ich räume schnell noch ein paar von meinen Sachen zu ihm in den Koffer. Jetzt gehen beide kaum zu. Ich bin total verschwitzt.

Als ich mir in der Küche ein Wasser eingieße und entscheide, noch eine zusätzliche Reisetasche für die Schuhe mitzunehmen, sehe ich mal wieder zwei Männer auf Anitas Haus zugehen. Zwei Typen im Anzug. Sie sehen nicht schlecht aus, sind aber eindeutig jünger als Anita und Rena. Was wollen die hier um die Mittagszeit? Ein wenig seltsam ist das tatsächlich. Bieten die beiden neuerdings Mittagstisch an? Eine warme Mahlzeit und mehr? Frikadellchen mit Beilage? Ich werde gleich, bevor ich zu meiner Mutter fahre, mal spontan klingeln und der Sache auf den Grund gehen. Ich will nicht anfangen wie Tamara, aber so langsam mache ich mir auch so meine Gedanken. Die haben in der Bude eine dermaßen hohe Männerfrequenz – das ist schon auffällig.

»Frag sie doch einfach, wenn du das komisch findest«,

hat Paul zu mir gesagt. Natürlich die vernünftigste Lösung. Genau das werde ich auch heute tun.

Fragen. Eben das werde ich auch bei Mama und Malgorzata tun. Fragen. Fragen, warum sie uns belügen und fragen, wo all das Gemüse abgeblieben ist. Ich bin keine Detektivin, habe keine Lust, eine Beweissammlung mit Fotos zu erstellen und dann wie aus dem Nichts die Falle zuschnappen zu lassen. Wir sind schließlich allesamt erwachsene Menschen.

Ich bitte meinen Sohn, der noch im Bett liegt, mir bei den Koffern zu helfen.

»Dabei gern!«, sagt er nur, spricht ansonsten gar nichts und guckt böse.

Er ist noch immer superbeleidigt, macht mir aber immerhin trotzdem die Koffer zu.

»Wir sind morgen um sieben Uhr dreißig weg. Richtung Flughafen. Da wirst du noch schlafen, Opa holt dich ja erst um Viertel nach neun ab.«

»Immerhin eine gute Nachricht in diesem Satz«, lautet seine kurze Antwort.

Ich bin mir sicher, dass er damit nicht meint, dass Opa ihn abholt, sondern dass er froh ist, dass wir wegfahren. Dass er dann endlich seine Ruhe hat.

»Schaffst du das mit dem Aufstehen, oder soll ich dir noch mal eine WhatsApp als Erinnerung schicken?«, biete ich meine Hilfe an.

»Was denkst du eigentlich?«, seine Stimme wird lauter. »Ich bin doch nicht doof. Ich habe das verstanden. Ich gehe da genau einmal hin, für Opa. Ich finde das total übergriffig von euch. Das ist mein Leben. Ihr habt euer eigenes. Ich bin erwachsen, ihr könnt mit dieser Bevormundung, dieser ewigen Scheißbevormundung aufhören.«

Na das war deutlich. Der tickt ja wohl nicht mehr ganz sauber. Ewige Scheißbevormundung? Ich habe ihn rumliegen lassen, habe für Nahrung gesorgt und ab und an sogar sein Bett frisch bezogen, bevor es sich irgendwelche Krabbeltiere dort gemütlich machen konnten. Übergriffig. Bevormundung? Komplette Versorgung wäre die angemessene Bezeichnung. All inklusive für lau. Ich würde ihm wirklich gern ein paar kleben.

»Du spinnst ja echt total. Übergriffig? Du hängst seit Monaten rum und machst nichts. Und wir finanzieren das, und du beschwerst dich auch noch? An deiner Stelle würde ich mich richtig schämen!«

Kaum habe ich den Teil mit dem Schämen gesagt, schäme ich mich dafür. Das war einer 85-Jährigen würdig. Bevor ich es zurücknehmen kann, kommt die Antwort meines Sohnes.

»Das halte ich auf keinen Fall mehr aus, wenn du zurückkommst, bin ich weg. Das lasse ich mir nicht länger gefallen!«, kontert er, und seine Stimme ist nicht mehr laut, aber seine Tonlage ist scharf und kalt.

»Und wo will der Herr Rumlieger hin?«, brülle jetzt ich. Ich habe monatelang versucht, die Fassung zu bewahren, und nun bricht es aus mir heraus. »Ich bin schon froh, dass du es eben aus dem Bett geschafft hast!« Alles, was sich angestaut hat, muss jetzt raus: »Und eins ist klar, Freundchen, ich finanziere das nicht weiter. Du kannst selbst zusehen, wo du Geld für dein Leben in der Horizontalen herbekommst. Geh zu deinem Vater oder wem auch immer. Hier ist Ende Gelände. Ich habe die Faxen dicke.«

Ich gucke böse oder versuche es zumindest. Seit meinem kleinen speziellen Leberfleckencheck ist das nicht mehr so einfach. Die Zornesfalte ist verschwunden. Bisher hat es allerdings außer mir noch keiner bemerkt.

»Du bist so kleinkariert und soo spießig. Boah, bin ich froh, wenn ich hier weg bin. Ihr könnt mich so was von. Das wird dir noch leidtun.«

Er hat einen knallroten Kopf und garantiert mehr Adrenalin im Blut als die letzten drei Monate zusammen.

»Echt, das wird dir leidtun!«, wiederholt er noch mal. Tut es mir irgendwie schon jetzt. Warum nur bin ich so ausgerastet? Ein bisschen hat er ja recht. Mein Ausbruch hatte was Kleinkariertes und Spießiges. Aber an seiner Stelle hätte ich den Ball etwas flacher gehalten. Keine so großen Töne gespuckt. Soll ich schnell sagen, dass es mir schon leid tut? Dass ich mich im Ton vergriffen habe? Bevor ich zu einem Entschluss komme, ist er weg. Nicht hoch ins Bett, sondern aus dem Haus. Hinterherrennen mag ich nicht. So in den Urlaub fahren allerdings auch nicht. Er wird sich abregen, und ich werde ihn noch sehen. Ich werde einlenken, und alles wird gut enden. Gut, dass ich niemals eine Karriere im diplomatischen Dienst in Erwägung gezogen habe. Da könnte man ja eher noch Herrn Böhmermann schicken.

Mit der Laune kann ich unmöglich zu meiner Mutter fahren. Ich brauche Kaffee. Eine ordentliche Ladung Koffein. Anita. Ich wollte doch eh noch mal rüber zu Anita.

Sie strahlt, als sie mir die Haustür öffnet. Was auch immer diese mittäglichen Herrenbesuche bedeuten, sie scheinen Anita gutzutun. Sie wirkt eindeutig besser gelaunt als ich.

»Störe ich dich?«, frage ich und spähe hinüber ins Wohnzimmer.

Das ist ja das Praktische an Reihenhäusern. Schon von der Haustür aus kann man bis in den Garten gucken. Quer durchs Wohnzimmer. Kein Mann zu sehen. Und Anita sieht auch komplett normal bekleidet aus. Würde Tamaras Vermutung stimmen, hätte sie wohl eher ein Negligé und kaum einen Pulli mit Jeans an.

»Du störst nicht, komm rein, ich mach uns einen Kaffee.«

Ich muss es ansprechen. Ich bin einfach so was von neugierig. Manchmal schäme ich mich für meine Neugier. Paul ist sie oft rätselhaft. Ihm ist es ziemlich egal was andere tun. »Alles hat seine Gründe, und mich geht es nichts an. Wenn sie es mir sagen wollen, werden sie es tun«, hat er mir mal erklärt.

Ich weiß auch, dass mich viele Sachen nichts angehen, neugierig bin ich aber trotzdem.

Neulich habe ich in der Psychorubrik irgendeiner Frauenzeitschrift gelesen, dass Neugier ein Zeichen von Jugend ist. *Man ist erst dann alt, wenn man nicht mehr neugierig ist*, stand dort, und dieser Satz hat mich enorm beruhigt. Wahrscheinlich ist eine andere Art der Neugier gemeint gewesen, aber man muss ja nicht alles im Leben hinterfragen.

»Sag mal, was machen eigentlich ständig die ganzen

Kerle hier?«, frage ich ganz unvermittelt, als Anita an der Kaffeemaschine steht und mir den Rücken zuwendet.

»Na, was wohl?«, fragt sie zurück und dreht sich um.

O Gott, mein Sohn hat recht. Ich bin eine übergriffige Person, und es geht mich einen Scheiß an, was all die Typen hier machen.

»Ich wollte nicht neugierig sein, entschuldige«, stammle ich mit rotem Kopf.

Peinlich, Andrea, peinlich. Ich sollte wirklich häufiger einfach mal die Klappe halten.

»Na was glaubst du denn?«, grinst mich Anita an.

»Ich, also ich habe keine Ahnung, deshalb frage ich dich ja«, rede ich mich raus oder versuche es zumindest.

»Die lassen Rena und ich kommen, so zum Zeitvertreib!«, antwortet Anita und drückt mir einen Kaffee in die Hand. Und dann lacht sie. Aus vollem Hals. »Glaubst du, ich habe nicht gesehen, wie mich Tamara neuerdings anguckt? Und jetzt deine sehr direkte, seltsame Frage. Hat sie dich vorgeschickt, um rauszufinden, was hier vorgeht?«

»Nein«, erkläre ich, obwohl das natürlich eine perfekte Steilvorlage von Anita ist, um einen Teil der Peinlichkeit elegant auf Tamara abzuwälzen. »Nein, ich war nur verdammt neugierig. Aber vergiss die Frage einfach. Ihr könnt Besuch haben so viel ihr wollt und wozu auch immer.«

»Was denkt denn Tamara so? Und du?«, will Anita wissen.

»Lass doch, Anita. Ich ziehe die Frage zurück. Vergiss sie.«

Das hier ist ja noch unangenehmer als der Streit mit meinem Sohn. Dieser Tag läuft nicht wirklich rund, und Anita ist keine Frau, die lockerlässt. Das weiß ich noch aus ihren Streitzeiten mit Friedhelm. Die kann sich festbeißen.

»Jetzt sag halt, trau dich!«, fordert sie mich auf.

»Also, na ja, Tamara dachte irgendwie, es wäre was Sexuelles, wegen der Männer und so.«

»Was Sexuelles. Aha. Was denn Sexuelles?«, bohrt Anita weiter.

Sie wäre eine Eins-a-Kommissarin. Ich allerdings wäre eine beschissene Verbrecherin. Ich lüge schlecht, bringe es nicht über mich, das Wort Hausfrauenbordell in die Reihenhausidylle zu werfen.

»Sie dachte – also, nur mal so nebenbei –, dass ihr ein sehr abwechslungsreiches Liebesleben habt. Oder halt sehr viele Dates«, versuche ich es mit einer entschärften Variante.

»Und was denkst du?« Anita schaut mich an und wartet.

»Ich weiß es nicht, kann sein, und wenn, sei es euch gegönnt. Ihr seid ja erwachsen«, sage ich.

Genau das habe ich schließlich auch zu Tamara gesagt. Also so ähnlich jedenfalls. Meine verdammte Neugier. Ich hätte Tamara schicken sollen. Es geht mich wirklich nichts an, was Anita und Rena hier treiben. Einerseits. Andererseits sind wir mehr als nur Nachbarinnen. Anita ist irgendwas zwischen guter Bekannter und Freundin.

Anita lacht wieder. Sie scheint nicht mal böse zu sein. Ich wäre – egal ob wahr oder nicht – ziemlich beleidigt.

»Was ist eigentlich mit deinem Gesicht? Das sieht komisch aus«, wechselt sie plötzlich das Thema. Leider nicht zu einem, das mir besonders angenehm ist.

»Nichts ist mit meinem Gesicht, also nichts Besonderes. Ich habe neues Make-up, vielleicht ist es die Farbe«, rede ich mich raus. Das ist wirklich eine saublöde Ausrede.

Fast so wie vor Jahren, als Chiara Ohoven, die sich die Lippen hat aufspritzen lassen, aussah, als hätte sie eine Bockwurst im Gesicht, und dann ganz locker behauptet hat, nur ihre Frisur sei neu.

»Du siehst ziemlich glatt aus. Hast du Botox probiert?«, legt Anita nach.

Ich beschließe, zu gestehen. Ist ja kein Verbrechen, Botox in der Stirn zu haben. »Ja, ein bisschen. Eigentlich wollte ich meine Leberflecken checken lassen, habe dann aber, weil, ach egal, ist 'ne lange Geschichte. Ja, ich hab Botox in der Zornesfalte. Sag aber bitte nichts zu Paul. Ich glaub, der wäre entsetzt.«

»Mach dich mal locker, Andrea, das ist doch kein Ding. Ich lass mir nächste Woche auch die Augen machen. Und wegen Paul – Männer merken das nicht. Erst wenn man richtig glattgebügelt ist. Rena macht das schon ewig. Hat noch nie ein Typ gemerkt.«

Rena hat Botox im Gesicht, und Anita lässt sich die Augenlider straffen. So viel Information – und ich habe noch nicht mal danach gefragt. Wahrscheinlich ist Pauls Taktik, die ja nicht mal eine ist, die richtige: Abwarten und kommen lassen. Die Menschen haben einen gewissen Mitteilungsdrang. Ich trinke meinen Kaffee und frage sie über die Augen-OP aus.

»Wieso lässt du das machen? Deine Augen sehen doch gut aus«, will ich wissen.

»Ich brauche schon seit längerem kaum mehr Lidschatten, weil die Lider so tief hängen. Ständig fragt mich jemand, ob ich müde bin. Das nervt. Ist ja auch keine große Sache. Bisschen Haut weg, Abnäher rein und gut ist. Dauert nicht lange. Eine Woche Sonnenbrille auf und fertig. Hat Rena schon vor Jahren gemacht.«

»Hast du denn keine Angst? Ich meine, wenn die zu viel wegschneiden und du dann so weit geöffnete Augen hast, dass die kaum mehr zugehen?«, frage ich nach.

»Ach Quatsch, ich gehe zu einem, der das schon seit Jahren erfolgreich macht.« Sie greift mir an mein rechtes Auge. »Bei dir hängt da auch schon ganz schön was runter!«

Bei mir hängt was runter? Na ja, meine Augenlider sind sicher nicht mehr die einer 25-Jährigen, aber bisher ist mir dieser Makel noch nicht mal aufgefallen.

»Findest du?«, sage ich und bemühe mich, nicht beleidigt zu sein.

»Na ja, es muss nicht sofort sein, aber in absehbarer Zeit wäre es sicher gut«, bemüht sie sich um eine versöhnliche Note.

Zum Männerthema sagt sie nichts mehr. Ich frage auch nicht mehr nach. Habe ja eben selbst erfahren, wie es sein kann, wenn jemand sehr übergriffig ist. Also erzähle ich ihr noch ein bisschen von meiner Mutter und dem Essensdilemma. Anita steht klar auf der Seite von Malgorzata und Mama.

»Ob sie noch zehn oder zwölf Jahre lebt – es ist ihr Leben. Lass sie doch. Wenn es ihr gefällt. Sie ist die Mutter, du das Kind.«

Ja, ja, ja. Diese Argumentation ist ja nun nicht neu, und ich habe sie schon diverse Male gehört. Aber ist die Rollenverteilung wirklich noch so klar? Sie die Mutter, ich das Kind? Hat sich da nichts erheblich verschoben?

»Ich finde, man sollte sich immer fragen, wie man es selbst finden würde, wenn man in der Lage wäre«, schlägt mir Anita vor. »Und außerdem«, ergänzt sie, »ist mehr Lebenszeit um jeden Preis wirklich erstrebenswert? Sollte man nicht lieber weniger, aber dafür ein paar gute Jahre haben?«

Als ich nach Hause zurückkomme, bin ich mal wieder zutiefst verunsichert. Ich räume ein bisschen auf und schaue nach, ob mein Sohn wieder da ist. Nichts. Sein Bett ist leer, die Couch auch. Ich schicke ihm eine Nachricht.

War blöd heute Morgen, lass uns noch mal reden.

Ein Tut-mir-Leid schaffe ich nicht – aber auch so ist die Nachricht nach dem Streit ein Friedensangebot. Immerhin habe ich geschrieben.

Keine blauen Häkchen an der WhatsApp-Nachricht. Normalerweise liest er seine Nachrichten sofort. Wahrscheinlich kennt er irgendeinen Trick, sie zu lesen, ohne dass der Absender es sehen kann. So oder so – er antwortet nicht. Dann halt nicht. Ich kann auch sehr gut beleidigt sein.

Bisher läuft so gar nichts an diesem Tag.
1 von 5 Sternen

Meine Mutter hält ausnahmsweise keinen Mittagsschlaf und sitzt schon vor der Glotze. Sie sagt mir sogar freundlich hallo, wendet sich dann aber wieder dem TV-Programm zu. Malgorzata, im Partnerlook neben ihr, scheint sich auch etwas beruhigt zu haben.

»Ist halt schwierig. Gestern war schlechte Laune, heute sehr viel besser. Mama hat Karotten und Fisch gegessen. Hier ist das Foto.« Sie präsentiert mir ein Foto auf ihrem Handy. »Hätte ich gleich geschickt!«, betont sie eilfertig.

Mal wieder ein eindrucksvolles Foto. Kabeljau an Karotten mit ein wenig Püree.

»Das ist toll! Das freut mich!«, spare ich nicht mit Lob. »Sehr gut, Malgorzata. Ich weiß ja, dass es oft schwierig ist. Es war gestern nicht böse gemeint, wir sorgen uns eben nur um Mama.«

Malgorzata nickt. Meine Mutter sitzt unbeteiligt dabei. So, als hätte sie mit der ganzen Diskussion nichts zu tun.

Als ich mir in der Küche etwas zu trinken hole und auf dem Weg gerade ein altes Taschentuch in den Müll werfe, mache ich eine Entdeckung. Da liegt die Verpackung von fünfzehn Fischstäbchen mit dem grinsenden Kapitän drauf. Daneben eine Dose Erbsen-Möhren-Gemüse. Das Famose aus der Dose – dass es das noch gibt! Ich habe sofort Kindheitserinnerungen. Von wegen Kabeljau und frische Karotten. Immerhin bleibt Malgorzata nah an der Wahrheit. Fisch und Karotten – das stimmt. Allerdings in etwas anderer Form. Was mache ich jetzt?

Ich ziehe die Verpackungen aus dem Müll, denke kurz darüber nach, ob die Fischstäbchenpackung von Heinz, Beas Lover stammt, und lege beide einfach auf den Küchentisch. Das wird ja als Mahnung ausreichen. Ich will nicht streiten. Noch eine Diskussion verkrafte ich heute nicht. Es langt, wenn Malgorzata weiß, dass ich es weiß. Hoffe ich jedenfalls.

Seit wann liebt meine Mutter Fischstäbchen? Sie war immer ein Fan von gedünstetem Fisch. Ehrlich gesagt, in meiner Kindheit sehr zu unserem Leidwesen. Wir Kinder waren verrückt nach Fischstäbchen. Am liebsten mit Rahmspinat und zerdrückten Kartoffeln. Selbst jetzt bekomme ich sofort Appetit, wenn ich nur daran denke. Statt Fischstäbchen gab's bei uns zumeist weißen zerkochten Fisch. Sehr weich und sehr fischig. Oft mit Senfsauce und Reis und einem kleinen Gurkensalat.

Was mich jetzt mal interessieren würde: Wo ist der frische Kabeljau, den ich gestern gekauft habe? Ich schaue im Kühlschrank nach. Kein Kabeljau weit und breit. Auch das Gemüse, das ich angeschleppt habe, kann ich nicht entdecken. Das Fleisch ist da. Wo sind all die Lebensmittel? Halten die sich im Garten Kaninchen, die unsere teuren Biosachen vertilgen? Was soll dieses Spiel? Wer isst wohl gerade den Kabeljau, der 13,80 Euro gekostet hat? Ich durchwühle den Müll, um zu checken, ob sie den Fisch auch einfach entsorgen. Fehlanzeige. Zum Thema Mülltrennung gäbe es hier auch einiges zu sagen, der Kabeljau jedoch bleibt unauffindbar. Ich werde, wenn ich nach Hause gehe, draußen mal unauffällig in die Mülltonne spähen.

Aber erst setze ich mich noch eine halbe Stunde zu Mama und versuche, nicht allzu streng zu schauen. Meine Mama wirkt munter. Gutgelaunt und entspannt.

Wenn das die Fischstäbchen sind, sollte sie mehr davon bekommen, denke ich, bevor ich mich verabschiede.

»Mama, ich gehe morgen auf Kreuzfahrt. Mit Paul und seiner Tochter. Das weißt du ja, ich habe es dir ja schon erzählt. Die nächsten Tage kommt deshalb Birgit bei euch vorbei. Und vielleicht auch mal Stefan. Claudia hat auch versprochen, nach dir zu gucken. Du wirst also viel Gesellschaft haben. Ich bringe dir was ganz Schönes mit. Ich habe dich doll lieb.« Ich küsse sie und gehe. Beim Mülltonnencheck draußen werde ich auch nicht fündig – kein Kabeljau.

Mein Sohn hat noch immer nicht auf meine Nachricht reagiert. Der kann verdammt stur sein, aber noch weiter werde ich nicht einlenken. Ich habe die Hand hingestreckt, sinnbildlich jedenfalls, und wenn er nicht zugreift, dann kann ich es auch nicht ändern. Auch ich kann stur sein.

Auf dem Weg nach Hause fahre ich noch schnell bei Sabine vorbei. Sie ist nicht da, aber Juan, ihr kleiner junger Mallorquiner, öffnet mir die Tür.

»Hola guapa!«, raspelt er gleich ein bisschen Süßholz. Ich weiß inzwischen, dass das bei ihm zum Standardrepertoire gehört. Egal, ich höre es trotzdem gern.

»Lust auf kleine Kaffee?«, fragt er freundlich und strahlt mich an.

Der Junge hat wirklich phantastische Zähne. So unglaublich weiß und gerade. Ich mag Juan, aber richtig ernst nehme ich ihn nicht. Er könnte knapp mein Sohn sein. Also ehrlich gesagt, gar nicht mal so knapp. Inzwischen spricht Juan gut Deutsch, und er studiert. Irgendwas mit Pädagogik. Sabine ist immer noch verzückt von Juan und schwärmt, wenn man sie lässt, von morgens bis abends.

»Und guapissima, morgen große Reise. Freust du dich auf den Schiff?«

»Das Schiff, Juan. Und ja, ich freu mich!«

Juan will korrigiert werden, er bittet sogar ausdrücklich darum. »Sonst ich lerne nicht«, sagt er immer.

»Habe Frage an dich. In drei Woche meine Eltern kommen, um Sabine und mich zu besuchen. Will ich was Besonderes machen. Hast du eine Idea? Ihr seid selbe Alter, meine Mama und du.«

Wie schön, auf diese Information hätte ich gern verzichtet.

»Geht doch zum Apfelwein nach Sachsenhausen, oder fahrt in den Taunus oder den Rheingau. Ich weiß nicht, was deine Eltern so mögen«, antworte ich und übergehe die kleine Altersbemerkung.

Wie das Juans Eltern wohl finden? Eine potentielle Schwiegertochter, die fast so alt ist wie sie selbst? Ich kann mir nicht vorstellen, dass man davon begeistert ist. Ich jedenfalls wäre entsetzt, wenn Claudia mit einem Fünfzigjährigen ankäme. Oder Mark mit einer Enddreißigerin. Warum eigentlich?

»Ich werde meine Eltern etwas sagen und muss vorher fragen Sabine, ob okay ist«, redet Juan weiter.

»Was denn?«, kann ich meine Neugier mal wieder nicht zügeln.

Ich muss Juan versprechen, nichts zu verraten. Ich verspreche es.

»Will ich machen Antrag für Hochzeit und dann meinen Eltern sagen«, verrät er.

Er will heiraten! Wahnsinn! Ich freue mich. Vor allem für Sabine. Sie wünscht sich nichts sehnlicher als eine Hochzeit mit Juan.

»Er ist die Liebe meines Lebens!«, hat sie mir gegenüber schon häufig beteuert.

»Aber wenn er fünfzig ist, bist du über siebzig, weit über siebzig!«, habe ich zu Bedenken gegeben.

»Ich kann zählen, und ich kann rechnen, Andrea. Ich weiß das. Aber es ist mir egal. Und solange es ihn nicht stört, stört es mich auch nicht.«

»Aber was ist mit Kindern? Er will doch sicher Kinder. Er ist Spanier, die sind Familienmenschen!«, habe ich eingewandt.

»Die Zeiten sind lange vorbei«, hat Sabine gekontert. »Spanien ist eines der Schlusslichter in Sachen Geburtenrate, und das weltweit! Aber mal davon abgesehen, ich habe mit ihm darüber gesprochen, die Liebe ist ihm wichtiger als der Nachwuchs. Er sagt, er kann auf Kinder, aber nicht auf mich verzichten«, hat sie geseufzt. »Ich hätte auch gern Kinder gehabt. Aber erst mit Juan kann ich es mir tatsächlich vorstellen. Es gibt ja heute Möglichkeiten.«

Sofort hatte ich Bilder von tiefgefrorenen Eizellen und Leihmüttern im Kopf. »Du willst doch nicht wie diese Fünfundsechzigjährige aus Berlin im Seniorenalter Vierlinge bekommen?«, habe ich entsetzt gefragt.

Sabine ist leicht sauer geworden – man muss bei ihr immer ein bisschen vorsichtig sein. »Warum eigentlich nicht? All die Kerle vermehren sich, wenn ihnen danach ist, bis ins Greisenalter, und nur wir Frauen sollen uns verdammt nochmal mit den biologischen Gegebenheiten abfinden?«

Ich weiß, dass sie recht hat und finde es trotzdem erschreckend. Allein der Gedanke, mit Ende siebzig, als Mutter kurz vor dem Rollator, noch eben mal eine Pubertät zu durchleben ist grausig. Eine Vierlingspubertät – unvorstellbar. Was das mit dem Blutdruck macht, will ich mir gar nicht vorstellen. Schon in meinem Alter. Ein Mark mal vier – ich wäre reif für die Klapse.

»Deine Tochter könnte doch unsere Leihmutter werden. Wir würden gut bezahlen, und sie könnte damit ihr Studium finanzieren«, hat mir Sabine dann vorgeschlagen.

Ich war sprachlos.

»War nur ein blöder Scherz«, hat sie mich aus meiner Schockstarre geholt.

»Findest du nicht gut meine Idea?«, beamt mich Juan zurück in die Gegenwart.

»Doch, klar, toll. Gratuliere. Wann wirst du ihr den Antrag machen?«, will ich wissen.

»Heute Abend«, sagt der kleine Juan und greift sich ans Herz.

Sinn für Theatralik hat er, das muss man ihm lassen.

»Wird sie sagen ja?«, fragt er mit viel Pathos in der Stimme.

»Bestimmt, Juan, da bin ich mir sicher. Sie wird sich riesig freuen! Ich wünsche dir und euch alles Glück der Welt«, beteure ich.

Das wünsche ich Sabine wirklich. Sie ist ein wirklich guter und netter Mensch. Ich habe sie sehr, sehr gern und will, dass sie glücklich ist.

»Wann willst du denn heiraten?«, erkundige ich mich neugierig.

»Ganz bald. Bevor Mama und Papa kommen aus Mallorca«, antwortet er, und dieser Satz klingt nach Ärger.

»Werden da deine Eltern nicht wahnsinnig stinkig sein?«, gebe ich zu bedenken.

Eine Hochzeit ohne die Eltern des Bräutigams? Allein die Vorstellung, dass meine Kinder heimlich heiraten könnten, ohne mich und ihren Vater, macht mich zornig. Und auch traurig. Aber vor allem zornig. Da wischt man jahrelang Hintern, kocht, fragt Vokabeln ab, wäscht, sorgt sich, bindet Schnürsenkel, fährt zum Hockeytraining – und dann, am großen Tag, darf man nicht dabei sein? Ausgeschlossen!

»Wenn sie Tatsache sehen, sie können nichts mehr machen!«, lautet seine sehr pragmatische Antwort. »Sie werden akzeptieren müssen, auch wenn sie nicht begeistert sind.«

Das stimmt natürlich. Aber es könnte auch sein, dass sie die heimliche Hochzeit noch mehr verärgert und sie sich komplett abwenden.

»Glaubst du wirklich, das ist klug, Juan? Wäre es nicht viel schöner, wenn deine Eltern dabei wären?«

Er guckt traurig. »Ach guapa, claro que si, aber sie finden es nicht gut. Sagen, Sabine ist demasiado alt und nicht richtige Frau für mich. Ich soll kommen heim nach Mallorca und Frau von da heiraten. Junge Frau.«

Das ist schrecklich und ein ganz bisschen auch verständlich.

»Es una prueba de fuego, Andrea!« Ich gucke verwirrt, und er versucht sich an einer Übersetzung: »Ist Probe von Feuer.«

Eine Feuerprobe. Aber wer sich am Feuer versucht, kann sich eben auch verbrennen, sich verletzen. Feuer fangen. Eine Feuerprobe ist eine Bewährungsprobe. Ein riskantes Wagnis.

»Ich weiß nicht, ob das eine so gute Idee ist und du nicht lieber versuchen solltest, deine Eltern von Sabine zu überzeugen! Ohne Feuerprobe!«, rate ich Juan.

Jetzt hat er Tränen in den Augen. »Alles gemacht. Alles probiert. Sie wollen nicht mögen. Sie lehnen komplett ab. Meine Mutter sagt, kann ich auch Maria Antonia Riutort heiraten – ist ihre Freundin von Schule und noch allein. Sie glauben, ich verrückt. Loco.«

Manchmal kann die Liebe verdammt schwirig sein. Ich nehme Juan in den Arm, und just in dem Moment geht die Wohnungstür auf. Sabine sieht uns umschlungen dastehen. Peinlich.

»Hallo, es ist nicht, was du denkst!«, begrüße ich meine Freundin.

Juan stürzt zu Sabine und zieht sie in seine Arme. »War nur für Trost, hatte ich Kummer«, erklärt er die Umarmung mit mir. »Alles wieder gut!«, beteuert der kleine Spanier.

Sabine schaut mich ein wenig verunsichert an. »Kannst du mir das erklären?«, fragt sie nur und zieht die Augenbrauen hoch.

Ich würde sehr gern die Stirn runzeln, kann aber nicht. »Juan war traurig, wegen seiner Eltern, und da habe ich ihn umarmt. Alles ganz harmlos«, starte ich einen Erklärungsversuch.

»Aha«, sagt sie nur. »Was ist denn mit deinem Gesicht? Hast du tatsächlich was machen lassen?«, will sie dann wissen.

Ich erzähle ihr die ganze verkorkste Gregor-Geschichte, und Sabine lacht sich kaputt.

»Es sieht nicht schlecht aus, aber man merkt es sofort. Deine Stirn ist komplett glatt. Zieh mal hoch!«, fordert sie mich auf.

Ich bemühe mich, merke aber selbst, dass sich da nichts tut.

»Auch neben den Augen ist alles glatt, deine Krähenfüße sind weg!«, entdeckt Sabine.

Ich hatte Krähenfüße? Die sind mir so bisher noch gar nicht aufgefallen.

»Paul hat nichts gesagt. Ich glaube, er hat es nicht bemerkt«, sage ich.

Sabine lacht. »Ich mache das seit Jahren, und niemand hat es je bemerkt. Jedenfalls kein Kerl. Aber wenn man es selbst macht, dann sieht man es auch bei anderen.«

Wenn es so viele machen, warum ist es dann so ein riesiges Geheimnis? So ein Tabuthema? Ist es unlauterer Wettbewerb? Ist es würdelos? Ich bin hin- und hergerissen. Ach egal. Jetzt ist es eh zu spät.

»Ich weiß nicht, ob es mir so richtig gefällt. Es war eher eine spontane Anti-Ausziehlösung bei mir«, rechtfertige ich mich.

»Es verschwindet ja wieder. Und es sieht nicht schlecht aus. Einfach nur irgendwie ungewohnt. Halt sehr glatt. Aber in einem halben Jahr ist alles wieder weg, wie bei Aschenbrödel und der Kutsche«, beruhigt mich Sabine.

Es verschwindet wieder. Das ist gut, aber auch blöd.

»Heißt das, ich muss alle halbe Jahr hin, wenn ich so bleiben will?«, frage ich noch mal nach.

»Ja und nein«, antwortet Sabine. »Du kannst in der Zeit mit dem Botox ja keinen Muskel bewegen, also kommen nicht mehr Falten dazu. Aber wenn du so glatt bleiben willst, dann musst du investieren.«

Ich bin nicht sicher, ob es mir das Geld wert ist. Ob der Effekt in Relation zur Investition steht. Außerdem bin ich auch leicht verärgert. Alle um mich rum scheinen sich munter spritzen zu lassen und haben mir nichts davon gesagt. Sah ich bisher älter aus als all die anderen Frauen? Ich denke eher nicht. Alter hat eben nicht nur mit Falten zu tun. Es ist der Gang, die Bewegung, es sind die Hände, der Hals und die Oberarme. Das große Ganze. Ab einem gewissen Alter gibt es eine Art Materialermüdung. Körperlich wird nichts besser. Sehe ich jetzt zehn Jahre jünger aus als noch letzte Woche?

»Findest du, ich sehe jünger aus?«, befrage ich meine Freundin.

»Na ja, nicht unbedingt jünger, aber frischer irgendwie.«

Lässt sich Frische nicht auch mit dem passenden Make-up und einem schönen Rouge herstellen? Braucht es dafür Botox? Je mehr ich darüber nachdenke, umso blöder finde ich es. Warum habe ich das nur gemacht?

Juan gibt mir ein Zeichen. Ich soll gehen. Stimmt – er hat ja noch Großes vor.

Ich nehme Sabine in den Arm und drücke sie fest: »Ich wünsche dir einen wunderschönen Abend. Genieße ihn! Und sei lieb zu deinem Kleinen!«

Dass Sabine heute einen Heiratsantrag bekommt, macht mir gute Laune. Noch ist der Tag nicht zu Ende, alles kann sich noch zum Guten wenden. Und immerhin wird heute Abend schon mal eine glücklich ins Bett gehen: Sabine.

Als ich zu Hause ankomme, ist mein Sohn noch immer nicht da. Wo er wohl ein freies Bett oder eine Couch gefunden hat? Sollte ich ihm doch noch mal eine Nachricht schicken? Was vergebe ich mir damit schon? Nichts! Es zeigt nur, dass ich die Erwachsene bin.

Melde Dich mal, ich will so nicht in den Urlaub fahren. Lass uns reden!, schreibe ich, und bevor ich es mir anders überlegen kann, drücke ich auf Senden.

Ich räume trotzdem den Kühlschrank aus und telefoniere dabei mit Claudia. Erzähle ihr vom fluchtartigen Abgang ihres Bruders und frage sie, ob sie was von ihm gehört hat.

»Ne, ich bin im Moment die Letzte, bei der er sich melden würde«, stellt sie fest. »Der ist sauer auf mich, weil ich ihm neulich mal ordentlich die Meinung gesagt habe.«

»Kannst du die Tage trotzdem mal vorbeikommen und gucken, ob alles läuft? Ob es ihm gutgeht?« Mein Mutti-Gen kann ich nicht komplett unterdrücken.

»Mama, er wird so schnell nicht verhungern. Außerdem bekommt er ja auf der Arbeit Essen, und er ist auch kein Kleinkind mehr. Aber wenn es dich beruhigt – Emil will eh zu seiner Mutter. Wir kommen übermorgen. Einen Tag wird der kleine Mark ja auch ohne Aufsicht überleben. Davon mal abgesehen, hört der eh nicht auf mich, der kleine Scheißer.«

»Sei nicht so streng, du bist nicht seine Mutter. Er braucht halt ein bisschen länger als andere, er ist noch im Findungsprozess«, lege ich mich für mein hauseigenes Faultier ins Zeug.

»Da liegt doch das Problem«, ereifert sich meine Tochter. »Du verwöhnst ihn und lässt ihm alles durchgehen – das findet auch Emil.«

Seit wann geht denn das Emil was an? Dieses Muttersöhnchen soll mal lieber ganz still sein.

»Emil soll sich da mal schön raushalten. Außerdem: Hinten kackt die Ente. Also mal abwarten. Mark ist ein kluger Junge, das wird schon noch.«

Allein diese Aussage macht mir selbst Hoffnung. Richtig sicher bin ich mir nicht, auch nicht bezüglich des Entenspruchs. Aber ich darf an meinem Sohn zweifeln – einem Emil steht das nun wirklich nicht zu. Den hat Mutti ja nun immerzu vor irgendwas gerettet. Bei jedem noch so kleinen Kinderstreit ist Tamara auf die Straße gerannt und hat Klein-Emil verteidigt und die anderen ausgeschimpft. Ich bin noch immer verwundert, dass er es allein bis nach Australien geschafft hat.

»Immer wenn ich Emil nur erwähne, rastest du fast aus. Das ist echt supernervig. Du tust ihm unrecht. Außerdem ist er der Mann an meiner Seite, und ich finde, so langsam könntest du dich mal an den Gedanken gewöhnen. Er ist immer total nett zu dir. Das wäre auch umgekehrt ja wohl das Mindeste, was man verlangen kann! Ich liebe Emil!«, empört sich meine Tochter.

Ich finde nicht, dass man jemanden mögen muss, nur weil er zufällig mit dem eigenen Kind verbandelt ist. Dass es so einfach nicht funktioniert, dafür gibt es nun zahlreiche Beispiele. Aber trotz allem verstehe ich ihren Einwand. Irgendwas an Emil, etwas, was gar nichts mit ihm direkt zu tun hat, macht mich latent aggressiv. Vielleicht seine ständigen guten Leistungen und seine Zielstrebigkeit. Vielleicht weil er das hat, was ich mir insgeheim auch für meinen Sohn wünsche. Ist es eine Form der Eifersucht? Will ich wirklich einen Sohn wie Streber-Emil? Nein. Ich will Mark, aber mit ein paar schönen Eigenschaften von Emil. Nicht den ganzen Emil. Nur Teile von ihm. Mark ist viel lässiger und viel entspannter. Aber wo hat all die Lässigkeit hingeführt? Ins Bett.

»Ich mag deinen Emil doch. Es tut mir leid! Aber beim Thema verwöhnen bin ich ein wenig empfindlich«, entschuldige ich mich bei meiner Tochter.

Ich weiß, dass zu viel Ablehnung zu mehr Anhänglichkeit führt. Außerdem: Sie wird ja nicht gleich den Ersten, mit dem sie zusammenwohnt, ehelichen. Und wenn? Es könnte schlimmer kommen. Sehr viel schlimmer.

»Ach ja, Mama, eins noch, Tamara hat noch mal wegen Weihnachten bei uns angefragt. Ob wir nicht alle zusammen feiern wollen. Bei ihr?«

Da denkt man, es könnte schlimmer kommen, und dann kommt es schlimmer.

»Es ist noch nicht mal Sommer, Claudia. Wer weiß denn schon, was Weihnachten ist. Das müssen wir ja nicht heute entscheiden«, rede ich mich raus. Nicht nur, weil ich auf ein gemeinsames Weihnachten keine Lust habe, ich hasse es auch, so lange im Voraus zu planen. »Eins nach dem anderen, Claudia. Jetzt mache ich erst mal meine Reise, dann kommt irgendwann hoffentlich der Sommer, und dann sehen wir weiter.«

Sie seufzt: »Stell dich halt nicht so an. Ist doch nett mit so vielen. Alles verspielt sich so ein bisschen. Und es ist weniger Arbeit. Tamara würde kochen. Für uns alle. Und ich will auch nicht ohne Emil Weihnachten feiern. Aber ohne euch auch nicht. Und Emil will nicht ohne seine Eltern. Also wäre das doch die perfekte Lösung. Und Tamara würde sich auch freuen.«

»Ja«, antworte ich, »das klingt ganz nett. Lass uns später entscheiden.«

Ich will meiner Tochter den Tag nicht versauen, indem ich ihr sage, dass ich darauf so gar keine Lust habe. Sie wünscht mir eine traumhafte Kreuzfahrt.

»Ruf an, wenn du gut auf dem Schiff angekommen bist. Mark wird deinen Ausflug überleben. Opa und ich kümmern uns schon. Mach dir keine Sorgen!«, verabschiedet Claudia sich.

Das ist lieb. Es rührt mich. Wie groß meine Große geworden ist. Wie erwachsen. Jedenfalls stellenweise.

Ich beschließe, die Zeit, bis Paul nach Hause kommt, für Sport zu nutzen. Der Sport und ich sind alte Bekannte, die sich allerdings oft ewig lange nicht sehen. Eine kleine Runde laufen vor dem Abendessen scheint mir die richtige Dosis für unser Revival. Man soll es ja keinesfalls gleich übertreiben. Als ich aus der Haustür trete, um zu starten, kommt Tamara um die Ecke.

Heute scheint mein absoluter Glückstag zu sein.

Bisher 0 von 5 Sternen.

»Es waren schon wieder Typen bei Anita und Rena. Heute Morgen, hast du's gesehen?«, begrüßt sie mich.

»Ehrlich, Tamara, das ist mir so was von egal. Und es geht mich auch nichts an. Wenn sie uns was erzählen will, wird sie das tun, wenn nicht, dann eben nicht!«, beende ich das Thema, mit dem ich heute schon einmal ausgesprochen schlechte Erfahrungen gemacht habe.

»Da musst du ja nicht gleich so patzig sein. Bisher hat es dich ja sehr wohl interessiert«, antwortet sie nicht weniger patzig.

Ganz falsch liegt sie damit nicht.

»Ich will mich nicht mehr in Dinge einmischen, die mich nichts angehen«, sage ich eine Spur freundlicher. Sie kann ja nichts für meinen merkwürdigen Tag.

»Gehst du walken?«, fragt sie mich. »Ich könnte mitkommen, würde mir nicht schaden«, schlägt sie mir dann vor.

»Nett von dir«, heuchle ich Begeisterung, »aber ich wollte joggen. Walken ist mir doch ein bisschen zu langsam.«

Normalerweise ist Gesellschaft beim Sport eine schöne Sache, und der immer leicht drallen Tamara würde

Sport, wie von ihr treffend bemerkt, keineswegs schaden, aber ich will heute keine weiteren Emil-Geschichten hören. Außerdem fürchte ich mich vor der Wollen-wir-zusammen-Weihnachten-feiern-Frage. Auf der anderen Seite ist Tamara dermaßen unsportlich, dass ich garantiert fitter bin, und das wiederum würde mir ein gutes Gefühl geben.

»Ne joggen, das geht nicht mit meinen Gelenken. Das soll ja eh überhaupt nicht gut sein«, erteilt sie mir, wie erwartet und erhofft, eine Abfuhr.

»Na dann. Ich muss mal starten, will 'ne große Runde laufen. Ich trainiere für einen Marathon«, gebe ich noch ein bisschen an und laufe los.

Das mit dem Marathon ist mir so rausgerutscht. Ich hoffe, sie vergisst es sofort wieder. Wenigstens bis ich außer Sichtweite bin, muss ich durchhalten. Schon nach etwa 150 Metern kriege ich kaum mehr Luft. Ich hatte das Joggen anders in Erinnerung. Weniger anstrengend. Ich muss langsamer laufen. Ob Tamara mich noch sehen kann? Ich befürchte, ja, halte aber trotzdem an und gehe in die Knie, um zu verschnaufen, tue aber so, als müsste ich die Schuhe neu binden. Mist, ich habe vergessen, meine App auf dem Handy zu starten, und den Schrittzähler habe ich auch nicht dabei. Bevor ich weiterlaufe, aktiviere ich meine Laufapp, die ich seit Jahren nicht mehr benutzt habe.

Zwanzig Minuten später bin ich schon wieder zu Hause. Fühle mich wie nach einem Ultramarathon. Total fertig und kaputt. Bin genau 1,4 Kilometer gerannt. In zwölf Minuten. Klingt gar nicht so übel, aber die App verrät mir ungefragt, dass das einer Laufgeschwindigkeit von 6,9 Stundenkilometern entspricht. Ich weiß, dass man in einer Stunde mit schnellem Schritt etwas über sechs Kilometer gehen kann. Gehen! Nicht joggen. Ich war also kaum schneller als ein Walker. Wahrscheinlich sogar langsamer als die meisten. Das, was ich da abgeliefert habe, entspricht einem winzigen, schnellen Spaziergang. Peinlich. Wahrscheinlich hätte mich Tamara gehend überholt. Ein reichlich ernüchterndes Ergebnis. Zum Glück gibt es keine Zeugen.

Das war also keine stimmungsaufhellende Maßnahme. Nicht im Entferntesten. Ganz das Gegenteil: Ich fühle mich noch sehr viel unsportlicher als vorher. Wenn man nur über Sport nachdenkt, in der Theorie, kann man immer noch denken, man sei im Grunde seines Herzens eine sportliche Person. Wenn man es ausprobiert und scheitert, so wie ich gerade eben, dann kann man das nicht mal mehr denken. Oder jedenfalls nicht ohne Zuhilfenahme von bewusstseinsverändernden Substanzen. Ich muss das ändern! Nicht das mit den Substanzen, sondern das mit dem Sport. Ich werde sportlich werden! Was die Miezi von Christoph kann, kann ich auch. Ich muss mich nur überwinden. Warum eigentlich ist es mir nicht völlig egal, was andere tun und lassen. Was sie imstande sind zu leisten? Wieso muss ich mich eigentlich immer messen?

Inzwischen bin ich wieder einigermaßen bei Puste und fühle mich schon besser. Bin erstaunt darüber, wie viel man in so kurzer Zeit schwitzen kann. Ich versuche, das Ganze positiver zu sehen: Immerhin habe ich mich aufgerafft. Das werde ich auf dem Schiff auch tun. Habe gelesen, dass es auf fast allen Kreuzfahrtschiffen Joggingstrecken gibt. Meistens auf einem der oberen Decks, ansonsten gehe ich halt auf ein Laufband. Du bist fünfzig Jahre alt, Andrea, rede ich mir gut zu, fünfzig, nicht achtzig. Du wirst doch wohl ein halbes Stündchen joggen können! Ich dachte wirklich, das könnte jeder, erinnere mich jetzt aber dunkel daran, dass auch bei meinem letzten Laufversuch nicht alles so lief, wie ich mir das vorgestellt hatte. Laufen ist anstrengend. Anstrengender, als ich es in Erinnerung hatte. Deshalb habe ich es damals ja auch sofort wieder eingestellt. Aber ich beherrsche immerhin die Technik – jetzt fehlen mir nur noch die Kondition und die Geschwindigkeit.

Es klingelt. Ich sehe sie schon durchs Fenster. Es ist Tamara. Meine Güte, hat diese Frau kein eigenes Leben, in dem sie stören kann? Verfolgt sie mich? Ist sie meine persönliche Stalkerin?

»Ja«, rufe ich aus dem Wohnzimmer.

»Ich bin's. Alles okay bei dir?«, erkundigt sie sich ganz freundlich.

Ich gehe zur Tür und sage: »Ja, alles bestens.«

»Na ja, ich dachte, weil du schon wieder da bist und du doch 'ne große Runde laufen wolltest wegen deines Marathons. Da hab ich mir Sorgen gemacht. Hast du dich verletzt?«, fragt sie mitfühlend.

»Alles okay. Mir ist nur eingefallen, dass ich noch dringend was Berufliches erledigen muss. Bevor mein Chef heimgeht.« Ich schaue demonstrativ auf meine Uhr.

»Ach so, dann ist es ja gut. Wo willst du denn den Marathon laufen? Ich könnte ja zum Anfeuern mit den Kindern kommen. Claudia ist bestimmt schon ganz stolz!«, redet sie weiter.

Manchen Leuten ist es völlig wurscht, ob man etwas vorhat oder auch nicht. In diesem Fall gebe ich zwar nur vor, etwas vorzuhaben, aber trotzdem.

»Das ist noch geheim. Auch die Kinder sollen noch nichts wissen. Ich bin noch in der Planung. Sei mir nicht böse, Tamara, ich muss das echt jetzt erledigen, sonst hätte ich auch weiterlaufen können. Aber Herr Klessling wartet nicht gern! Also, bis bald und nichts verraten, gell!«

Sie nickt. »Bei mir ist ein Geheimnis gut aufgehoben«, sagt sie und geht.

Das ist einer der lustigsten Sätze des heutigen Tages. Bei ihr ist ein Geheimnis gut aufgehoben – guter Witz!

Ich schalte tatsächlich meinen PC an, um zu gucken, ob Herr Klessling sich gemeldet hat. Nichts. Keine Nachricht. Na ja, er ist nicht der Schnellste. Das Gute: Solange er sich nicht rührt, kann ich nicht weiterarbeiten.

Paul und ich machen uns einen schönen Abend.

Von Mark nur eine kurze Nachricht: *Bin bei einem Freund. Übernachte hier.*

Ich will sofort antworten. Was ist mit dem Praktikum morgen? Holt Opa ihn ab? Wie soll das gehen? Was denkt der sich? Wieso hat der nicht auf meine Nachrichten geantwortet? Aber Paul hält mich davon ab.

»Lass ihn. Er weiß, dass er morgen abgeholt wird. Er wird da sein. Seinen Opa enttäuscht er nicht. Er ist noch wütend.«

Wahrscheinlich hat Paul recht. Aber es schmerzt mich. Ich hätte mich gern richtig von Mark verabschiedet. Von Angesicht zu Angesicht. Vor großen Reisen ist mir immer ein Hauch mulmig. Die Wahrscheinlichkeit, dass etwas passiert, ist gering. Ich weiß das – aber trotzdem. Bevor man ein Flugzeug besteigt, sollte man seine Liebsten noch mal geküsst haben. Weil auch die Wahrscheinlichkeit nicht immer gewinnt.

»Schreib ihm einfach was Nettes, ohne Ermahnung und Erinnerung ans Praktikum. Einfach nur was Nettes«, schlägt mir Paul vor.

»Ich hab dich lieb! Bis bald!«, lautet mein Text.

Ich bin aufgeregt, gehe in Gedanken immer wieder den Kofferinhalt durch und freue mich wahnsinnig.

»Ich hoffe, du bist nicht enttäuscht. Die ist etwas ganz Spezielles, unsere Kreuzfahrt«, sagt Paul noch, bevor wir uns schlafen legen. Eine Kreuzfahrt ist eine Kreuzfahrt – wo soll da Enttäuschung lauern, denke ich, und um meine Aufregung ein wenig zu mildern, haben wir entspannten Sex. Es gibt kein besseres Mittel, um gut zu schlafen.

Nach Abendaktivität kleine Wende, deshalb noch
  2 von 5 Sternen

4

Ich träume, dass sich ein sehr stattlicher Kapitän mit irrsinnig breiten Schultern – eine Art moderner Sascha Hehn – in mich verliebt und ich bei ihm auf dem Schiff bleibe. Als ich Paul morgens davon erzähle, lacht er nur: »Das werde ich zu verhindern wissen!«

Punkt sieben Uhr dreißig steht Bea pünktlich vor unserer Haustür. Ein kleiner und feiner Triumphmoment für mich. Sie liefert ihre Tochter Alexa ab. Alexa hat einen Mammutkoffer und eine enorme Reisetasche dabei. Von Louis Vuitton. Eine Tasche, die locker 1200 Euro kostet. So viel zum Thema verwöhnte Kinder. Alexa strahlt mich an. Was hat die denn gefrühstückt? Johanniskraut im Müsli? So hat sie mich noch nie angesehen. Ein gutes Omen. Das in Kombination mit dem mürrischen Gesicht von Bea ist geradezu eine Art Jackpot. Keine der beiden kann sich überwinden, mir nachträglich zum Geburtstag zu gratulieren.

»Kannst du mir jetzt mal verraten, wo es hingeht!«, begrüßt Bea ihren Ex. »Ich muss ja schließlich wissen, wo sich meine Tochter aufhält.«

Obwohl ich Bea sonst niemals freiwillig recht geben würde, in dem Fall kann ich sie verstehen.

Paul grinst allerdings nur freundlich: »Sobald wir angekommen sind, melden wir uns! Vorher sage ich nichts. Es ist ja, wie du weißt, eine Überraschung!«

»Du kannst es doch nur mir sagen«, bettelt sie fast schon ein bisschen, aber Paul schüttelt den Kopf. »Du bist immer noch ein Sturkopf«, mault sie. Aber auch das lockt ihn nicht aus der Reserve.

»Wir müssen los«, entscheidet Paul dann und verlädt das Gepäck im Auto.

»Das hätte mir auch gefallen, so eine Kreuzfahrt!«, legt Bea noch mal nach.

Tja, denke ich, Pech gehabt. »Ich freue mich auch riesig. So ein phantastisches Geschenk! Das ist so großzügig und toll«, kann ich mir nicht verkneifen zu sagen. In einem Anflug von Großmut wünsche ich ihr eine schöne Zeit, und los geht die Reise.

»Wir müssen erst mal zum Hauptbahnhof«, erklärt uns Paul.

»Wieso denn Bahnhof? Da ist doch kein Hafen, oder?«, fragt Alexa nicht besonders klug nach.

»Wir fahren erst mal Zug. Und dann geht es richtig los«, gibt sich Paul weiterhin geheimnisvoll.

So langsam reicht mir dieses Überraschungsgetue. Aber obwohl Alexa und ich gemeinsam versuchen, ihn weichzukochen, bleibt Paul eisern.

Die Zugfahrt geht nach Basel. Wir holen uns Kaffee und lesen Zeitung. Die Zeit vergeht wie im Flug. Ich bin, gelinde gesagt, sehr überrascht, dass es nach Basel geht. Seit wann liegt Basel denn am Meer? Obwohl meine Geographiekenntnisse wirklich ausgesprochen bescheiden sind, ist mir klar, dass hier weit und breit kein Meer ist. Auch kein Hafen.

»Basel ist die drittgrößte Stadt der Schweiz«, liest mir Alexa ihre neusten Google-Erkenntnisse vor. Und Basel hat einen Flughafen.«

Ab Frankfurt zu fliegen wäre wirklich erheblich praktischer gewesen, denke ich nur, aber Paul wird seine Gründe haben.

Als wir ausgestiegen sind, unser Gepäck vor den Baseler Bahnhof geschleppt haben, winkt Paul ein Taxi heran. »So, meine Lieblingsfrauen, jetzt geht's endlich richtig los. Ab aufs Schiff!«

Hier aufs Schiff?

Zwanzig Minuten später stehen wir am Rheinufer und tatsächlich – da ist ein Schiff.

»Wir machen eine vegane Flusskreuzfahrt!«, präsentiert uns Paul die *Silver Juwel*. »Das ist unser Schiff für die nächste Woche. Sieht es nicht super aus!«

Zwei sprachlose Frauen, Alexa und ich, starren Paul ungläubig an. Soll das ein Witz sein? Während ich noch kurz denke, dass das nur ein Traum sein kann, ein absurder Albtraum, kommt wieder Leben in Alexa.

»Ist das dein Ernst? Bist du komplett abgedreht?«, blafft sie ihren Vater an. »Was soll ich denn auf diesem Müslidampfer?«

Paul guckt enttäuscht.

Noch bevor er antworten kann, stapft eine kleine Frau mit beiger Funktionsjacke und Wanderschuhen auf uns zu. »Sind Sie auch so aufgeregt wie ich? Sieht das Schiff nicht traumhaft aus?« Sie schüttelt uns allen die Hand und stellt sich vor. »Mein Name ist Karin Hendel. Wie das Brathähnchen, aber mit einem e zwischen dem d und dem l. Ich esse ja schon seit Jahren kein Hendel mehr, muss aber mit dem Namen leben. Ausgerechnet ich, eine Veganerin der ersten Stunde.«

Eine Veganerin der ersten Stunde? Misst man jetzt sogar schon, wann und wo man ernährungsmäßig auf den Pfad der Tugend gewechselt hat?

Reflexartig strecke ich meine Hand aus und übernehme die Vorstellungsrunde.

»Wo wir uns jetzt ja schon kennen, können wir auch schön heute Abend zusammen essen. Ich freue mich schon aufs Menü! Jeden Abend fünf Gänge – und das, ohne einen Handschlag zu tun«, schnattert das lebende Brathähnchen, das eher wie ein kleiner gerupfter Vogel aussieht.

Es kommt Bewegung in die Sache. Unsere Koffer werden verladen, und ich habe das Gefühl, im falschen Film zu sein. Eine vegane Flusskreuzfahrt! Ich habe nicht mal geahnt, dass es so etwas überhaupt gibt. Als ich mich innerlich ein bisschen abgeregt habe, frage ich Paul, wo die Reise denn hingeht.

»Wir fahren den Rhein hoch bis Amsterdam, über Mannheim und Köln.«

Eine Flusskreuzfahrt mit Halt in Mannheim und Köln. Das ist so verrückt und so absolut wenig glamourös, dass es fast schon wieder gut ist. Ist das einfach so schräg, dass es schon wieder hip ist?

»Ich gehe nicht auf so eine Scheißkreuzfahrt. Das ist doch ein Ausflugsdampfer! Der letzte Dreck. Arme-Leute-Müsli-Mist. Das hätte Mama mir nie zugemutet. Wie kann man so was machen? Ich hasse euch. Ich könnte im Strahl kotzen!«, unterbricht Alexa meine Gedanken. »Das ist echt so was von Scheiße!«, legt sie noch mal nach.

Sie schreit. Alle können es hören. Paul steht einfach nur bedröppelt da und weiß nicht, wie er sich verhalten soll.

»Das wird bestimmt toll. Aber ich hätte vielleicht doch vorher sagen sollen, was es genau ist«, versucht er, seine Furientochter zu beruhigen.

»Gibt es hier Alkohol?«, ist alles, was ich wissen will.

Fünf Minuten später haben Alexa und ich ein Glas mit einer gelblichen Flüssigkeit in der Hand. Ein veganer Begrüßungscocktail aus Kokoswasser, weißem Rum und Ananassaft. Ich schütte das Glas ratzfatz runter, und Alexa macht das Gleiche. Wir schauen uns an, und ich muss lachen.

»Täglich drei bis fünf davon, und ich halte das aus«, grinse ich Alexa an, während Paul von Frau Hendel zugequatscht wird.

»Prost«, antwortet Alexa und schlürft den Rest aus ihrem Glas.

Ich habe mich ihr noch nie so nah gefühlt.

»Das kann ich keinem erzählen. Ich habe vorher allen gesagt, dass ich eine Wahnsinnskreuzfahrt mache«, jammert Alexa. »Hast du das echt auch nicht gewusst?«

»Nein«, sage ich.

Mir geht es nicht anders als ihr. Ich bin wirklich auch nicht begeistert. Das kommt von der Angeberei vorher, denke ich nur.

»Ist wie alles im Leben eine Frage der Präsentation«,

antworte ich, und Alexa schaut mich fragend an. »Lass uns gleich, wenn wir die Kabinen gecheckt haben, reden! Marketing ist mein Spezialgebiet!«, ergänze ich.

Frau Hendel, unsere neue Bekannte, will gar nicht von Paul ablassen. Das Vögelchen ist ganz aufgeregt.

»Entschuldigen Sie«, sage ich vorsichtig, »wir würden gern mal einchecken.«

»Na ja, gut. Wir sehen uns heute Abend beim Essen. Es ist ja so interessant, was Ihr Mann zu erzählen hat. Das hat man bei Männern selten.«

Da kann ich ihr nur zustimmen.

Immerhin geht Alexa mit uns an Bord.

»Ich kann ja nicht mal anders. Am liebsten würde ich Mama anrufen, dass sie mich abholt«, zischt sie ihren Vater an, und der sieht wirklich getroffen aus.

Je mehr sie sich aufregt, umso mehr rege ich mich ab.

Das Schiff ist irgendwie schön. Speziell schön. Viel alter Glanz, Plüsch und Kronleuchter, eine Mischung aus Wiener Caféhaus und Spielbank – und darin: sehr viele Regenjacken und jede Form von Funktionskleidung. Eine sehr extravagante Mischung. Das Interieur ruft nach Eleganz, nach langen Roben, Satinhandschuhen, glitzerndem Schmuck und bekommt schnöde Fleecewesten zur Antwort.

Die Kabinen sind in Ordnung. Großzügig geschnitten mit allem, was man so braucht. Paul und ich legen uns aufs Bett und schauen raus auf den Fluss. Den wütenden Teenager haben wir in seiner Kabine abgesetzt. Der Ausblick hat was.

»Bist du sehr enttäuscht? Auch so entsetzt wie Alexa? War das eine blöde Idee von mir?«, fragt mich Paul und klingt, für seine Verhältnisse, ziemlich verunsichert.

Ich bringe es nicht übers Herz, mit einem deutlichen Ja zu antworten: »Na ja, ich hatte etwas ganz anderes erwartet. Enttäuscht ist das falsche Wort, aber ich weiß nicht so richtig, was wir hier wollen.«

»Erholung mit Spaß und Erkenntnisgewinn«, antwortet Paul. »Ich dachte, es könnte interessant sein, und wir sind doch nicht wie alle.«

Wir sind nicht wie alle. Einerseits. Andererseits: Niemand will wie alle sein und trotzdem nah dran. Also, normal natürlich, aber auch besonders. Wir wollen sein wie alle, nur ein wenig besser. Nicht so auffällig, dass man zu sehr aus der Masse heraussticht, aber einen Tick herausragt. Nicht absonderlich, nur besonders.

»Aida und so machen alle, und ich finde, das hier ist eine tolle Gelegenheit, mal veganes Essen auszuprobieren. Also, das dachte ich. Vielleicht war das falsch.« Er seufzt.

Paul wirft sich so sehr in den Staub, dass ich fast Mitleid bekomme. Sein Ansatz war ja ein guter. Er wollte uns überraschen, und wenn man ihm eins lassen muss – das ist ihm auch gelungen.

»Ich weiß gar nicht, ob ich für das hier, also diesen Trip, die richtigen Sachen dabei habe«, gebe ich zu Bedenken. »Ich meine, so richtig heiß ist es hier nicht.« Damit meine ich das Klima – aber nicht nur.

Paul zieht mich in seine Arme, und ich denke, was soll's. Ich bin mit einem wunderbaren Mann auf einem seltsamen Schiff – umgekehrt wäre es wirklich schlimmer.

»Vielleicht sollten wir uns erst mal akklimatisieren!«, schlägt Paul mit einem Grinsen vor und beginnt, mich auszuziehen.

Eine sehr hilfreiche Maßnahme.

»Ich dachte schon, ihr bleibt für immer in dieser Kabine. Wie lange kann man denn fürs Kofferauspacken brauchen!«, mault uns Alexa an, als wir ein wenig später als vereinbart in die Cafeteria kommen. Den sogenannten Salon. Cappuccino kann ich mir abschminken. Milch ist hier nicht Milch, sondern entweder Soja- oder Mandelmilch. Reismilch gäbe es auch. Bevor ich das runterkriege, brauche ich noch ein paar vegane Cocktails. Trotzdem bin ich eigenartig beschwingt. Das hier ist so seltsam und so speziell, dass es irgendwie schon wieder was hat.

»Ich lasse mich direkt beim ersten Stopp abholen. Hier bleibe ich auf keinen Fall, mit all diesen komischen alten Leuten und überhaupt«, redet sich Alexa direkt wieder in Rage. »Willst du das etwa mitmachen?« Sie schaut mich wütend an und sucht nach Unterstützung.

»Es ist, wie es ist, und ich habe beschlossen, es auszuprobieren. Manchmal wird man ja positiv überrascht«, gebe ich mich ausgesprochen erwachsen.

Ich kann mir nicht vorstellen, dass das hier auch nur ansatzweise so wird, wie ich es mir erträumt habe, aber man muss ja nicht noch sprichwörtlich Öl ins Feuer gießen.

Alexa wirkt nicht überzeugt.

»Dann sind wir jetzt halt mal eine Woche Veganer!«, sage ich zu Alexa und zwinkere ihr zu.

»Da nehmen wir sicherlich ab!«, lautet ihre Antwort, und sie zwinkert mit Blick durch den Saal zurück.

Ich ahne, was sie mir sagen will, und bin froh, dass sie es nicht gleich durch den Saal geschrien hat. Wenn das hier alles Veganer sind, dann kann man auch als Veganer ein herrlicher Moppel sein.

»Mein Kuchen ist lecker. Und der da auch!« Alexa zeigt unauffällig auf einen Typen hinter dem Tresen, einen sehr gutaussehenden jungen Mann, und sieht direkt sehr viel besser gelaunt aus. Wie schnell das gehen kann.

Die Altersmischung an Bord ist groß. Junge Paare, ältere Paare, junge und alte Alleinreisende, sogar Kinder sind an Bord. Und wie es scheint, aus aller Herren Länder.

»Sie gestatten!«, unterbricht Frau Hendel meine Gedanken. Sie scheint eine sehr anhängliche Frau zu sein. Paul hat es ihr absolut angetan. Alexa und mich nimmt sie kaum wahr.

»Paul, du hast ja hier Ansprache«, unterbreche ich das neue Traumpaar. »Alexa und ich drehen mal 'ne Runde und erkunden das Schiff.«

»Ja, aber«, sagt er, wird aber gleich von seiner Verehrerin unterbrochen. »Ach, da haben wir ja ungestört Zeit!«, freut sie sich.

Ein bisschen Strafe muss sein, denke ich, als wir uns davonmachen.

Wir setzen uns, trotz nicht unbedingt sommerlicher Temperaturen, aufs Oberdeck an die Reling und schauen auf den Fluss und die Landschaft.

»Schön ist es irgendwie schon«, findet auch Alexa.

Und das stimmt. Es ist schön. Und dieses geruhsame Dahingleiten hat was, etwas ungemein Entspannendes.

»Eigentlich ist es, jedenfalls bisher, nicht so schlimm wie erwartet«, beginnt Alexa zaghaft.

»Nein, finde ich auch!«, stimme ich ihr zu.

»Aber ich gönne Mama das nicht. Die Häme, die sie bestimmt hat. Ich höre sie schon gehässig lachen, wenn sie das hört. Die ist momentan so fies zu mir. Und dieser Heinz ist ekelhaft. Ich hasse den. Dem bin ich nur im Weg«, bricht es aus ihr heraus.

Was ist denn da los? Das sind ja ganz neue Töne. Ich sollte Bea verteidigen, aber so viel Größe bringe ich nicht auf. Die Frau hat etwas dermaßen Herablassendes im Umgang mit mir, und ich bin leider nachtragend. Mein besseres Ich will ihr zur Seite springen, aber mein besseres Ich ist dem anderen unterlegen.

»Ich will nicht, dass sie blöd lacht, weil wir hier auf dem Rhein rumdümpeln«, legt Alexa noch mal nach.

»Du musst es ja nicht direkt sagen. Rein theoretisch könntest du ja auch erzählen, dass wir auf dem Weg in die Karibik sind. Irgendwann musst du natürlich mit der Wahrheit raus, aber es langt ja, wenn wir wieder zu Hause sind«, mache ich einen nicht wirklich sehr erwachsenen Vorschlag, der mir aber schon als Gedanke Freude bereitet.

Alexa verzieht ihr Gesicht zu einem breiten Lächeln. »Das ist ziemlich cool, Andrea. Da wäre ich nicht drauf gekommen.«

Es ist albern, aber ich freue mich, dass sie etwas, was aus meinem Mund kommt, cool findet. Vielleicht wird diese Reise unser Durchbruch. Bisher habe ich mir an Alexa die Zähne ausgebissen, trotz fast schon impertinenter Freundlichkeit. Dieses Mädchen ist meine persönliche Herausforderung.

Das macht man aber nicht, Mutter und Kind gegeneinander ausspielen, sagt eine sehr leise Stimme in meinem Kopf. Das würde dir auch nicht gefallen, Andrea, mahnt sie weiter. Stell dir mal vor, Christophs Freundin verarscht dich, gemeinsam mit deinem Sohn, der dir damit demonstrativ in den Rücken fällt und sich auf die Seite der Neuen schlägt. Mal langsam, mischt sich jetzt eine andere Stimme ein. Ist ja nur eine klitzekleine Rache, und du würdest ihr ja nicht in den Rücken fallen, wenn sie nicht vorher so arschig zu dir gewesen wäre. Und überhaupt: Kann man eine kleine Solidarisierungsmaßnahme mit Alexa direkt In-den-Rücken-fallen nennen? Wohl kaum. Es ist ja nur ein Spaß. Die sehr leise Stimme will noch mal aufmucken, wird aber von einer realen übertönt.

»Sie erwartet aber garantiert, dass ich ihr ein Foto schicke. Per WhatsApp. Mache ich ja sonst auch andauernd. Wenn da nichts käme, würde sie das bestimmt merkwürdig finden.«

Ich suche in meinem Handy. »Wir brauchen ein Foto von einem Flugzeug. Und dann von dir. Natürlich ohne den Fluss im Hintergrund. Nur so ein Selfie, auf dem du ihr eine Kusshand zuwirfst. Das langt. Dann haben wir einige Zeit Ruhe. So ein Langstreckenflug dauert. Das nächste Motiv finden wir dann. Du kannst später schon mal im Netz nach Strandbildern suchen. Oder ich knipse dich auf einer Liege und geh ganz nah ran, so dass man die Umgebung nicht sieht.«

Je mehr ich mich mit dem Plan beschäftige, desto besser gefällt er mir. Die wird Augen machen. Das wird mehr nach Karibik aussehen als die wahre Karibik.

Alexa umarmt mich. »Du bist ja genial!«, sagt sie.

Es fühlt sich sehr gut an, das zu hören. Aber ich wäre eine sehr viel bessere Version meiner selbst, würde ich so etwas nicht tun. Ich würde es nämlich, ganz im Gegenteil, absolut nicht genial finden, wenn jemand anderes so etwas bei mir tun würde.

Als wir von unserem Rundgang zurückkommen, sieht Paul leicht geschwächt aus. Frau Hendel hingegen ist in Hochform.

»Ich bin ein wenig müde«, macht Paul einen Fluchtversuch. »Vielleicht sollte ich noch ein bisschen Sport treiben, bevor es zum Abendessen geht«, versucht er, sich zu verabschieden.

»Ins Fitnessstudio, das ist ja eine herrliche Idee. Da wollte ich auch unbedingt hin. Treffen wir uns in einer Viertelstunde dort«, beschließt Frau Hendel und steht auf, ohne eine Antwort abzuwarten.

»Und immer an die Kälbchen denken, diese armen schreienden Kälbchen«, sagt sie noch und entschwindet. »Und auf keinen Fall Milch trinken, die verschleimt alles von innen.«

Alexa lacht ihren Vater an: »Wow, kaum einen halben Tag auf dem Dampfer, und schon hast du 'ne Eroberung gemacht.«

Bei ihr sieht es auch nicht schlecht aus. Der junge Mann hinterm Tresen schaut zu uns herüber.

»Gehst du mit, Andrea? Also zum Fitness?« Paul schaut mich fast flehend an.

Ich unterdrücke den Impuls zu sagen: »Du hast doch schon reizende Gesellschaft.« Stattdessen nutze ich die Chance, ein wenig anzugeben: »Klar, gern sogar. Ich war ja auch gestern laufen.«

Paul nimmt mein Gesicht in seine Hände und mustert mich. »Irgendwas sieht anders aus. Du wirkst fast schon erholt, obwohl wir ja gerade erst angekommen sind.«

Ich gehe nicht näher auf seine Bemerkung ein. Soll er doch glauben was er will. Wenn er wüsste, was diese Erholung gekostet hat! Auf Fitness habe ich, ehrlich gesagt, nicht wirklich Lust. Ich habe schon jetzt einen ersten zarten Muskelkater von meinem Lauf gestern – zwölf Minuten gerannt und Muskelkater. Peinlich.

Alexa will noch bleiben. Auf Sport hat sie keinen Bock. Da gibt es hier ja wirklich Leute, die es weitaus nötiger haben, betont sie noch. Ich hoffe, sie hat mal ausnahmsweise nicht mich gemeint.

»Ich muss noch ein paar Fotos raussuchen«, sagt sie nur und wirft mir einen vielsagenden Blick zu. Ein Geheimnis hat etwas Verbindendes.

»Ich bin mir nicht sicher, ob du dazu kommen wirst«, sage ich und drehe meinen Kopf leicht in Richtung Tresen.

Der junge Mann sieht aus, als wäre er von Alexa hypnotisiert.

»Viel Spaß!«, wünscht Paul, der das Geflirte und Gegucke seiner Tochter augenscheinlich nicht bemerkt hat.

»Willst du echt zum Sport?«, frage ich meinen Liebsten auf dem Weg in die Kabine.

»Wenigstens mal gucken. Außerdem habe ich es der Karin versprochen.«

Der Karin! Das Brathähnchen und er duzen sich schon. Das ging ja flott.

»Oh, ihr seid schon per Du?«, frage ich ganz naiv.

»Unter Gleichgesinnten duzt man sich. Also weil hier ja fast alle Veganer sind, also jedenfalls sehr ernährungsaffin. Ich meine, ich bin noch nicht Veganer, aber ich esse ja nahezu vegetarisch.«

Nahezu schon. Von dem bisschen Schinken letzte Woche und dem Steak mal abgesehen.

»Na gut, du Fast-Veganer oder Vegetarier, dann gehen wir jetzt mal mit deiner neuen Freundin trainieren!«

Der Fitnessraum ist winzig. Zwei Turnmatten, ein altersschwaches Rudergerät, ein Fahrrad, ein Crosstrainer und ein Laufband, das nicht sehr vertrauenerweckend wirkt und – manchmal hat man Glück im Leben – schon besetzt ist. Von einem Amerikaner, der sehr stark schwitzt. Der ganze Raum riecht muffig. Als ob irgendwo in einer Ecke ein paar alte, leicht feuchte Handtücher lägen, die fröhlich und unentdeckt vor sich hin modern. Das Brathähnchen ist noch nicht da.

»Ich glaube, das ist mir hier zu voll«, sage ich zu Paul und will direkt wieder gehen.

»Bitte nicht, Andrea«, sagt er just in dem Moment, in dem das Hähnchen die Tür öffnet.

»Jetzt hast du doch Gesellschaft«, könnte ich fies sagen, lasse es aber bleiben. »Wenn du ruderst, gehe ich auf den Crosstrainer oder aufs Fahrrad. Was wollen Sie denn machen, Frau Hendel?«, zeige ich mich von meiner höflichen Seite.

»Ich werde ein bisschen Yoga machen. Dann bin ich vorbereitet, wenn morgen früh der Kurs startet. Da sind Sie doch sicherlich auch dabei. Yoga ist ja irre gut für alles.«

»Wann ist der Kurs denn?«, will ich wissen.

»Um sieben Uhr. Der Plan liegt in der Kabine. Es gibt auch Meditation, noch davor, und diverse Vorträge. Das wird eine aufregende Woche.«

Meditation und Vorträge – ja, das hört sich irre abenteuerlich an. Aber man soll ja nicht so viele Vorurteile haben. Wer weiß. Man kann immer was lernen. Bisher war das nicht meine primäre Urlaubsidee – aber ob in der Sonne rumliegen und braun werden wirklich ein bessere ist? In diesem Urlaub werde ich ganz neue Schwerpunkte setzen. Allerdings nicht um sieben Uhr morgens. Irgendwo muss man auch persönliche Grenzen ziehen.

Während ich auf dem Crosstrainer gemütlich vor mich hin sportle, fällt mir mein Sohn ein. Der müsste ja seinen Praktikumstag fast hinter sich haben. Nachrichten habe ich noch keine. Ich will mal zu seinen Gunsten annehmen, dass er, wie alle, denkt, wir sitzen noch im Flugzeug. Der kann ja nicht wissen, dass die »Kreuzfahrt« längst begonnen hat. Ich werde Rudi anrufen und hintenrum ein paar Informationen einholen. Wäre Mark heute Morgen nicht da gewesen, hätte mir Rudi sicherlich schon geschrieben. Oder mich angerufen.

Die Geräte in diesem Fitnessraum stehen sehr, sehr

eng. Zum Glück ist Paul mein Puffer zu dem schweißigen Ami, den sich Frau Hendel als neues Opfer ausgesucht hat. Der Raum ist so klein, dass wir ohne es zu wollen, alles mithören – können und müssen.

Roger ist mit seiner Frau sowie seiner Tochter und seinem Schwiegersohn an Bord. Seine Tochter ist strenge Veganerin, und Roger und Jane, seine Frau, wollen diese Form der Ernährung mal in entspannter Atmosphäre ausprobieren. Ein guter Ansatz. Frau Hendel probiert ihr Schulenglisch an dem armen Roger.

»It make a big difference you will notice! All will change! Your body. And you will loose a lot of – was heißt Schlacke auf Englisch?«, wendet sie sich hilfesuchend an uns und schwingt ihren kleinen Brathendlkörper, der in einem mausgrauen Jogginganzug steckt, in eine Kerze. Als sie, in wirklich einwandfreier Haltung, steht, entweicht diesem zarten Körper ein riesiger Furz. Paul und ich müssen lachen. Roger ist weniger amüsiert. Wäre ich Frau Hendel, ich würde im Erdboden versinken. »Vegetables, lot of vegetables make this«, lautet ihre Entschuldigung.

Ich muss gehen. Rogers Schweiß und Frau Hendels Blähungen sind olfaktorisch eine miese Mischung. Außerdem habe ich keine Ahnung, was Schlacke auf Englisch heißt, und will nicht mal drüber nachdenken.

»Paul, ich muss schnell mal telefonieren. Wir sehen uns gleich in der Kabine.«

Er guckt nur überrascht. »Wieso redest du so komisch? Bleib doch noch. Eine halbe Stunde sollte man schon aushalten, sonst bringt das nichts.«

Warum klinge ich wohl komisch? Männer können sehr begriffsstutzig sein. Ich atme nur durch den Mund. Roger scheint ähnlich empfindsam zu sein. Auch er verlässt hektisch das Laufband und wünscht beim Rausgehen noch einen schönen Tag. Ob das eine gute Reklame für den Verzehr von mehr Gemüse war, wage ich zu bezweifeln. Dass Paul das aushalten kann, wundert mich nicht. Er ist Arzt, Spezialist für Füße und somit geruchlich abgehärtet. Sollte ich eigentlich auch sein. Wer einen Teenager im Haus hat, der Turnschuhe trägt, weiß, was ich meine.

Als wir an Deck stehen und tief einatmen, schaut mich Roger nur entsetzt an: »Sorry, but all my prejudices came true. Look at her. You want to order her a real meal. It's disgusting, isn't it?« Er schaut mich nach Unterstützung heischend an. Aber mal ehrlich – disgusting. Ekelhaft ist dann doch ein wenig übertrieben. Na ja. Ich hoffe, er meint den Furz und nicht die ganze kleine Vogelfrau.

»Human, but a little disgusting!«, rede ich mich raus und verabschiede mich mit einem kleinen See-you.

Diese Reise wird eine wirkliche Herausforderung. Vegan essen, Vorträgen lauschen und Englisch reden.

Alexa ist noch immer im Salon, steht allerdings jetzt am Tresen.

»Du musst dein Handy ausmachen oder auf Flugmodus schalten. Sonst merkt deine Mutter, dass du online bist! Aber guck doch eben noch mal, was Schlacke auf Englisch heißt«, unterbreche ich ihren angeregten Flirt mit dem Tresenboy.

»Slag heißt Schlacke – warum auch immer du das wissen willst.«

Da sieht man mal. Da hat sich die Internationale Schule doch gelohnt. Wie aus dem Effeff weiß dieses Mädchen, was Schlacke heißt. Unglaublich.

»Das ist übrigens Juan. Aus Mannheim«, stellt Alexa mir den jungen Mann hinter dem Tresen vor. »Mein Handy hab ich eh aus. Da bin ich schon selbst drauf gekommen.«

Sie hat ihr Handy aus. Wunder geschehen manchmal einfach so nebenbei. Eine unter Achtzehnjährige, die freiwillig ihr Handy ausschaltet – ich sollte die Presse informieren. Der Mannheimer heißt also Juan.

»Sind Sie Spanier?«, frage ich höflich und wundere mich, ob es in Spanien nur den einen Vornamen gibt.

»Ne, gebürtiger Mannheimer. Meine Mutter hat für den König von Spanien geschwärmt. Na ja, besser für den, als für Ludwig den Vierzehnten, den Sonnenkönig.«

Ob das für die Mutter spricht? Für den leicht debilen Juan von Spanien zu schwärmen? Aber der Juan hier hinterm Tresen weiß immerhin, dass Ludwig der Sonnenkönig war. Den Scherz hat er wahrscheinlich schon häufiger gemacht.

»Juan macht hier eine Ausbildung zum nautischen Offiziersassistenten. Er will später mal Kapitän werden.« Alexa strahlt. »Und er ist Veganer. Und Triathlet.«

»Ich denke, wir sollten so langsam mal ein Foto schicken«, versuche ich, sie vom Jackpot auf zwei Beinen loszueisen.

»Bis nachher, du weißt ja«, verabschiedet sich der angehende Herr Kapitän.

Alexa läuft rot an.

Ich will sofort fragen, was er damit meint, unterdrücke meine Neugier aber. »Er ist sympathisch«, sage ich nur.

Sie nickt. »Ja, das ist er definitiv. Diese Reise wird sicher toll.«

So schnell können sich Meinungen ändern. Eben noch hat sie Paul angebrüllt, ob das sein Ernst sei, und jetzt wird die Reise sicher toll. Etwas, worüber ich mir noch nicht ganz so sicher bin. Aber über eins bin ich mir sicher: Interessant wird die Reise. Das auf jeden Fall!

Für ein Foto, das sie nachher an Bea schicken will, posiert Alexa, ohne auch nur mit der Wimper zu zucken, bei 13 Grad im Bikini auf Deck. Dann versuche ich mehrfach, Rudi zu erreichen. Erfolglos. Dafür hat mir Birgit den Anrufbeantworter vollgelabert. Sie will, so viel kann ich immerhin verstehen, Mama jetzt auch noch das Fleisch streichen. Und jegliche Kohlenhydrate.

»Bisher hat das mit dem Abnehmen überhaupt nicht hingehauen, ich glaube, es liegt am Fleisch.«

Ich glaube – nein, ich weiß –, es liegt vor allem am Gemüse. Am Gemüse, das sie nicht gegessen hat. An den Nahrungsmitteln, die sie anstelle von Gemüse verschlingt.

Ich schicke Birgit eine Nachricht: *Nichts überstürzen, lass uns reden, wenn ich wieder da bin. Viele Grüße vom Schiff! Hier ist leider sehr mieser Empfang.*

Dann mache ich mein Handy aus, und das sollte ich viel häufiger tun.

Ich verbringe den Nachmittag im Bett und schaue

einfach nur auf den Fluss und die vorbeiziehende Landschaft. Paul liest mir die Liste der Veranstaltungen vor: Heute Abend ist Quizabend und morgen Ausflugstag in Mannheim. Entweder Führung oder freie Zeit. Es gibt Backkurse, Kochkurse und einen ärztlichen Vortrag über die Vorteile von veganer Ernährung. Vegan, vegan, vegan. Ich hoffe, die sind hier nicht zu missionarisch unterwegs.

»Wollen wir heute Abend beim Quiz mitmachen? Als Familienteam?«, fragt mich Paul, während er mir sanft den Rücken streichelt.

»Ich habe vor allem Hunger und hoffe, es gibt bald was«, winde ich mich.

»Keine Sorge. Das Essen soll großartig sein, hat mir die Karin gesagt.«

Ich weiß nicht, ob die Brathähnchenfrau da die richtige Ansprechpartnerin ist. Sie sieht nicht aus, als hätte sie in den letzten Jahren sehr viel gegessen. Vielleicht gehört sie zu den Ausrede-Veganern.

Ich habe neulich im Radio eine Psychologin gehört, die gesagt hat, dass viele der sogenannten Streng-Esser, also der Freiwillig-Verzichter, eigentlich Magersüchtige sind, die aber wissen, dass es gesellschaftlich wesentlich angesagter ist, eine oder mehrere Unverträglichkeiten zu haben oder eben aus Gewissensgründen nicht zu essen. Sie schieben Moral und Allergie vor, um sich nicht ständig rechtfertigen zu müssen. Es ist einfacher, einem Brotkorb auszuweichen und abzulehnen, wenn man sagen kann: »Schade, Gluten!« und nicht sagen muss: »Ich esse überhaupt keine Kohlenhydrate, ich will weiter abnehmen.«

Gegen eine Glutenunverträglichkeit gibt es kein Argument. Da hat man herrlich seine Ruhe. Und vor allem kann man selber nicht mal eben eine Ausnahme machen. Es ist gleichzeitig ein Schutz vor dem Kohlenhydratschweinehund. Man würde sich ja komplett unglaubwürdig machen. Eine raffinierte Strategie. Muss man auch erst mal drauf kommen.

Mein Körper verträgt alles. Natürlich bin ich auch geschockt und angewidert, wenn ich Filme über Massentierhaltung sehr. Ich bin kein empathiefreier Mensch. Aber leider auch kein sehr konsequenter. Ich versuche, weniger Fleisch und nur gutes, sprich teures, Fleisch zu essen, aber ich würde lügen, wenn ich behaupten würde, dass es immer klappt. Ein schnödes Schnitzel lässt mich schnell vieles vergessen.

»Liebe Passagiere«, dröhnt da eine Stimme in unsere Kajüte. »Hier spricht Ihr Kapitän. Wir begrüßen Sie noch einmal herzlich an Bord der *Silver Jewel* und hoffen, Sie haben sich schon ein wenig eingelebt. Wir freuen uns, Sie in unserem Salon um neunzehn Uhr zum Abendessen begrüßen zu dürfen. Es erwartet Sie ein phantastisches Fünf-Gang-Menü mit ausgesuchten Weinen. Selbstverständlich alles vegan. Bis dahin noch einen herrlichen Nachmittag. Es grüßt von der Brücke, Ihr Kapitän.«

Während er das Ganze auf Englisch wiederholt, gehe ich ins Bad, um zu duschen.

»Lass uns früh genug da sein, so gegen zwanzig vor sieben oder so, damit wir einen schönen Tisch bekommen«, kann ich meine deutschen Gene nicht verleugnen.

Ich muss mich sogar im Sommerurlaub bremsen, nicht morgens eine Liege zu reservieren. Mache stattdessen Witze über andere, die eben genau das tun. Aber wenn es nicht wirklich zutiefst peinlich wäre und ich sicher sein könnte, dass es niemand merkt, würde ich es auch tun. Ich bin optisch nicht auf den ersten Blick als Spießerin zu identifizieren, habe aber einiges an Spießerin in mir, das ich ständig im Zaum halten muss.

»Kommt man spät, sieht man, zu wem man sich setzen kann und ist dem Zufall nicht wehrlos ausgesetzt«, lautet Pauls Argument, und er wickelt mich aus dem Handtuch. »Frisch geduschten Frauen kann ich sehr schwer widerstehen.«

»Und du riechst nach Fitnessraum«, sage ich. »Geh duschen, und dann sehen wir weiter!«

Das tun wir dann auch. In aller Ruhe und Ausführlichkeit. Ich glaube, ich hatte in meinem Leben noch nie so viel Sex wie mit Paul. In dieser Hinsicht sind wir das perfekte Gespann. Für manche langt es ja einmal im Monat, andere könnten gut ganz darauf verzichten.

»Sex wird absolut überbewertet«, sagen viele Frauen in meinem Alter.

Ich war kurz davor, auch so zu denken, und dann kam Paul. Es ist mit dem Sex ein bisschen wie mit dem Essen. Wenn die Zutaten stimmen, dann kann nicht viel schiefgehen, und wenn es gut ist, kann man nicht genug davon bekommen.

Es klopft an die Kabinentür. Alexa. Hoffentlich hat die nichts gehört, das wäre mir schon unangenehm.

»Kommt ihr, es ist Viertel vor sieben und wir wollen doch bestimmt einen guten Tisch, also irgendwo nah am Tresen.«

»Geh schon mal vor Schatz, wir kommen gleich. Wir haben einen kleinen Mittagsschlaf gemacht.«

Wir springen aus dem Bett und ziehen uns an. Also ich ziehe mich an.

»Andrea, wo sind meine Unterhosen?«, fragt mich Paul leicht irritiert. »Sind die bei dir im Koffer?«

Mist, ich wusste, dass ich was vergessen habe. Die sollte er sich ja noch selbst raussuchen.

»Ich glaube, du musst ohne gehen! Deine Unterhosen sind im Schrank, allerdings zu Hause. Ich wollte, dass du sie selbst einpackst.«

Er guckt mich an, als hätte ich gesagt, dass er nackt zum Abendessen gehen muss.

»Zieh halt deine Badehose drunter. Wir können morgen in Mannheim ein paar Unterhosen kaufen. Es tut mir leid. Ich habe es einfach vergessen.«

»Die Badehose ist total unbequem. Da kann ich keine Hose drüberziehen«, jammert Paul.

Inzwischen ist es vier Minuten vor sieben. Ich hasse es, zu spät zu sein. Vor allem am ersten Abend. Es gibt ja Leute, die machen so etwas sogar mit Absicht, um einen möglichst aufmerksamkeitswirksamen Auftritt zu haben, aber ich mag es nicht, von allen im Saal beguckt zu werden. Außerdem weiß ich nicht, wie streng sie es hier mit den Essenszeiten handhaben.

»Geh doch schon vor, ich schau mal, wie ich das mache«, erkennt Paul mein Unbehagen.

»Ach, ne, ich warte«, sage ich, schon weil ich das im umgekehrten Falle auch nicht besonders nett fände.

»Geh ruhig, ich bin Arzt, ich darf später kommen«, lacht Paul.

Also gehe ich.

Alexa hat, welch eine Überraschung, tatsächlich einen Tisch ganz nah am Tresen ergattert. Mit Ausblick wäre um einiges schöner, aber ich verstehe ihre Motivation. Am Stuhl neben ihr hängt eine kleine Glitzertasche.

»Ist das deine?«, frage ich.

Alexa schaut mich erstaunt an und schwenkt dann einen Louis-Vuitton-Beutel. Wahrscheinlich ist auch ihre Zahnbürste von einem namhaften Designer. Ich rufe mich zur Räson. Sie ist verwöhnt, aber dafür kann sie ja nichts. Das sind andere, die dafür die Verantwortung tragen.

»Das ist die Tasche von dieser kleinen Frau. Papas Verehrerin.«

Ah, das Brathähnchen. Na ja, immerhin ein bekanntes Übel. Außerdem kann ich ja sicher sein, dass sie sich ganz und gar Paul widmen wird. Ich interessiere sie nur, weil ich zufällig an Pauls Seite bin.

Während wir warten, auf Paul und den Essensbeginn, habe ich Zeit, mich unauffällig ein bisschen im Saal umzusehen. Wir könnten uns auch in einem x-beliebigen Apfelweinlokal befinden, etwa so gemischt ist das Publikum. Von allem was dabei. Auch Kinder. Die meisten sehen ganz manierlich aus. Nicht im Look der letzten Instyle-Ausgabe, aber doch irgendwie gepflegt. Bis auf die Schuhe. Oben hui, unten pfui. Veganer tragen kein

Leder – das wird hier deutlich. Auch keine Lederschuhe. Deshalb sind die Schuhe die modische Sollbruchstelle. Plastiklatschen zerstören jedes Outfit. Hier hätte Paul mit seinen Crocs mal punkten können, und ausgerechnet die habe ich zu Hause gelassen.

»Wo bleibt Papa denn?«, fragt mich Alexa »Es geht doch gleich los!«

Wer hätte das gedacht? Es gibt Gemeinsamkeiten. Ich frage mich nämlich genau dasselbe. Wenn keine Unterhose da ist, gibt es ja eigentlich nicht sehr viele Möglichkeiten.

»Du siehst gut aus«, sagt sie dann sogar lächelnd.

Habe ich je was gegen dieses Kind gehabt? Macht das die aktuelle Juan-Hormonlage oder unsere gemeinsame Bea-Betrugsaktion? Ich weiß es nicht, bedanke mich aber und gebe das Kompliment zurück. Alexa sieht eigentlich immer gut aus. Jugend an sich ist ja schon ziemlich schmückend. Dazu ihre unglaublichen Haare und die langen Beine. Die Natur war freundlich zu Alexa. Und ihr neues Dauerlächeln tut sein Übriges. Alle Menschen sehen hübscher aus, wenn sie lächeln.

»Hat sich deine Mutter eigentlich gemeldet?«, frage ich neugierig.

Eine Frage, die ich im Normalfall niemals stellen würde. In Patchworkkonstruktionen sind die jeweils anderen Mütter oder Väter ein Tabuthema. Riskant auf jeden Fall. Im Zweifel eine Steilvorlage für ein Das-geht-dich-gar-nichts-an.

»Ich glaube, sie ist echt sauer. Heinz ist nicht da, der musste irgendwie nach Usbekistan oder so ähnlich, und sie hängt zu Hause rum. Es regnet, und sie ist gelangweilt. Keine gute Kombination. Außerdem ist sie das nicht gewohnt. Normalerweise ist sie die, die weg ist und sich amüsiert. Deshalb ist es mir jetzt auch egal. Wenn sie weg ist, ist es ihr ja auch egal, wie's mir geht.«

Oh. Die Stimmung scheint zurzeit ein wenig angespannt.

»Da kommt er ja, der Herr Doktor!«, ruft Frau Hendel in einer Lautstärke, als gäbe es einen akuten Notfall im Saal und alles hätte auf Paul gewartet.

Gut sieht er aus. Ich kann das Vogelfrauchen verstehen. Ich finde, wenn ich mich hier so umschaue, habe ich wirklich Glück gehabt. Man erkennt doch Ähnlichkeiten mit seiner Tochter, die auf den ersten Blick aussieht wie ein kleiner Klon ihrer Mutter. Auch er hat lange Beine, und ich mag die Art, wie er geht. Es hat was Geschmeidiges.

»Sie sind gar nicht verheiratet, oder?«, sondiert die Vogelfrau die Lage.

»Nein, Sie?«, frage ich zurück.

Es geht sie ja nichts an, dass Paul mir schon einen Antrag gemacht hat.

»Ich war verheiratet«, bleibt auch die Antwort von Frau Hendel relativ spärlich.

»Alles klar?«, frage ich Paul, als er sich zu uns setzt.

»Ja und nein!«, antwortet er und grinst mich an.

»Ist doch eine schöne Vorstellung!«, necke ich ihn, in Anspielung an sein unten ohne.

»Sehr gewöhnungsbedürftig, Andrea.« Er verdreht die Augen. »Hallo, mein Schatz. Hallo, Karin. Jetzt bin ich aber verdammt hungrig.«

Die zwei übrigen Stühle an unserem Tisch bleiben leer.

»Die Kreuzfahrt ist diesmal nicht komplett ausgebucht«, weiß Alexa. »Juan sagt, das liegt an der Jahreszeit. Die Amerikaner kommen lieber im Frühsommer, weil da das Wetter besser ist.«

»Wo ist er denn, dein Juan?«, frage ich.

»Welcher Juan? Wieso ist der auch hier? Und seit wann ist es Alexas Juan?« Paul ist verwirrt.

»Der niedliche vom Tresen heute Mittag, nicht der von Sabine«, kläre ich ihn auf.

Sabine. Die müsste sich nach dem Antrag doch längst gemeldet haben. Nach dem Abendessen muss ich unbedingt mein Handy anmachen und Rudi und Sabine anrufen. Allerdings kann ich von hier aus eh nichts machen. Wenn Mark nicht arbeiten geht, dann geht er eben nicht. Ich fühle mich schon wahnsinnig entspannt. Ob es am Schiff oder an meinem dritten veganen Cocktail heute liegt, weiß ich nicht. Ist ja auch egal.

Bis hierher hat der Tag jedenfalls volle Punktzahl.

5 von 5 Sternen

Das Essen ist gut. Es haut mich nicht komplett vom Hocker, aber es ist besser als erwartet. Frau Brathähnchen ist schon zu Beginn, beim kleinen Gruß aus der Küche, in Ekstase. Ein Reiskräcker in Mini-Format mit etwas Avocadocreme und einem Klacks Sahne. Also veganer Sahne. Wie erwartet, redet sie auf Paul ein. Dass er Vegetarier sei, sei ein richtiger Schritt, aber jetzt gälte es, Nägel mit Köpfen zu machen, auch wegen der Schlacken.

»Slag«, heißt das übrigens, Schlacke heißt slag«, informiere ich Frau Hendel, damit sie für jedwede internationale Überzeugungsarbeit gerüstet ist.

Paul versucht zu erklären, dass der Körper keine Schlacke hat, aber Widerspruch duldet Frau Hendel nicht. Da kann sich das kleine Vögelchen ganz schön aufplustern.

»Die Schulmedizin – na, was soll man da erwarten. Ich kenne meinen Körper, und der hatte Schlacke.«

Bitte jetzt keine Details, hoffe ich. Keine Schlackendetails.

»Na, dann prost!«, hebt Paul sein Glas und stößt mit uns an. »Auf die Schlacke!«

Alexa lacht. Der vegane Wein schmeckt wie normaler Wein. Die Süßkartoffelsuppe ist wunderbar, und auch die gebackenen Champignons sind phantastisch. An den Spaghetti Arrabiata ist Räuchertofu, den ich nur mit viel veganem Wein runterspülen kann. Auf den Nachtisch bin ich besonders gespannt. Frau Hendel nutzt die kleine Pause zwischen Hauptgang und Dessert, um Paul relativ ungeniert ihren Hallux Valgus zu präsentieren. Zum Glück hat sie immerhin Hemmungen, den Fuß direkt auf den Tisch zu legen.

»Was meinst du, muss ich da was machen?«, fragt sie den neuen Arzt an ihrer Seite um Rat.

»Amputation!«, sagt Paul mit ernster Stimme, und das Vögelchen sieht aus, als würde es gleich umkippen.

»O mein Gott, ist es so schlimm?«, bricht es aus ihr heraus.

»Das ist Medizinerhumor«, lindere ich den ersten Schock. »Das finden Ärzte lustig.«

»Andrea, du verdirbst mir ja den ganzen Spaß«, lacht Paul, und Alexa lacht herzhaft mit.

»Ich weiß wirklich nicht, was daran so lustig sein soll. Mein erster Mann war Diabetiker, dem musste fast ein Fuß abgenommen werden, davon bin ich heute noch traumatisiert.« Das Vögelchen ist ehrlich empört.

»Entschuldige«, lenkt Paul ein, »es tut mir leid. Ich dachte, du magst englischen Humor.«

Wir prosten uns ein weiteres Mal zu, diesmal auf einen der kleinsten Halluxe, die Paul je gesehen hat, und Karin, wie ich sie inzwischen auch nennen darf, ist halbwegs versöhnt. Ihr erster Mann hatte Diabetes. Dann hatte sie auf jeden Fall auch noch einen zweiten.

»Lebt ihr erster Mann denn noch?«, frage ich, während wir Blätterteig mit Zitronenfüllung verspeisen.

Die Nachspeise und die Suppe sind meine Menü-Highlights. Richtig gut und richtig lecker. Der Wein ist auch gut. Wird von Glas zu Glas besser.

»Natürlich lebt er noch! Wieso denn nicht?«, empört sich Karin.

Ich muss aufhören, sie in Gedanken Vogelfrau zu nennen. Es ist uncharmant.

»Alle meine Männer leben noch! Ich bin keine traurige Witwe, sondern eine fröhliche Geschiedene«, betont sie und zwingt ihr Gesicht zu einem Lächeln. Alle meine Männer! Das klingt ja wie bei Elizabeth Taylor. Die war acht Mal verheiratet, mit sieben Männern. Hätte ich niemals für möglich gehalten, dass das Vogelfrauchen, upps da war es schon wieder, einen dermaßenen Männerverschleiß hatte.

»Wie oft warst du denn verheiratet?«, frage ich, weil ich meine Neugier einfach nicht beherrschen kann.

»Drei Mal«, antwortet sie und lächelt. »Es waren keine schlechten Ehen, aber eben auch keine guten. Und mein letzter Mann war einfach bockig, was die Ernährung anging. Nicht so offen und gescheit wie Paul.«

Sie strahlt Paul an und hat ihm den kleinen Hallux-Fauxpas anscheinend direkt verziehen. »Ich meine, er musste nichts machen, einfach nur das essen, was ich ihm zubereitet habe. Und da beschwert der sich noch. Andere wären dankbar, oder?« Sie wendet sich an Paul: »Ein Mann wie du, würde das sicher zu schätzen wissen.«

Paul nickt.

Jetzt langt es aber so langsam. Flirtet die mit meinem Paul? Ich meine, ich bin nicht extrem eifersüchtig, aber das finde ich so langsam ein wenig übertrieben. Was denkt Frau Hendel, was ich bin? Deko? Oder einfach nur eine Begleitung.

Bevor ich mich richtig aufregen kann, kommt Juan der Zweite an unseren Tisch. Der scheint Frau Hendel auch zu gefallen.

»Sie waren beim letzten Mal nicht dabei, junger Mann, sonst wären Sie mir garantiert aufgefallen«, schäkert sie ein wenig unbeholfen.

Juan macht einen angedeuteten Diener und stellt sich brav vor.

»Dürfte ich später, wenn ich frei habe, noch ein wenig Zeit mit Alexa verbringen?«, fragt er und macht damit eindeutig klar, wo seine Prioritäten liegen.

Was für ein höflicher Kerl.

Paul guckt ein wenig erstaunt. »Das besprechen wir hier gleich noch mal«, brummt er, und es hört sich nicht verzückt an.

Ein Lautsprecher knackt, und eine sonore Stimme ertönt: »Meine Damen und Herren, ladies and gentlemen. Hope you enjoyed our dinner, ich hoffe es hat ihnen gemundet. Jetzt kommt unser Quiz, we start now our Quiz. Ten questions, not easy, but solvable, zehn Fragen, schwer, aber nicht unlösbar. Am besten bleiben Sie einfach an Ihrem Tisch und bilden ein Tischteam, you stay where you are and your table is your team.«
Na denn.
»Sollen wir mitmachen?«, fragt Paul in die Runde.
»Natürlich!«, freut sich Karin. »Im letzten Jahr haben wir den zweiten Platz gemacht, nur ganz knapp geschlagen von einem Ärzteehepaar. Aber heute bin ich ja am Arzttisch. Man kann was Schönes gewinnen. Und es ist auch nicht wirklich schwer.«
Alexa verdreht die Augen.
»Es macht echt Spaß!«, versucht ihr Juan, die Sache schmackhaft zu machen.
»Ich bin dabei!«, sagt sie schnell. Ich auch, ich mag Quizsendungen und schneide eigentlich auch immer ziemlich gut ab. Jedenfalls vor dem Fernseher. Ich hätte bei *Wer wird Millionär?* bestimmt schon zweimal fast die Million geknackt, und vor Jahren habe ich in einem Robinson Club mal unglaublich abgeräumt und fast täglich das »Bunte Quiz« gewonnen. Ich bin also eine erfahrene Quizzerin. Ich spiele ab und zu auch Quizduell und

denke, da könnten wir hier in unserer Zusammensetzung ganz vorne mitspielen.

»Na gut«, sagt Paul, »warum eigentlich nicht? Wir haben ja nichts anderes vor.« Er zerrt ein wenig an seiner Hose.

»Probleme?«, frage ich. Ich hasse es, wenn Männer in der Öffentlichkeit im Schritt rumnesteln.

»Ja, ich habe mich an deinem Kleiderschrank versucht und mich größenmäßig irgendwie verschätzt.«

Was will er mir denn da so verschwiemelt sagen? Trägt er etwa eine von meinen Unterhosen? Ist der verrückt geworden? Hat er im Ernst geglaubt, er hätte dieselbe Größe? Ist das nicht ein klitzekleiner Affront?

»Ich habe die größte rausgesucht, aber sie drückt unglaublich am Bauch«, flüstert er mir zu.

»He, was flüstert ihr denn da? Gibt's Geheimnisse?«, will Alexa sofort wissen.

Unter anderen Umständen würde ich ihr verraten, wo das Problem liegt, aber vor Karin scheint mir das doch ein bisschen zu intim.

»Handy use is not allowed, be fair, bitte keine Handys benutzen, wir wollen doch fair sein. Let's start the quiz, und los geht es.«

Wir müssen zehn Fragen schriftlich beantworten und haben dafür genau fünfzehn Minuten Zeit. Kein Multiple Choice, sondern richtig Old School – mit Zettel und Stift.

Karin will schreiben. »Ich hatte schon immer eine sehr schöne Handschrift«, bemerkt sie, und uns ist es recht.

»Was bedeutet die gelb-rot gestreifte Flagge bei der Formel eins?«, liest Karin die erste Frage vor.

Ich hasse Autorennen. Habe im Leben noch kein einziges Formel-1-Rennen geschaut. Alle Frauen am Tisch schauen auf Paul.

»Keine Ahnung, ich mag Formel eins nicht!«, schüttelt er den Kopf. »Ich weiß nur, dass es bei einer schwarzweißen Flagge vorbei ist!«

Tja, das nützt uns nicht wirklich viel.

»Irgendwas mit Gefahr bestimmt«, schlägt Alexa vor. »Rot ist ja normalerweise eine Warnfarbe.«

Paul schaut stolz. Gerade so, als wäre seine Tochter eben für den Nobelpreis nominiert worden. »Wart ihr nicht schon mal in Monaco, die Mama und du?«, fragt er seine Tochter.

Alexa nickt. »Aber ich kann mich nicht erinnern. Soll ich es unterm Tisch googeln?«

Wir schütteln die Köpfe und wagen uns an die zweite Frage: Aus welchem Land stammt die erste Frau im Weltall?

Ein Themengebiet, das mich ungefähr so stark interessiert wie die Formel 1. Das Weltall. Ich habe bis heute immer noch nicht so ganz verstanden, wer sich da genau um wen dreht und wieso. Das Einzige, was bei mir zum Thema Weltall hängengeblieben ist, ist der Ausdruck »unendliche Weiten«. War, glaube ich jedenfalls, ein Satz aus dem Vorspann von *Raumschiff Enterprise.*

»Amerika oder Russland. Wo sonst sollte sie her gewesen sein?«, wirft Paul in die Runde.

»Phänomenal!«, bemerkt Karin. »Jetzt müssen wir uns nur noch entscheiden.«

»Bei den Männern war es Juri Gagarin. Erst Laika,

der Hund aus der Sowjetunion, dann Gagarin. Aber ob die Russen dann auch noch bei den Frauen vorne lagen, weiß ich nicht«, überlegt Paul.

Wir stimmen ab. Karin ist für die Amis, und Alexa und ich stimmen ihr zu.

»Das würden die doch nicht auf sich sitzen lassen, dass die Russen da in jeder Kategorie vorne sind.«

Ein gutes Argument.

»Wie heißt der Diener von Don Giovanni?«, liest Karin schnell die nächste Frage vor.

Ich bin komplett ratlos. Ich weiß gerade noch, dass Don Giovanni eine Oper ist. Das bringt uns nicht wirklich voran. Auch Paul ist kein großer Opernfan. Alexa schüttelt nur den Kopf. Alle Hoffnungen ruhen nun auf Karin.

»Hast du die Oper gesehen?«, frage ich.

»Ich liebe Musicals!«, kommt die ernüchternde Antwort.

»Na ja«, schlage ich vor, »es muss ja was Italienisches sein, sonst würde es ja gar nicht passen.«

Leider ist die Vornamenlage in Italien nicht ganz so übersichtlich wie bei den Spaniern. Am Nebentisch wird gelacht. »Easy peasy!«, höre ich nur. Das kann ja kaum die Antwort sein.

»Kinderleicht!«, übersetzt Alexa schnell.

Kinderleicht! Ich hasse diese Angeber. Gab es schon immer, auch bei Spielen wie Trivial Pursuit, ein Klassiker aus den Achzigern. Diese Superklugscheißer, die so tun, als wäre alles, besonders das, was nur sie wissen, pillepalle einfach, sind unerträglich. Ist man selbst der Klugscheißer, verhält sich das natürlich ein wenig anders.

»Ich geh mal zum Klo und halte die Augen offen«, erklärt Alexa, und ich verstehe sofort.

Wir gehen zur nächsten Frage über: Welcher Preis besteht aus drei nackten Männern, die sich gegenseitig an der Schulter berühren?

Die vierte Frage, und ich habe schon wieder keine Ahnung. Wenn man keine Frage beantworten kann, macht ein Quiz leider so gar keinen Spaß.

»Irgendeine Idee?«, frage ich in die Runde. »Klingt nach Showgeschäft oder Homo-Preis«, wagt sich Karin an eine fragwürdige Interpretation.

»Wieso denn Homo?«, versuche ich die politisch nicht ganz korrekte Auslegung geradezubiegen.

»Na ja, drei Männer und noch dazu nackt. Also das ist doch schon auffällig«, antwortet sie leicht verunsichert.

»Dann lass uns mal die Preise durchgehen, die wir kennen«, schlage ich vor. »Oscar, Grimme Preis, Bayerischer Fernsehpreis, der Goldene Bär, die Goldene Palme und der Goldene Löwe.« Mehr fallen mir auf Anhieb nicht ein.

»Der Silberne Condor!«, kommt es von Karin.

Das habe ich ja im Leben noch nicht gehört. »Was soll denn das sein?«, will ich wissen.

»Eine Art argentinischer Oscar!«, seufzt sie. »Einer meiner Männer hatte einen Großcousin, der diesen Preis fast bekommen hätte! Er war ganz nah dran und dann …«

»Sind es drei nackte Kerle? Mit einem Condor auf der Schulter?«, unterbreche ich die Fast-bekommen-und-knapp-gescheitert-Geschichte.

»Ne, natürlich ist ein Condor drauf, so eine Adlerart!«

»Was ist mit den Nobelpreisen? Es muss ja was Internationales sein, sonst könnten die das hier doch nicht fragen«, wirft Paul eine Anregung in die schon leicht frustrierte Runde.

Ich erinnere mich dunkel an Medaillen. »Ist da nicht der Kopf vom Spender drauf, von diesem Schweden?«, frage ich zögernd.

»Ja, der Nobel«, antwortet Karin und fügt ein wenig spitz hinzu, »aber nackt ist er nicht. Und drei Männer auch nicht.«

Wir sind ratlos. Am liebsten würde ich mich davonstehlen. Das sieht mir hier nicht nach einem grandiosen Sieg aus.

Alexa kommt zurück und lächelt. »Ich hatte eine Eingebung auf dem Weg. Ich glaube, der Diener heißt Leopold. Der von diesem Don Irgendwas.«

Ich glaube, diese Eingebung hat sie ihren guten Augen zu verdanken. Egal – wir schreiben es hin.

»Da sieht man mal wieder, wie wichtig eine gute Schulbildung ist«, freut sich Paul.

Alexa nimmt das Kompliment ungerührt entgegen.

Wie heißt die Hauptstadt der Fidschiinseln?, lautet Frage sechs, und ich bin in Ekstase. Ich schaue stolz in die Runde, um den Moment zu genießen, und sage: »Spanische Traube. S-Klasse!«

Karin guckt mich nur ein wenig mitleidig an. »Vielleicht sollten wir vom Wein auf Wasser umsteigen. Mir scheint, wir hatten genug Traube.«

»Suva heißt die Hauptstadt. Schreib es hin.«

Sie ist beeindruckt. »Woher weißt du das?«, fragt sie.

»Na ja, das weiß man halt«, sage ich, und kaum ist dieser Satz raus, ist er mir auch schon peinlich. Genau diese Leute kann ich beim Spielen nicht ausstehen.

»Wunderbar! Gut gemacht, Andrea, ich bin begeistert«, lobt mich Paul. »Welches Land hat den weltweit größten Küstenstreifen?«, liest er direkt die nächste Frage vor.

Das kann nur Brasilien sein. Ein riesiges Land, und das am Meer. Das weiß ich sofort, und alle nicken es ab. Auf einmal läuft es.

»Zwei Seelen wohnen, ach! in meiner Brust. Wann wurde das Stück geschrieben, aus dem dieses Zitat stammt?«, liest Karin jetzt vor.

»Goethe und Faust!«, ruft Paul.

»Goethe ist am 28. August 1749 in Frankfurt geboren«, lege ich nach. Das werde ich nie vergessen. Mein Vater hat uns das immerzu abgefragt und behauptet, dass man das ja wohl als halbwegs gebildeter Mensch wissen müsse.

»Das ist aber leider nicht die Frage«, holt uns Karin zurück auf den Boden der Quiztatsachen »Also, wann hat er Faust geschrieben?«

Keiner weiß es. Wir beschließen, dass es kein Werk eines ganz jungen Mannes ist.

»So mit fünfzig Jahren, oder was meint ihr?«, fragt Paul vorsichtig. »1799 wäre das.«

Wir tragen es ein. Wir haben nun sieben von zehn Fragen beantwortet, und wirklich sicher bin ich mir nur bei einer. Suva.

»Wie lautet der Satz des Pythagoras?«, liest Karin weiter vor.

»A hoch zwei plus b hoch zwei gleich c hoch zwei«, löst Alexa in Windeseile.

Ich erinnere mich dunkel. Irgendwas mit Geometrie.

»Genau!«, sagt Paul nur. »Sehr gut, die Summe der Flächeninhalte der Kathetenquadrate sind gleich dem Flächeninhalt des Hypotenusenquadrats.«

So langsam läuft es bei uns.

»Drei Minuten noch!«, kommt die Stimme des Quizmasters. »Three more minutes left!«

»Wie heißt das zweite Kind von Mette Marit, der Frau des norwegischen Kronprinzen Haakon?«, liest Karin vor.

Endlich mal hat der jahrelange Konsum von Yellow-Press-Gazetten eine positive Auswirkung. »Das erste ist der Sohn, den sie mit in die Ehe gebracht hat, der jetzt so aufmüpfig ist, Marius heißt der, und das zweite Kind, also das erste mit Hakoon, ist eine Tochter. Sie wird nach Hakoon Königin«, sprudelt es aus mir heraus.

»Und wie heißt die Tochter? Schnell, Andrea!«, fordert Karin mehr Infos.

Ich weiß, dass die Tochter einen sehr spießigen und unspektakulären Namen hat. Ich weiß auch noch, dass ich damals dachte, wie kann man sein Kind so nennen. Und jemand im Dschungelcamp hatte denselben Vornamen. Die van Bergen. Ingrid. »Ingrid heißt sie! Ingrid.«

Die Zeit ist rum. Bevor wir Frage zehn beantworten oder auch nur lesen können, ist die Zeit abgelaufen.

»Der Leadsänger von Led Zeppelin?«, liest Alexa noch vor.

»Robert Plant!«, kommt es von Paul wie aus der Pistole geschossen.

Als Karin es noch schnell notieren will, wird ihr das Blatt schon weggezogen.

»Too late! Time is over! Die Zeit ist abgelaufen«, konstatiert der Zetteleinsammler mit strenger Stimme.

»Siegerehrung ist in einer halben Stunde! Award ceremony is in half an hour!«

Wir sind sicher nicht die Gewinner. Von den zehn Fragen haben wir vielleicht vier oder auch fünf richtig. Na ja – fast die Hälfte. Das dürfte für einen guten mittleren Platz reichen.

Weit gefehlt. Wir sind letzte. Das ahnen wir nicht nur, sondern es wird verlesen – laut und für alle hörbar. Ich fühle mich, als müsste ich bei Weight Watchers nackt vor allen auf die Waage steigen, und mein Gewicht würde im Saal an die Wand projiziert. Der Trostpreis ist eine Packung Reiskräcker. Verdient haben wir uns die mit drei Antworten: Suva, Prinzessin Ingrid und der Satz des Pythagoras waren richtig. Der ganze Rest falsch. Die längste Küstenlinie hat nicht Brasilien, sondern Kanada, Goethe hat Faust 1808 geschrieben, die nackten Männer sind auf der Medaille des Friedensnobelpreises, und die erste Frau im Weltall war eine Russin. Der Diener von Don Giovanni hieß nicht Leopold – so gut scheinen Alexas Augen doch nicht zu sein –, sondern Leporello – ein Name, auf den ich nicht unter schlimmster Folter gekommen wäre. Und die gelb-rot gestreifte Fahne warnt bei Formel-1-

Rennen vor Rutschgefahr. Robert Plant wäre richtig gewesen, wenn wir es zeitlich geschafft hätten. Aber auch der gute alte Robert hätte uns nicht vor dem letzten Platz bewahrt. Niemand hat so wenige richtige Antworten wie wir. Ich bin ernüchtert und auch ein bisschen erstaunt.

Sind Veganer gebildeter als der durchschnittliche Reisende, oder sind wir blöder als der durchschnittliche Veganer? Wahrscheinlich beides.

»Ich dachte, mit einem Arzt am Tisch würde ich besser abschneiden«, beschwert sich das Vogelfrauchen.

Was fällt der denn ein? Hat sie auch nur eine Frage richtig beantwortet? Wo wären wir ohne mich gelandet? Gut mehr als Letzter geht nicht, aber Letzter mit drei richtigen Antworten ist besser als Letzter nur mit dem Satz des Pythagoras.

»Ist doch nur ein Spiel«, lacht Paul, dem das Ergebnis augenscheinlich völlig schnuppe ist.

Am Siegertisch wird sich lautstark gefreut. Alles richtig. Zwei eher unscheinbare Paare, ein englisches und ein deutsches. Vielleicht hat uns die internationale Unterstützung gefehlt?

»Es waren total doofe Fragen«, sagt Alexa, und ich gebe ihr recht. Mal ganz ehrlich, es langt ja wohl zu wissen, wann und wo Goethe geboren ist. Das Erscheinungsdatum von Faust ist ja nun wirklich kein Kriterium für eine gute Allgemeinbildung. Aber woher wissen diese Leute das? Insgeheim bin ich schon ziemlich beeindruckt.

»Andrea«, wispert mir Paul zu, »ich fühle mich untenrum, wie soll ich sagen, echt sehr beengt. Wollen wir los?«

Jetzt direkt zu gehen würde aussehen, als könnten wir mit unserer Niederlage nicht umgehen und würden wie waidwundes Wild abziehen. »Viertelstunde noch? Ist das okay?«, frage ich.

Er nickt. »Da werde ich mir mal anderweitig Luft verschaffen«, sagt er, steht auf und geht.

Alexa nutzt den kurzen Moment und fragt, ob es okay wäre, wenn sie sich jetzt verabschiedet.

Ich sollte sicher sagen, dass sie auf ihren Vater warten soll, wo er das doch noch mit ihr besprechen wollte. Ich mache es aber nicht. Das Gute an einem Schiff ist ja, dass man nicht wirklich weit kommen kann. »Geh ruhig, melde dich halt noch mal in einer halben Stunde. Ich denke, dann gehen wir aufs Zimmer.«

Sie freut sich, und bevor ich es mir anders überlege, ist sie auch schon weg. Ich glaube, auch Karin will weg und raus aus diesem Dunstkreis des Verlierens. Immerhin ist sie höflich genug, auf Paul zu warten.

»Kann ich mal deine Handtasche haben?«, fragt er, als er am Tisch steht. »Frag nicht, gibt mir bitte deine Tasche!«, wiederholt er sein Anliegen mit einer gewissen Dringlichkeit.

»Ich habe ein Taschentuch zur Hand«, mischt sich das Hendl ins Gespräch ein.

»Ich brauche kein Taschentuch, ich muss was verstauen«, antwortet Paul und schaut mich mit einem Du-weißt-schon-was-ich-meine-Blick an.

Ich stehe leider komplett auf dem Schlauch, aber der Mann wird schon seine Gründe haben. Ich reiche ihm meine Tasche, und Karin verfolgt alles mit Adlerblick.

»Was ist denn das da draußen auf dem Wasser!«, entfährt es da Paul.

Ich komme aus einer Familie mit mehreren Geschwistern – auf so einen schnöden kleinen Trick falle ich nicht rein. Aber Karin.

»Wo denn? Was denn? Ich sehe gar nichts«, beschwert sie sich.

Paul ist schnell. Er schnappt meine Tasche, und als er versucht, den Inhalt seiner Hand darin verschwinden zu lassen, fällt ihm der auf den Boden. Genau in dem Moment dreht sich Karin wieder um. Geflissentlich bückt sie sich und hebt auf, was Paul fallen gelassen hat. Was sie sieht, überrascht sie. Mich auch. Eine Damenunterhose. Genauer gesagt meine Bauchweg-Unterhose. Hat der ernsthaft die letzten Stunden hier in meiner Shapeware-Hose gehockt? Wie hat er da überhaupt atmen können? Ich kann nicht mehr und muss lachen. Was für eine Szene. Karin mit meiner Unterhose in der Hand und Paul, der versucht, sich irgendwie rauszureden.

»Ich trage normalerweise keine Damenwäsche«, beginnt er.

Aber Karin runzelt nur die Stirn: »Lass nur, man muss nicht alles wissen. Das ist deine Sache, ich halte da nichts von, aber jeder, wie er mag.«

»Nein, nein, das ist ein komplettes Missverständnis, ich bin keiner von diesen Typen, die sich gern als Frau verkleiden. O mein Gott, nichts liegt mir ferner. Also das war nur, weil …«

Weiter kommt er nicht, denn Karin unterbricht ihn: »Bitte keine weiteren Erklärungen. Was andere so treiben, geht mich nichts an. Aber so langsam nimmt das wirklich eine Wendung, die nicht mehr schön ist. Von einem Arzt hätte ich das nicht gedacht. Aber na ja, Neigungen haben ja nichts mit der Profession zu tun. Um ein Haar hätte ich mich von dir untersuchen lassen.« Sie steht auf und wünscht uns mit eisiger Stimme noch »einen ganz speziellen Abend!«

Ich kann nicht aufhören zu lachen.

Paul stimmt ein. »Den Hallux bin ich definitiv los«, kichert er. »Es war die größte Unterhose, die du dabeihattest, und ich dachte, die gibt noch etwas nach, und dann geht das schon. Ohne Unterhose scheuert die Hose so. Und die Badehose krumpelt unter der Hose, und das ist auch unbequem. Außerdem musste ich mich schnell entscheiden, und da dachte ich, für einen Abend wird es schon gehen.«

»Das ist eine Bauchweg-Hose, die darf alles, aber keinesfalls nachgeben«, erkläre ich Paul. »Jede andere Unterhose hätte sich eher angepasst.«

»Das war definitiv einer meiner peinlichsten Momente im Leben!«, lacht Paul.

»Tja, die Verehrerin bist du auf alle Fälle los. Und wenn sie das rumerzählt, brauchst du dir auf diesem Trip auch keine Hoffnungen mehr auf andere zu machen.«

»Zum Glück habe ich ja dich, eine andere will ich sowieso nicht. Klug und schön und witzig. Was soll ein Mann mehr wollen?«

Ja, das war eine reichlich plumpe Schmeichelei, und ja, ich bin anfällig für Schmeicheleien. Auch für plumpe.

»Wo ist eigentlich meine Tochter?«, will Paul dann wissen.

»Die hat doch ein Date mit Juan dem Zweiten, irgendwo an Deck oder so«, antworte ich und ahne, dass diese Aussage Paul nicht in Begeisterungsstürme ausbrechen lassen wird.

»Oje!«, sagt er nur.

»Paul, sie ist kein kleines Kind, und Juan macht einen echt netten Eindruck. Er wird ja nicht direkt über sie herfallen.«

»Lass uns halt noch eine Deckrunde drehen«, schlägt er vor, »dann können wir ja ganz zufällig mal schauen, wie es so steht mit den beiden.«

An der Tür winken wir Karin, die jetzt an einem anderen Tisch sitzt, noch mal zu. Sie hebt zögerlich die Hand.

»So, mein Quizbedarf ist erst mal gedeckt. Wollen wir morgen früh zum Yoga?«, fragt mich Paul, als wir an der frischen Luft sind.

»Auf keinen Fall, ich werde herrlich ausschlafen und habe keine Lust, mich schon auf nüchternen Magen von deiner Exverehrerin vollfurzen zu lassen.«

»Vielleicht sollte ich hingehen und versuchen, ihr das noch mal zu erklären«, überlegt Paul laut.

Dass Karin ihn für einen Mann hält, der gern Frauenkleider oder auf jeden Fall Frauenwäsche trägt, nagt an ihm.

»Es kann dir doch komplett egal sein, was sie denkt«, sage ich nur, und wir umarmen uns.

Bei Nacht ist ein Kreuzfahrtschiff ein Kreuzfahrtschiff. Man schaut aufs dunkle Wasser, es ist still und unglaublich romantisch. Ob Indischer Ozean oder Rhein. Wen interessiert das schon. Himmel bleibt Himmel.

Am hintersten Ende des Oberdecks steht ein kleines Becken, in dem mit Mühe vier Leute Platz haben. Aber es sprudelt. Und das Wasser ist ziemlich heiß. Und es ist leer. Wir schauen uns nur an, und eine Viertelstunde später liegen wir drin. Die Luft ist kühl, der Himmel klar, und der Lederbikini hat seinen ersten Einsatz auf diesem Schiff. Und Alexa, Mark, Mama, Rudi, Sabine und Co., sind vergessen.

Trotz erniedrigender Quizniederlage hat dieser Tag insgesamt
    5 von 5 Sternen.

5

Ich wache auf und weiß zunächst gar nicht, wo ich bin. Ich gucke neben mich und sehe Paul. Paul ist schlafschön. Es gibt Menschen, die im Schlaf tot aussehen oder den Mund weit offen haben und ein bisschen sabbern. Paul sieht aus, wie man jemanden wohlwollend malen würde. Ebenmäßig und maskulin. Ruhig und entspannt. Einfach schön. Wann hatte ich das letzte Mal Zeit und Muße, einfach nur dazuliegen und diesem Atem zu lauschen. Heute werden wir in Mannheim anlegen.

Ich weiß nichts über Mannheim. Xavier Naidoo kommt daher. Ob das für die Stadt spricht – darüber kann man streiten. Ich stehe nicht auf Xavier. Ist mir zu schnulzig. Ich finde Paul schlafschön und Xavier Naidoo schnulzig. Frei nach der Devise: Schnulzig sind immer nur die anderen. Genau wie spießig. Schlafschön könnte glatt ein Lied von Xavier heißen.

Aber bei Naidoo ist es nicht nur sein Gesülze – er hat außerdem so merkwürdige Ansichten. Hat der nicht mehrfach geäußert, Deutschland sei immer noch ein besetztes Land? Von den Amis besetzt? Diese Mischung aus Verschwörungstheorie und religiösem Wahn ist nicht meins. Bülent Ceylan, der Comedian, ist auch Mannheimer. Mandy Capristo von Monrose auch. Was war noch mal mit der Katzenberger? Kommt die nicht auch aus der Gegend?

Aber Mannheim als Ausflugsstadt? Als Touristenziel?

Gibt's in Mannheim viel zu besichtigen? Ist da Kultur? Und wenn ja, warum habe ich noch nie davon gehört? Mindestens so viel wie in der Karibik wird's schon sein, tröste ich mich und schlüpfe leise aus dem Bett. Ich überlege ganz kurz, ob ich nicht doch zum Yoga gehen sollte.

Der Yogakurs hat aber schon angefangen, und wahrscheinlich streckt in diesem Augenblick das Brathähnchen seine Glieder in die Luft, um zu entlüften. Nein, Yoga und Karin erspare ich mir.

Ich hole mir einen Tee und setze mich an Deck. Ich checke das erste Mal seit gestern Mittag mein Handy.

Herr Klessling hat geschrieben. Oxy findet er jung und frech. Jung und frech – sicher nicht seine Kernkompetenzen. Cosy chill ist ihm zu behäbig. Das kommt davon, wenn man Männern die Wahl lässt. Ich dachte, es wäre ein kluger Schachzug, und jetzt werde ich von meiner eigenen Taktik überrumpelt. Ärgerlich. Oxy klingt mir zu chemisch. Nach Waschmittel und strahlend weiß. Ich schreibe ihm eine Mail und äußere meine Bedenken, plädiere noch einmal ausdrücklich für Cosy chill.

Dann rufe ich Rudi an.

»Alles gut, Herzscher, sorg disch net. Der Bub geht zum Arbeite, un der Ludwisch is begeistert. Die Kundschaft auch. Weil de Mark so charmant is.« Rudi will noch wissen, ob es uns gutgeht. Dann verabschiedet er sich abrupt: »Auslandsgespräche sin teuer, des weiß ich noch. Amüsier disch, mer spresche uns wenn de wiedä da bist.« Er legt auf, noch bevor ich ihm gestehen kann, überhaupt nicht im Ausland zu sein.

Typisch für die Generation. Früher waren Auslandsgespräche tatsächlich ein irrer Luxus. Wenn man aus dem Urlaub angerufen hat, hat man nur schnell beteuert, dass man noch lebt, und dann eine Postkarte geschrieben.

Aber wo das ja heute nicht mehr so ist und wir ja in Deutschland sind, kann ich telefonieren, so viel ich lustig bin. Deshalb rufe ich jetzt bei Sabine an.

»Na, bist du im Glücksrausch?«, begrüße ich sie.

»Ach, die Kreuzfahrerin, ich wollte dich nicht mit meinem Kram belatschern«, lautet die Antwort. Das klingt jetzt nicht nach wahnsinnigem Glück.

»Und«, will ich wissen, »hat er dir die große Frage gestellt?«

Sie gähnt. Kein Wunder, es ist sieben Uhr fünfunddreißig. »Hast du Jetlag, oder was treibt dich um die Zeit ans Telefon? Wie viel Uhr ist es denn bei euch?«

»Sieben Uhr fünfunddreißg«, antworte ich wahrheitsgemäß.

»Gibt es auf einem Schiff keine Zeitverschiebung? Gilt auf einem deutschen Schiff einfach auch die deutsche Zeit?«, stellt sie eine ziemlich blöde Frage.

Man muss ihr zugutehalten, dass es noch früh ist. Sabine ist keine Frühaufsteherin. Wahrscheinlich habe ich sie geweckt. Ich erkläre, so schnell es geht, die Lage.

»Du bist in der Nähe von Mannheim?« Sie kann es kaum fassen. »Eine vegane Flusskreuzfahrt? Um Himmels willen, wie kommt der bloß auf so eine Idee? Das ist ja das Grauen. Tofu statt Lobster.«

Ich beteure, dass alles viel besser ist, als es klingt, und frage erneut nach dem Antrag.

»Ja, er hat gefragt, und ich war so glücklich! Aber ich will nicht hinter dem Rücken seiner Eltern heiraten, dann sind die garantiert für immer supersauer mit mir. Das bringt doch nichts.« Sie ist vernünftiger, als ich dachte.

»Er war enttäuscht und ich auch irgendwie«, sagt sie traurig.

»Ich glaube, das war die richtige Entscheidung. Versuch, seine Eltern für dich zu gewinnen. Du bist doch wunderbar, das werden die schon merken«, unterstütze ich meine Freundin.

»Guten Morgen!«, tönt es da. Das Brathühnchen im Yogaoutfit.

Ich sage schnell »Guten Morgen!« und deute dann aufs Telefon.

»Um neun Uhr ist Landgang!«, freut sie sich.

Eine nützliche Information. Vor allem, weil Paul noch schläft und er sicher nicht aufs Frühstück verzichten will.

Ich versuche noch ein bisschen, Sabine zu trösten. »Du musst einfach warten und hoffen«, sage ich und weiß selbst, dass das wenig aufmunternd klingt. Warten und hoffen. Eine sehr passive Angelegenheit.

Dann bewege ich mich wieder Richtung Kabine. Allerdings erst mal zu Alexas. Sicher ist sicher. Nicht dass die den kleinen Juan mitgenommen hat und Paul die beiden nachher erwischt. Das wäre für die allgemeine Stimmung sicher nicht gut. Aber Alexa ist allein – so groß ist die Kabine nicht, dass man einen Mann auf die Schnelle verstecken könnte – und noch ziemlich verschlafen.

»Hattest du einen schönen Abend?«, frage ich, und sofort kommt Leben in das verschlafene Mädchen.

»Traumhaft, wunderbar, er ist so unglaublich toll. So schlau und so nett und nicht so oberflächlich!«

Diese Worte aus dem Mund von Miss-Louis-Vuitton sind erstaunlich.

»Er ist zweiundzwanzig und weiß total, was er will!«, schwärmt sie. »Er ist so anders als die Jungs, die ich sonst kenne.«

Ich grinse und freu mich für sie. »Wollen wir uns in zwanzig Minuten zum Frühstück treffen?«, frage ich.

Dann gehe ich und wecke Paul.

Das Frühstücksbüfett ist eher enttäuschend. Sieht ein bisschen aus wie in einem Vertreterhotel. Alles ist so blass und so grau. Vegane Wurst und veganer Käse gewinnen keinesfalls Schönheitspreise. Warum Veganer unbedingt auch Wurst brauchen, erschließt sich mir nicht wirklich. Ich jedenfalls kann mich nicht überwinden, dieses gräuliche Zeug zu probieren. Also begnüge ich mich mit Obst und Haferbrei. Heute sitzt Karin nicht bei uns. Alexa schnattert das gesamte Frühstück hindurch. So mitteilsam kenne ich sie gar nicht. Tapfer isst sie die bleiche Wurst und erklärt uns die Vorzüge veganer Ernährung. Wie schnell man von der begeisterten Steakesserin zur leidenschaftlichen Veganerin mutieren kann, ist beeindruckend.

»Willst du dich denn jetzt vegan ernähren?«, fragt auch Paul ein wenig erstaunt.

»Juan hat mir ins Gewissen geredet. Es ist gar nicht so schwer, und es schmeckt ja auch echt gut. Na ja, die Wurst ist gewöhnungsbedürftig. Aber das gestern war ja voll lecker.«

Ich bezweifle stark, dass Bea Lust hat, ab sofort vegan zu kochen, aber das geht mich ja zum Glück nichts an.

»Hat sich deine Mutter eigentlich gemeldet?«, frage ich.

»Ja, aber nur mit einer kurzen Nachricht. Sie scheint irgendwie sauer zu sein. Ich glaube, es stinkt ihr, dass ich mitgefahren bin.«

Da geht es ihr nicht anders als mir. Obwohl, eigentlich stimmt das mittlerweile so gar nicht mehr. Ich bin gar nicht mehr sauer. Inzwischen habe ich mich mit der Situation angefreundet. Die neue Alexa gefällt mir sogar ganz gut. Ich weiß – man soll den Tag nicht vor dem Abend loben –, aber ich bin auf jeden Fall schon sehr viel positiver gestimmt.

»Die Wurst kann man echt nicht essen, da ist keine Wurst die erheblich bessere Alternative«, klagt Paul.

Die Stimme des Kapitäns unterbricht ihn: Meine Damen und Herren, ladies and gentlemen, in fifteen minutes we are in Mannheim, you have the opportunity to explore Mannheim, and we expect you back on board at one o'clock for lunch. Please be on time. Mannheim wartet auf Sie. Erkunden Sie die Stadt, und seien Sie um dreizehn Uhr zum Lunch wieder hier an Bord. Wir legen dann zeitnah wieder ab. Also seien Sie bitte pünktlich. Viel Spaß in Mannheim!«

»Ich freue mich so sehr auf Mannheim!«, kommentiert Paul die Durchsage. »Ich werde erst mal richtig shoppen gehen.«

Alexa staunt. Ihr Vater will shoppen. Eine Aussage,

die für Paul wirklich extrem verwunderlich ist. Ich brauche einen Moment, um zu kapieren.

»Es gibt ein Megakaufhaus in Mannheim«, freut sich Alexa. »Da bestellt die Mama manchmal online, das muss richtig super sein. Wollen wir da hin?«

»Haben die auch Männersachen? Ich fühle mich in Frauenkleidern weniger wohl, als manche hier an Bord denken«, grinst Paul.

Alexa schüttelt leicht angewidert den Kopf: »Papa, das ist ja eklig, bitte keine Details!«

»Es ist eigentlich überhaupt nicht eklig. Paul hat nur, weil ich es vergessen habe, keine Unterhosen mit, und deshalb kam es zu einem kleinen Missverständnis mit seiner neuen Freundin, die nun nicht mehr seine Freundin ist.«

Alexa schüttelt sich. »Heißt das, du sitzt hier ohne Unterhose, Papa? Beim Frühstück ohne Unterhose?«, will die Fast-Erwachsene wissen.

»Davon musst du leider ausgehen«, antwortet Paul nur.

»Das ist ja megaeklig! Das will ich mir gar nicht vorstellen!« Nach einem kurzen Moment hat sie sich wieder im Griff: »Gehen wir dann zusammen in dieses Kaufhaus?«

Genauso machen wir es. Das Wetter ist in Ordnung, leicht bewölkt und nicht gerade warm, aber immerhin trocken. Wir laufen in die Stadt und besorgen ausreichend Unterhosen. Ich kaufe mir einen Pullover für abends – mit meiner kleinen Strickjacke kann ich auf der *Silver Jewel* nicht viel anfangen. Und Alexa schafft es, ihren Vater zur Anschaffung eines weiteren Paars Turnschuhe zu bewegen. Ohne Leder selbstverständlich. Eine neue Gesinnung erfordert selbstverständlich auch neue Anschaffungen. Die Neu-Veganerin will ihre Beute wahrscheinlich mit gutem Gewissen Juan dem Zweiten präsentieren können.

Ich trinke drei Cappuccinos auf Vorrat und muss mir dabei von Alexa schlimme Milchschleimtheorien anhören. Kuhmilch sei für Kälbchen gedacht, nicht für Menschen. Und was das Kalzium angeht – Chinakohl zum Beispiel wäre eine wunderbare Kalziumquelle. Milch sei da gar nicht nötig. Juan scheint gestern ordentliche Überzeugungsarbeit geleistet zu haben. Aber mir schmeckt der Cappuccino hervorragend. Ich fühle mich kein bisschen verschleimt, dafür herrlich wach und munter. Außerdem bin ich sehr froh, dass kein Chinakohl in meinem Kaffee schwimmt.

Wir besichtigen noch das Mannheimer Barockschloss und kehren dann gut gelaunt an Bord zurück. Überpünktlich, schon weil Alexa uns mehrfach erklärt hat, wie unangenehm jede Verzögerung für die Schifffahrt sein kann.

Mittags gibt es einen sehr leckeren Rote-Bete-Salat, Kürbissuppe und als Hauptgang Tofugulasch mit Kartoffeln oder Spaghetti mit Knoblauch und Petersilie. Ich probiere einen Happen Tofu von Paul und bin sehr froh, die Nudeln ausgewählt zu haben. Das Dessert – gebackene Feigen auf Sojajoghurt – lasse ich weg. Ich möchte nicht, dass man mich am Ende der Kreuzfahrt in Amsterdam von Bord rollen muss. Das klingt jetzt heroischer, als es ist – ich mag einfach keine Feigen. Insofern zählt dieser Verzicht nicht wirklich. Verzicht heißt, etwas wegzulassen, was man mag. Wahrer Verzicht sollte schwerfallen, sonst ist es leider keiner.

So langsam nähern sich die Passagiere einander an. Die ersten Cliquenbildungen sind zu entdecken. Menschen sind nun mal gern Teil einer kleiner Herde oder eines Rudels. Karin ist definitiv aus unserem raus. Einem Leitwolf in Frauenwäsche will sie sich offensichtlich nicht anschließen.

Paul hat aber schon wieder neue Verehrerinnen. Biggi und Pedi. Brigitte und Petra. »Aber so nennt uns wirklich keiner«, kichern sie. Biggi und Pedi sind beste Freundinnen und seit zwei Jahren Veganerinnen. »Früher sind wir gern nach Griechenland gefahren, aber da ist das mit dem veganen Essen nicht machbar. Na ja, der Grieche tut sich da echt schwer mit. Aber wer die Veganentscheidung trifft, für den wird die Welt halt ein wenig kleiner.«

Trotzdem würden sie die Entscheidung jederzeit wieder treffen. Biggis Rheuma ist seither viel erträglicher, und auch Pedi schwärmt von ihrem Wohlfühlgefühl, seit sie vegan lebt. Überhaupt hört man viel von Wunderheilungen aufgrund von veganer Ernährung. Viele an Bord sind durch ihre Kinder Veganer geworden und inzwischen sogar strenger als der Nachwuchs.

Paul versucht ständig, mit seinem Vegetariersein zu punkten, aber das gilt hier nicht viel. Immer wieder wird er in die Mangel genommen. »Wieso halbe Sachen machen?« und »Wer A sagt muss auch B sagen!«, lautet das Mantra der Überzeugten. Wieso eigentlich?

Paul wird richtiggehend bockig. Fühlt sich ein wenig unter Druck und ärgert sich, schon weil er sich auf der vermeintlich sicheren Seite wähnte. Er dachte wahrscheinlich, hier würde er endlich mal die verdiente Anerkennung bekommen. Pustekuchen. Ab und an wagt er es sogar, Kritik zu äußern oder Behauptungen in Frage zu stellen.

Ich hingegen werde von unseren Mitreisenden ermuntert und dafür gelobt, dass ich als Nicht-mal-Vegetarierin überhaupt den Schritt gemacht habe, auf ein solches Schiff zu gehen. Das zeuge von enormer Offenheit, das würden sich nicht viele Fleischfresser trauen.

Insgesamt ist es ein wenig anstrengend, ständig über das immer gleiche Thema zu reden. Erstaunlicherweise ist insbesondere Paul davon genervt. Er will sein schulmedizinisches Wissen nicht offenbaren, tut sich aber schwer, manche Ernährungsmythen und Wunderheilungen unkommentiert zu lassen. »Was soll ich mich streiten? Das bringt doch nichts! Soll ich denen hier Vorträge über Vitam-B12-Mangel halten? Über die Gefahren, wenn man zu wenig Vitamin D oder Kalzium mit der Nahrung aufnimmt? Das bringt doch nichts.«

Ich kenne immerhin einen, dem gefallen würde, Paul in diesem Dilemma zu sehen: Rudi. Er hat oft genug unter Pauls Ernährungsdiktatur gelitten.

»Kannst du Rudi jetzt ein bisschen verstehen?«, versuche ich, die Gunst der einsichtigen Stunde zu nutzen.

»Ne, das ist ja wohl etwas völlig anderes. Mir geht es um die Tiere und um unsere Gesundheit.«

Aha.

Und auch ich empfinde die Haltung von einigen hier als sehr anstrengend. Sie denken, sie seien hundertprozentig auf der richtigen Seite. Der Veganer an sich ist auch meist gegen Impfungen jeder Art und engagiert sich gern im Tierschutz. Ein Veganer ist selten einfach nur ein Mensch, der sich entschieden hat, vegan zu leben. Es geht um mehr. Vegansein ist eine Geisteshaltung. Eine moralische Erhabenheit. Ein Komplettpaket. Das könnte man natürlich phantastisch finden, aber es hat auch etwas sehr Berechenbares, sehr Strenges und damit Eingeschränktes.

Nachmittags absolvieren Alexa und ich einen Kochkurs bei einer berühmten Veganköchin aus Kalifornien. Paul hat sich für eine vegane Weinprobe entschieden. Wir rollen Linsenbällchen und produzieren Müsliriegel aus getrockneten Früchten. Jane, die Köchin, hat ihre Aufmerksamkeit insbesondere auf mich gerichtet. Sie weiß, dass ich Nichtveganerin bin – so etwas spricht sich auf einem veganen Kreuzfahrtschiff schnell herum – und strengt sich an, mich in ihr Lager zu ziehen.

»Sind hier noch mehr Nichtveganer?«, fragt sie zu Beginn – auch gleich noch mal auf Englisch – in die Runde.

Niemand meldet sich. Auch Roger und seine Frau nicht, zwei, von denen ich sicher weiß, dass sie keine Veganer sind. Ihre Tochter ja – die beiden nein. So fühle ich mich wie die einzig Aussätzige in der Runde.

Als ich Alexa anschaue, sagt sie laut: »Ich bin Veganerin – zwar erst seit gestern, aber ich bin Veganerin.«

Alle klatschen Beifall. Alexa ist die neue Vorzeigebekehrte des Schiffes. Eine, die schnell kapiert hat, wo die guten Menschen zu Hause sind.

Jane, die Köchin, gibt zu, dass es oft mühsam ist, vegan zu leben, dass es mit Sicherheit mehr Arbeit macht und es auch nicht mehr ganz so problemlos ist, essen zu gehen. Aber irgendwas lasse sich immer finden. Man müsse es nur wirklich wollen. Außerdem sei es die Sache wert: »It's worth it!«

Alle klatschen. Nicht nur für Jane, sondern ein bisschen auch für sich selbst. Sie beklatschen ihre Mühe, ihre Anstrengung, und sind froh, jetzt noch mal von quasi offizieller Seite bestätigt bekommen zu haben: Es lohnt sich!

Die Linsenbällchen sind gut, aber mit meinen Frikadellen können sie nicht mithalten.

Paul sieht nach der veganen Weinprobe sehr viel glücklicher aus als vorher. Er ist definitiv ziemlich beschwipst.

»Es gab Sekt und alle Sorten Wein. Rot, rosé, weiß, grün.«

»Grüner Wein?«, frage ich nach. Ich halte hier auf diesem Schiff nichts mehr für ausgeschlossen.

Er kichert wie eine Dreizehnjährige: »Grüne Flasche natürlich. Grünen Wein gibt's nicht, Andrea. Es war echt komisch bei der Probe. Und dem Wein merkt man gar nichts an. Ich habe direkt sechs Kisten bestellt.«

Sechs Kisten Wein? Na, das hat sich ja gelohnt!

Wir setzen uns in Decken gehüllt aufs Deck und schauen auf den Fluss.

»Alles in Ordnung bei Ihnen, also bei euch?«, erkundigt sich die Vogelfrau im Vorbeigehen.

»Bestens!«, antwortet Paul, bevor ich etwas sagen kann. »Ich bin ganz glücklich. Hab in Mannheim tolle neue Wäsche geshoppt.«

Karin sagt erst mal nichts und guckt nur doof. Hat die keinen Humor?

»Tja, jeder, wie er mag. Jedem sein Hobby und seine Passion«, gibt sie dann spitz zurück und zieht von dannen.

Paul kriegt sich gar nicht mehr ein.

Wie kann man nach einer kleinen Weinprobe so britzebreit sein? Paul trinkt nicht viel Alkohol, ab und an mal ein Bier oder ein Glas Wein. Die zwei Gläser zum Mittagessen und die Weinprobe waren wohl etwas zu viel.

»Sollen wir das Abendessen ausfallen lassen und uns in der Zeit in den Jacuzzi setzen?«, schlage ich vor, und Paul kann gar nicht aufhören zu lachen.

Ich glaube, so wie der drauf ist, sollte er besser in der Kabine aufbewahrt werden. Nicht, dass er den Fluss mit dem Jacuzzi verwechselt. Wir gehen aufs Zimmer und legen uns aufs Bett.

Paul zeigt mir eine Nachricht von Bea. *Hoffe, ihr habt Spaß, mir ging es schon besser!*

»Hast du geantwortet?«, frage ich.

»Ne, noch nicht. Was soll ich da denn schreiben? Außerdem, lange Zeit ging's mir beschissen und das hat sie nicht die Bohne interessiert. Jetzt geht's mir halt mal gut. Das ist doch nur gerecht.«

Irgendwie finde ich das ziemlich blöd von Bea. Am liebsten würde ich für Paul antworten. Irgendwas wie: Hallo Bea, man muss auch gönnen können. Es ist wirklich so was von schön hier ... Oder noch lieber würde ich, frei von der Leber weg, schreiben: Ätschi bätschi, hinten kackt die Ente! Je länger ich über ihre Nachricht nachdenke, umso ärgerlicher finde ich sie. Was soll das? Will sie Paul ein schlechtes Gewissen machen? So eine egozentrische Kuh! All das sage ich natürlich nicht, da soll er schon selbst drauf kommen. Aber ganz egal, was ich jetzt auch sagen würde, Paul würde es sowieso nicht hören. Er ist sachte weggedöst. Heute hält sich das mit dem Schön-im-Schlaf in überschaubaren Grenzen. Alkohol und Schnarchen mit offenem Mund scheinen in engem Zusammenhang zu stehen. Paul wird sicher nicht zum Abendessen wieder fit sein. Ich werde trotzdem hingehen, schon allein, um Alexa Gesellschaft zu leisten – obwohl mir das Auslassen eines Fünf-Gänge-Menüs auch nicht schaden würde.

Es ist nicht mehr viel frei. Wir steuern auf einen Tisch zu, an dem ein mittelalter Mann in rostbraunem Shirt mit Aufdruck sitzt. *Eingefleischter Veggie* steht da auf seiner Brust. Der Stuhl neben ihm scheint belegt.

»Na, da meint es das Universum ja mal gnädig mit mir. Ich hab heute bestimmt Karmapunkte gesammelt, dass ich so was Hübsches an den Tisch kriege!«, strahlt er uns an.

Ich würde am liebsten kehrtmachen, aber Alexa hat sich schon hingesetzt. Wenige Minuten später erscheint seine Frau.

»Schatz, mach hin, das Essen wird sonst welk!«, eröffnet er sein ganz persönliches Spaßfeuerwerk.

Sie kichert brav, obwohl sie den Witz garantiert nicht zum ersten Mal hört. »Der Gerhard könnte glatt Comedian sein«, erzählt sie uns stolz, »ich kenne keinen witzigeren Mann.«

Wo lebt die denn? Auf einem Einsiedlerhof? Auf dem Mars?

Gerhard freut sich sichtlich: »Na, na, übertreib nicht, Schatz. Der Mario Barth hat auch Talent. Und nun die Damen – kleine Testfrage: Warum essen Veganer keine Hühner? Na, na, kommen Sie drauf?«

Alexa schaut mich nur vielsagend an.

Gerhard klopft mit der flachen Hand auf den Tisch und haut fast die kleine Vase um. »Weil Ei drin ist!« Sein Lachen dröhnt durch den ganzen Saal.

An den Nebentischen erkenne ich mitleidige Gesichter. Kein Wunder, dass die Plätze hier noch frei waren. Alexa ringt sich – aus Höflichkeit, wie ich vermute – ein Lächeln ab.

Gerhard ist beglückt: »Gestern hatten wir so Spaßbremsen am Tisch. Ich liebe vegan, aber mal ehrlich, es gibt lustigere Religionen.« Wieder lacht er herzhaft. Seine Frau stimmt ein.

Ich würde sehr gern die Stirn runzeln, aber mein Leberfleckencheck lässt es nicht zu. Zum Glück ist das Essen gut, und die beiden sind damit wenigstens zeitweise beschäftigt.

Aber Gerhard ist ein ausgesprochen schneller Esser. Kaum hat er den letzten Bissen vom Linsencurry runtergeschluckt, geht es weiter. Er dreht sich um und zeigt auf einen älteren und ziemlich korpulenten Mann drei Tische weiter. »Wie nennt man einen dicken Veganer? Na, na, los!«, spornt er uns an, bevor es aus ihm rausplatzt. »Biotonne.«

Ich vermute, das hat der gesamte Saal gehört. Ich würde am liebsten aufstehen und laut rufen: »Wir sitzen nur zufällig hier. Ich habe mit Gerhard ansonsten nichts zu tun.«

Es langt ja, dass ich durch mein Nicht-Vegansein auffalle und noch dazu einen Mann habe, der Damenwäsche trägt. Da brauche ich nicht noch neue Bekannte, die miese alte Witze reißen.

Alexa und ich versuchen, Gerhard, so gut es geht, zu ignorieren und uns so normal wie möglich zu unterhalten.

»Wissen Sie, was Vegetarier übersetzt bedeutet?«, nutzt Gerhard eine kurze Gesprächspause.

»Der ist echt witzig!«, wird er von seiner Frau angefeuert.

»Zu faul zum Jagen!«, sagt Alexa und verzieht keine Miene.

Ich habe fast Mitleid mit dem Hobby-Comedian und ringe mir immerhin ein kleines Schmunzeln ab.

Nach dem nächsten Witz allerdings – »Was verlangt der Veganer beim Abendmahl? Ein Stück Dornenkrone bitte!« – muss ich die Sache in die Hand nehmen. Das ist ja nicht auszuhalten. »Was machen Sie denn so beruflich?«, lenke ich das Thema auf ein ganz anderes Gebiet.

Ich tippe auf Sparkasse, Vertrieb oder Versicherung. Oder eine Mischung aus allem. So joviale Typen und Witzeerzähler sind häufig Vertriebler. Da muss man ja ständig reden.

»Ich bin Mathematiker«, antwortet er.

Ich bin platt. So viel zum Thema Vorurteile und Menschenkenntnis.

»Ich mache die Finanzplanung von einem großen Krankenhaus in Herne, und die Geli hier, die lustige, gescheite Frau an meiner Seite, ist Krankenschwester. Wir haben uns in der Kantine kennengelernt. Als die Geli nach veganem Essen gesucht hat. Da habe ich ihr den Salat gezeigt.« Er schüttet sich direkt wieder aus vor Lachen. »Den Salat!«

Unglaublich: Er ist Mathematiker in einem Krankenhaus. Darauf wäre ich selbst im hochpromilligen Weinrausch nicht gekommen. Immerhin können die Kollegen, denen er das Ohr blutig quatscht, direkt am Arbeitsplatz medizinisch versorgt werden. Geli ist Krankenschwester und Schlimmes gewohnt. Das hilft sicher im Umgang mit Gerhard.

Zum Dessert ist der nächste Brüller fällig. Jetzt, nach drei Gläsern Wein, legt Gerhard erst richtig los: »Warum schreien Veganerinnen beim Orgasmus nicht? Sie können ja schlecht zugeben, dass ihnen ein Stück Fleisch so viel Freude bereitet.«

Geli quiekt vor Vergnügen. So viel Wein, dass ich das witzig finde, kann ich leider nicht trinken. Alexa sieht aus, als würde sie sich gleich übergeben. Sie wächst mir auf dieser Reise direkt ans Herz.

Das hier ist schon seltsam. Gestern beim Quizabend dachte ich noch, der Veganer an sich sei extrem gebildet. Aber niemand, der einigermaßen bei Verstand ist, kann über solche Witze lachen. Niemand. Einerseits. Andrerseits ist Gerhard Mathematiker – da kann er ja nicht ganz bekloppt sein.

»Seit wann sind Sie denn verheiratet?«, mache ich brav noch ein bisschen Konversation.

»Verheiratet!«, wieder lacht Gerhard. »Das ist ja jetzt der Witz des Abends. Die Geli und ich – wir sind doch nicht verheiratet. Das haben wir beide hinter uns.«

Das scheint der erste Satz zu sein, den Geli nicht ganz so lustig findet.

Er legt nach: »Was ist ein nicht verheirateter Mann? Ledig. Und ein verheirateter Mann? Erledigt.« Diesmal lacht nur er.

Er ist eine Art Witzejukebox: Thema oben rein – Witz unten raus.

Als Gerhard zur Toilette geht, sagt Geli nur: »Er ist ein guter Kerl. Bis auf die Witze. Aber er war schon immer der Mathe-Nerd und noch nie eloquent oder unterhaltsam. Seine erste Frau fand ihn langweilig. Sie hat gesagt, noch ein weiteres Jahr an seiner Seite und sie wird vor Langeweile eingehen. Er fühlt sich so gut mit seinen Witzen. Er lernt jeden Abend neue. Und er ist sehr liebevoll. Und natürlich will er heiraten. Ist alles nur Masche.« Sie sieht uns verständnisheischend an.

»Aber die Witze! Wie können Sie die aushalten?«, fragt Alexa mitfühlend.

»Jeder hat irgendeine Macke. Diese ist immerhin überschaubar. Und wenn er Leute eine Weile kennt, wird es auch besser. Beim ersten Aufeinandertreffen macht er immer eine Art Präsentationsveranstaltung. Ehrlich: Irgendeine Kröte muss man schlucken. Vor allem bei Gebrauchtmännern. Ich finde, diese Kröte kann man runterkriegen. Manchmal finde ich es auch wirklich witzig.«

Das hört sich sehr vernünftig an, und es hat etwas unglaublich Liebevolles. Gerhard hat Glück gehabt. Und Geli vielleicht auch. Wenn man die Witze abzieht, hat man womöglich einen wunderbaren Mann vor sich. Möglicherweise kann man sich in der Hinsicht was von Geli abgucken. Das große Ganze sehen und bewerten und sich nicht an kleinen Macken die Zähne ausbeißen. Allerdings wäre mir ein Gerhard an meiner Seite ziemlich peinlich. Ich würde mich immer auch ein bisschen haftbar fühlen. Verantwortlich für das Grauen. Und ich hätte keine Lust, jedes Mal den Toilettengang abzuwarten, um mich für meinen Liebsten in die Bresche zu werfen. Außerdem muss es doch möglich sein, einem Mann, der einen gewissen Intellekt hat – schließlich ist er Mathematiker –, begreiflich zu machen, dass seine Witze vieles sind, aber nicht witzig. Er sollte doch begreifen, dass Unterhaltsamsein und Amüsantsein nichts mit dem Erzählen von abgestandenen Scherzen zu tun hat. Ich bewundere Geli. Für ihr Durchhaltevermögen. Für ihre Fähigkeit, hinter den Witzen den guten Kerl zu sehen. Ich muss mir eingestehen, so weit hätte mein Blick nicht gereicht. Vielleicht ist das einer der Fehler, den Frauen auf der Suche machen: Sie lassen sich vom ersten offensichtlichen Makel blenden und suchen woanders weiter.

So oder so, mein Witzebedarf ist für heute gedeckt.

»Was ist denn eigentlich mit Juan?«, frage ich Alexa, schließlich habe ich den schmucken Offiziersanwärter heute Abend noch gar nicht gesehen.

»Er hat Dienst. Er kann morgen mit mir frühstücken, aber heute Nacht ist er auf der Brücke zum Navigieren, und da darf man als Pax nicht hin. Paxe sind Passagiere«, ergänzt sie noch. Ich bin überrascht, dass man auf einem Fluss navigieren muss. Auf dem Meer leuchtet mir das ein. Auf einem Fluss muss man ja eigentlich nur, wie wir Hessen sagen, »als geradeaus«. Flussaufwärts oder flussabwärts. Mehr Möglichkeiten gibt es ja nun nicht.

Alexa und ich sind beide noch nicht müde. Gerhard und Geli haben noch einen Absacker geordert, und es wäre ziemlich unhöflich, aufzustehen und sich an einen anderen Tisch zu setzen.

»Vermisst du Fleisch oder Fisch?«, frage ich Alexa und stelle die Frage aus Höflichkeit auch in die Runde. Vielleicht schafft es Gerhard, eine Frage ohne vermeintlichen Scherz zu beantworten.

»Ne, nur den Sauerbraten meiner Mutter. Aber die lebt eh nicht mehr. Und mit ihr ist auch ihr Sauerbratenrezept gegangen. Ansonsten, nein. Solange ich Schmetterlinge im Bauch haben darf!« Er lacht.

Das war irgendwie süß. Auf seiner Witzeskala geradezu ein Hit. Geli küsst ihn direkt mit Wonne. Er ist ein Witzzombie, ein Witzdiktator, aber ich glaube, es könnte stimmen, was Geli sagt. Eigentlich ist er ein lieber Mann. Aber genügt es, zu wissen, dass sich tief im Innern etwas ungemein Liebenswürdiges verbirgt? Verbirgt sich nicht in jedem irgendwas Liebenswertes? Selbst in den allerschlimmsten Scheusalen? Genügt ein Eigentlich? Muss man als Frau in einem bestimmten Alter, in dem man gemeinhin und gemeinerweise als schwer vermittelbar gilt, schon dankbar sein, wenn sich einer erbarmt? Selbst wenn es einer ist, der ein fettes »Eigentlich« im Gepäck hat.

Geli vermisst ab und an Leberwurst. »Ich komme vom Land. Ich bin ein richtiges Leberwurstkind. So ein schönes Bauernbrot mit Butter und Leberwurst, das hat schon was. Jetzt esse ich eben ein wunderbares Auberginenmus mit Nuss. Das ist echt auch lecker. Ich kann einfach kein Fleisch mehr essen, wegen der Tiere. Die tun mir grässlich leid. Das ist doch alles furchtbar.«

Bevor sie einen kleinen Vortrag über Massentierhaltung starten kann, den ich inzwischen frei mitsprechen könnte, verabschieden Alexa und ich uns. Auf die Abendveranstaltung im Salon verzichten wir. Thema heute: Warum sind wir vegan? Passagiere erzählen. Dafür braucht es keine eigene Veranstaltung. Mir fällt dazu der Klassiker unter allen Veganerwitzen ein: Woran erkennt man einen Veganer? Er wird es dir sagen. Ständig.

Insgesamt bin ich allerdings positiv überrascht. Der Veganer an sich ist nicht anstrengender oder blöder als jeder Fleischesser. Und ich muss sagen, ich bin voller Bewunderung für jeden, der sich für seine Überzeugung so dermaßen einschränkt. Überhaupt eine Überzeugung zu haben, ist heutzutage schon sehr bewundernswert.

Alexa und ich setzen uns aufs menschenleere Deck und schauen einfach mal wieder in den Himmel.

»Ich überlege, nach dem Abitur ein freiwilliges soziales Jahr zu machen«, informiert mich Alexa.

»Du? Ein freiwilliges soziales Jahr?«, rutscht es mir

raus. Das ist ungefähr so, als würde Paris Hilton sagen, sie ginge für ein Jahr nach Indien, um in einem Krankenhaus zu helfen.

Sie reagiert gelassener als gedacht. »Ich weiß, das klingt komisch, wenn ich das sage. Aber Mama will, dass ich BWL studiere und dann bei Heinz in die Firma einsteige. Aber dazu habe ich echt null Lust.«

Das kann ich sehr gut verstehen. Eine Verpackungsfirma hört sich nicht nach Spaß und Stimmung an. »Es ist ja noch ein bisschen Zeit, aber wichtig ist: Es ist dein Leben. Letztendlich entscheidest du.«

Als ich das sage, fällt mir mein Sohn ein. Er hat sich auch entschieden – und zwar fürs Liegen. Ihm gestehe ich nicht zu, selbst zu entscheiden. Ich sollte ihm eine versöhnliche Nachricht schicken. Ihm schreiben, dass ich stolz auf ihn bin, dass er sein Praktikum meistert. Wieso kann man bei »fremden« Kindern so vernünftig sein und gerät bei den eigenen so schnell in Rage?

»Ja, ich weiß, letztlich entscheide ich. Aber wenn man Geld verdienen will, ist BWL sicherlich keine schlechte Wahl. Und sie meint es ja auch nicht böse, die Mama. Sie will, dass ich später eigenes Geld verdiene. Sie sagt, mit Kunst kommt man nicht weit, das müsste sie jetzt einsehen. Das hätte sie selbst schmerzlich erfahren. Sie will mich also nur schützen, und vielleicht hat sie ja recht.«

Mit Kunst kommt man nicht weit! Denkt Bea tatsächlich, sie sei eine Künstlerin? Sie hat mal zwei, drei Fincas eingerichtet oder bei der Wahl der Möbel beraten. Ist man dann schon Künstlerin? Beas Ego ist wirklich riesig, so riesig, dass man es wahrscheinlich vom Mond aus sehen kann.

»Es gibt ja noch was zwischen Kunst und BWL. Du musst einfach einen Beruf finden, der dir Freude macht. Den du magst. Ich glaube nicht, dass es Sinn macht, ein Studienfach nur wegen des Geldes zu wählen«, rate ich.

Einerseits. Andererseits fragt man sich bei manchen Fächern schon, wie die Leute damit später mal ihren Lebensunterhalt verdienen wollen. Und wäre mir nicht Jura bei Claudia auch lieber gewesen als die dubiose Körperpflege? Bin ich wirklich so cool, wie ich tue? Oder präsentiere ich mich hier so, wie ich gern wäre, aber insgeheim gar nicht bin?

»Was interessiert dich denn?«, erkundige ich mich.

»Medizin und Mode!«, lautet ihre Antwort.

Eine gewagte Mischung und in der Kombination kaum machbar.

»Das, was Claudia studiert, das mit der Kosmetik, finde ich auch gut. Oder was mit Medien. Oder mit Tieren.«

Das sind richtige Kleinmädchenträume. Ponys, Fernsehen, Nagellack, Fieber messen und Turnschuhe. Mode oder was mit Tieren. Medien! Klar klingt das alles aufregender als Verpackungsindustrie.

»Lach jetzt nicht, aber ich habe schon mal überlegt, ob ich Tiermode entwerfe. Für kleine hippe Hunde. Oder Katzen. Von Louis Vuitton gibt es süße Hundetaschen, dazu passende Capes und Jäckchen – das würde mir gefallen. Man könnte sogar was für Kleintiere machen. Für Hasen oder Meerschweinchen. Das ist 'ne echte Marktlücke, denke ich. Passende Halsbänder dazu und Leinen.

Kaschmir, Leder, einmal elegant, einmal cool. Für jeden Anlass was.«

Das ist die Alexa, die ich von früher kenne. Hundecapes passend zur Designerhundetasche. Meerschweinchenpullunder mit Markenlogo für die Marktlücke. Allein die Vorstellung von einem Meerschweinchen im Designerjäckchen! Oder in der Lässigversion mit Jeansjacke. Oder im Chanel-Look – rausgeputzt für den speziellen Anlass, zum Beispiel die Erstkommunion der Besitzerin. Das Gesicht von Paul möchte ich gern mal sehen, wenn sie ihm von diesem Berufswunsch berichtet.

»Na ja, das ist sicherlich eine Idee. Aber da wäre Medizin ja eher raus«, sage ich nur so neutral wie möglich. Ich versuche, nicht zu lachen.

Sie ist nicht mein Kind, ich habe keinen Erziehungsauftrag. Ich muss ihr zum Glück so einen unglaublich albernen Scheiß nicht ausreden. Außerdem will ich unsere ersten zarten Bande nicht direkt wieder durchtrennen. Allerdings muss ich jetzt an meine Raumdüfte – Cosy chill und Oxy – denken und frage mich, was wohl andere Menschen davon halten könnten? Sind die nicht auch alberner Scheiß? Sind Kaschmirpullunder für Hunde schlimmer als Raumerfrischer mit Keksduft für Menschen? Ist Herr Klessling, mein Chef, nicht auch erst milde belächelt worden? Und ist Alexa so gesehen, wie er, einfach nur ein Mensch mit Vision? Ahnt sie, wonach sich Menschen sehnen, die ansonsten alles haben?

»Ja, Medizin. Vielleicht könnte ich auch neue Kittel entwerfen und Hauben für die Chirurgie. Bunte Handschuhe. Oder Handschuh-Hauben-Sets.«

Das wird ja immer spezieller. Da hat wohl eine zu viele Arztserien gesehen. Dagegen ist es ja fast schon eine sichere Bank, als ehemalige Kunstgeschichtsstudentin ohne Abschluss, Fincas einzurichten.

»Ich dachte eher an traditionelle Medizin. Hautärztin oder Hals-Nasen-Ohren oder Chirurgin oder so«, werfe ich ein.

»Das ist leider alles ein bisschen eklig«, findet Alexa. »Mir wird schnell schlecht, wenn was eklig ist.«

»Wäre nicht Schiffsärztin was für dich? So wie Juan über die Meere reisen, da arbeiten, wo andere Urlaub machen?«, frage ich nach.

»Nur weil Wasser drumherum ist, wird es ja nicht weniger eklig«, bemerkt sie ziemlich clever.

»Du musst es ja nicht heute Nacht entscheiden. Vielleicht ist es wirklich eine gute Idee, ein soziales Jahr zu machen oder Work and travel. Einfach mal raus und in Ruhe überlegen.«

Sie seufzt. »Juan geht nächstes Jahr auf die MS Europa. Vielleicht kann ich dann da mitfahren und entspannt überlegen.«

Ich glaube nicht, dass der Aufenthalt an Bord der MS Europa als soziales Jahr gilt, auch wenn man mit Sicherheit von sehr vielen, sehr alten Menschen umgeben ist. Nach diesem »sozialen Jahr« hätte sie auf jeden Fall einen privaten Sozialfall, um den sie sich nach der Reise kümmern müsste. Ihren Vater. Einen einjährigen Aufenthalt auf der MS Europa zu bezahlen, würde Paul mit Sicherheit finanziell ruinieren.

»Du könntest auf dem Schiff arbeiten«, schlage ich vor.

»Ja, das könnte ich womöglich. Aber als was? Ich kann ja nicht navigieren oder so.«

Das ist typisch Alexa. Erst mal oben anfangen. Navigieren!

Dass auf einem Schiff auch geputzt wird, Betten gemacht werden, Gemüse geschnitten und gekellnert wird, das kommt ihr gar nicht in den Sinn. Es ist nicht deine Aufgabe, ihr das zu verklickern, denke ich nur. Man kann nicht in wenigen Tagen alles nachholen, was über Jahre hinweg versäumt wurde – das Verwöhnte steckt tief drin. Also sage ich nur: »Es ist noch Zeit. Eins nach dem anderen. Jetzt gehen wir erst mal schlafen. Heute Nacht muss niemand mehr irgendeine Entscheidung treffen.«

Ich bekomme eine etwas unbeholfene Umarmung, und wir gehen schlafen.

So langsam habe ich das Gefühl, mit Alexa und mir könnte es wirklich noch was werden. Aber so schnell wie die Zuneigung gekommen ist, kann sie auch wieder gehen. Ich darf nicht zu euphorisch sein. Teenager sind extrem wankelmütig. Wahrscheinlich bin ich nur in den Gesprächspartnerolymp aufgestiegen, weil Bea momentan schlechte Karten hat.

Bevor ich in die Kabine gehe, mache ich noch einen kleinen Abstecher in den Salon und ergattere noch etwas Brot, Tomaten- und Avocadomus für Paul. Vegane Ernährung hat einen sehr hohen Musfaktor: Bohnenmus, Kichererbsenmus, Mandelmus, Fruchtmus und sehr viel Avocadomus.

Paul schläft noch immer. Entweder hat er sich bei der

Weinprobe richtig abgeschossen, oder er hat tatsächlich ein enormes Schlafdefizit. Oder es ist die Mischung aus beidem. Paul arbeitet wirklich viel. Sehr viel. Ich glaube, er ist ein guter Arzt. Er nimmt sich Zeit für seine Patienten »Zeit, Andrea, die ich eigentlich nicht habe. In der Klinik muss immer alles schnell gehen. Je länger ich dort arbeite, umso weniger mag ich dieses Effizienzdenken. Vor allem, weil es um Menschen geht. Um kranke Menschen. Meistens Kinder.«

Ich lasse ihn schlafen und beschließe, noch mal in den Jacuzzi zu steigen.

Ich schlüpfe in meinen Lederbikini, ziehe einen Bademantel drüber und nehme einen Piccolo aus dem Kühlschrank. Es ist frisch draußen. Mehr als elf Grad werden es nicht sein. Gut, dass ich fünf Paar Sandalen dabeihabe!

Aber wäre es jetzt ganz anders, wenn ich nicht auf dem Rhein schippern würde? Wie viel mehr Glück könnten Palmen und Sandstrand bringen? Ist die Außentemperatur wirklich für die innere Betriebstemperatur entscheidend? In Nordeuropa leben nachweislich die glücklichsten Menschen. Das spricht dafür, dass Außentemperaturen überschätzt werden.

Ist es entscheidend, dass ich mit einer veganen Flusskreuzfahrt wahrscheinlich nicht ganz so gut angeben kann wie mit einer Karibikkreuzfahrt? Ich denke nein. Jedenfalls nicht wirklich. Außerdem: Wozu arbeite ich im Marketing? Ich kann sogar Raumdüfte verschachern. Wenn ich diese Kreuzfahrt promote, kann die Aida einpacken.

Ich lege den Bademantel ab und gleite schnell ins Wasser. Fünf Minuten später höre ich Stimmen. Ich rutsche noch ein Stückchen tiefer und lausche. Mist, das mit der Ruhe hat sich erledigt. Ich hoffe, es sind nicht Krankenschwester Geli und ihr Witzepapst. Die Stimmen kommen näher.

»Du wirst staunen, was ich unter Wasser alles kann«, sagt eine Männerstimme, und ich höre nur ein Kichern.

»Och, da ist ja schon jemand drin«, tönt es hinter mir.

Ich rutsche wieder hoch und sehe die kleine Vogelfrau, Frau Hendel. »Hallo, Karin«, sage ich nur.

Sie scheint verlegen. Der Mann an ihrer Seite ist ein sehr großer, schlaksiger Typ mit Schnauzbart und Glatze. Ein Typ wie der Gerichtsmediziner im Köln-Tatort. Nur schmaler. Ein Mit- bis Endfünfziger, der kurz grüßt und dann den Bademantel ablegt.

»Huch ist das kalt«, stellt er fest und steigt schnell in den Jacuzzi. Nackt. Alles an ihm ist lang und dünn. Alles. Sein Penis sieht fast wie ein Spargel aus.

Unverhohlen mustert er mich und ordnet dabei mit der einen Hand das, was normalerweise von einer Badehose bedeckt wird. Es ist die Kombination, die mich stört: Blick auf mich – Hand an die Spargelstange. Ich bin nicht verklemmt, aber das will ich nicht sehen.

Ich richte meinen Blick auf Karin, die immer noch mit zugeschnürtem Bademantel am Jacuzzirand steht.

»Wolfi, zu dritt im Jacuzzi, also ich weiß nicht. Das hatte ich mir anders vorgestellt. Das ist doch ein bisschen eng.«

Jetzt könnte ich sagen, dass ich eh raus will, aber erst will ich noch sehen, ob auch Klemmi-Karin, die sich wegen einer Damenunterhose wuschig macht, nackt ist.

»Karin, stell dich nicht an, mein Vögelchen. Komm rein in die Wanne!«

Er nennt sie Vögelchen. Ich bin anscheinend nicht die Einzige, die bei ihrem Gesicht sofort an einen kleinen Vogel gedacht hat. Es ist dieses Spitze in ihrem Gesicht. Ihr Mund hat etwas Schnabelhaftes. Alles läuft so nach vorne zu. Man wäre nicht verwundert, wenn sie Krümel vom Tisch einfach aufpicken würde.

»Ich geh eh gleich«, ermuntere ich Karin. »Ich will mich nur noch ein bisschen aufwärmen.«

»Schade!«, sagt Wolfi. »Zwei Frauen auf dem Rhein und dazu meine Wenigkeit. Zwei Hände, zwei Frauen – das hätte eine ganz, ganz spezielle Nacht werden können.«

Was bilden sich diese Kerle eigentlich ein? Ich dachte, der Veganer an sich wäre Typ aufgeklärter Mann. Denkt der ernsthaft, wir würden hier jetzt heiteres Erwachsenenwasserballett tanzen? Spargelstechen? Uah. Meine Gedanken könnten vom Niveau her locker mit Gerhards Witzen konkurrieren.

Karin ziert sich immer noch.

»Jetzt komm halt rein!«, fordert Wolfi sie noch mal auf.

Sie legt ganz langsam ihren Bademantel ab und bleibt einfach so – splitterfasernackt – einen Moment lang stehen. Wahrscheinlich um zu zeigen, dass sie vieles, aber ganz sicher nicht prüde ist. Sie hat – so würde es mein Sohn bezeichnen – ein Mördergestell. Wäre sie nicht so klein, sie könnte sofort als Model anfangen. Sie ist sehr schlank, aber nicht, wie ich dachte, knabenhaft schlank. Fett hat sie nur da, wo man gern ein bisschen Fett hat.

Sie sollte immerzu nackt gehen. Wenn vegan sein das gemacht hat, dann wäre eine nackte Karin die beste Marketingmaßnahme. Ich würde ab sofort nur noch Mus essen. Ihr Kopf wirkt, als sei er auf dem falschen Körper montiert. Der Körper ist jung und athletisch, aber nicht übertrieben durchtrainiert. Trotz Muskulatur, sogar sichtbarer Muskulatur am Bauch, strahlt der Körper etwas Anmutiges aus. Ihre Problemzone ist ihr Gesicht. Es sieht müde aus, abgekämpft, und es hat wenig Freundliches. Dieses Schnabelige. Pick, pick. Her mit den Krümeln. Wolfi scheint auch ziemlich beeindruckt. Er sitzt mir mit offenem Mund gegenüber. Offensichtlich hat es ihm die Sprache verschlagen. In aller Seelenruhe steigt Karin sehr grazil in den Zwergenpool.

Ich bin richtiggehend froh, dass Paul nicht hier ist. Der könnte bei diesem Anblick sehr traurig werden, dass er seine Verehrerin durch den Unterhosengau verloren hat.

»Ist dir nicht so langsam mal warm?«, fragt mich Karin nicht besonders freundlich.

»Ne, noch nicht so richtig. Bevor ich nicht ganz durchgewärmt bin, kann ich hier nicht raus. Man holt sich ja schnell mal eine Erkältung.«

Hätte sie ein bisschen netter gefragt, wäre ich wie ein Wiesel aus diesem Sprudelbad gehüpft.

»Würdest du vegan leben, hättest du keine Probleme mehr mit Erkältungen.«

Ich würde zu gern wissen, wie sie diese Bauchmuskeln herangezüchtet hat. Avocadomus kann das allein ja nicht gewesen sein.

»Machst du Sport?«, versuche ich, hinter das Geheimnis zu kommen.

»Ja, hast du doch gesehen. Yoga. Und ich laufe. Wieso, willst du noch trainieren gehen?«

Die kleine Karin kann richtig biestig sein. Ich bin überrascht. Sieht sie mich als Konkurrentin? Sie weiß doch, dass ich einen Mann habe. Denkt die ernsthaft, dieser Spargelmann käme für mich in Frage?

»Ist das etwa Leder?«, fragt sie dann empört und deutet auf meinen Bikini. »Mussten für diesen kleinen Fummel Tiere sterben,?«

Wenn ich das bejahe, brauche ich morgen die Kabine gar nicht mehr zu verlassen. Ich beschließe, einfach zu lügen: »Ne, Fake-Leder. Ich gehe doch nicht im Lederbikini auf eine vegane Kreuzfahrt! So blöd kann man doch nicht sein«, lache ich ein wenig verkrampft.

»Das wäre ja wohl auch der Hammer«, zischt Karin und guckt sehr streng.

»Gesünder ist es eh ohne alles«, behauptet Wolfi dann.

Das ist ja mal eine wirklich steile These. Seit wann ist Sitzen im Jacuzzi gesund? Egal ob mit oder ohne Bikini? Ich glaube, ich habe genug von den beiden. Ich überlasse ihnen mit großzügiger Geste den Piccolo, steige aus dem Jacuzzi und ringe mir sogar noch ein »Viel Spaß!« ab.

»Der sieht aber verdammt nach Leder aus, der Bikini!«, ruft mir Karin noch hinterher.

Ich würde ihr am liebsten den Piccolo wieder abnehmen, der Pissnelke, aber auch sehr gern wissen, was jetzt hier zwischen Vögelchen und Spargel abgeht. Aber, ermahne ich mich, es ist ja nur ein Piccolo, und so spannend kann es dann auch nicht sein.

Eins muss man Karin lassen: Akquisetechnisch ist sie top. Kaum drei Tage an Bord, schon hat sie sich einen angelacht. Aber wie hat meine Mutter früher immer gesagt: Das Finden ist nicht die Kunst, das Behalten ist es. Aber wer weiß, vielleicht ist Karin ja gar nicht mehr auf die lange Strecke aus. Vielleicht tendiert sie ja zu häufigen, abwechslungsreichen Kurzstrecken und findet die lange Strecke nur noch öde?

Paul wacht auf, als ich die Kabine betrete. Verschlafen schaut er mich an. »Oh. Ich war echt verdammt müde. Entschuldige, ich glaube, ich habe den Abend glatt verpennt.«

Das könnte man so sagen. »Kein Problem. Alexa und ich hatten es sehr nett zusammen.«

»Ironisch oder wirklich?«, will er wissen.

»Wirklich. Ich glaube, so langsam kriegen wir einen Draht zueinander.«

Er lächelt. »Das ist toll! Genau deshalb wollte ich mit euch beiden zusammen verreisen. Das freut mich total!« Mindestens genauso erfreut ist er über das Essen, das ich ihm besorgt habe.

Ich schlüpfe leicht verfroren in meinen Hausanzug. Warm und kuschelig ist er wirklich, ich bin froh, ihn dabeizuhaben, aber lange habe ich ihn allerdings nicht an. Und auch darüber bin ich dann wieder froh.

Beim Einschlafen denke ich nur noch:
5 von 5 Sternen

6

Heute steht Köln auf dem Programm.

Wieder blasse Wurst und blasser Käse beim Frühstück. Ich nehme Bauchmuskel-Avocadomus und komme mir schon wie eine richtige Veganerin vor. Ich beschließe, wirklich sehr viel weniger Fleisch zu essen. Nicht nur wegen Karins Figürchen – aber auch.

Alexa sitzt an der Bar und schmachtet den Kapitän in spe an. Eine halbe Stunde später gesellt sie sich zu uns.

»Juan findet deinen Bikini echt chic«, grinst sie mich an.

Woher kennt der denn meinen Bikini?

»Er hat euch gesehen, heute Nacht. Er hatte ja Dienst auf der Brücke. Da ging's ja richtig ab in diesem Jacuzzi.«

»Nicht, als ich dabei war«, antworte ich schnell, als ich Pauls fragendes Gesicht sehe. »Deine Hähnchen-Karin hat sich ratzfatz über deinen Verlust hinweggetröstet. Schade für dich – sie hat eine Bombenfigur.«

»Echt?«, wundert sich Paul.

Bei den meisten Frauen kann man sich ja so ungefähr denken, was unter den Klamotten stecken könnte. Bei Karin allerdings kann man zwar sehen, dass sie schlank ist, aber das Ausmaß an Perfektion lässt sich nicht im Mindesten erahnen.

»Das hat Juan auch gesagt: ein Körper, der locker mit dem von Sylvie Meis mithalten kann.«

Bei mir ist der Bikini schön, bei Karin der ganze Rest.

Tja, man muss der Realität ins Auge sehen. Paul guckt schon wieder fragend.

»Die Meis, das ist die kleine Holländerin, die mal mit dem Van der Vaart zusammen war und jetzt *Let's dance* moderiert. Die sich so einen totalen Zickenkrieg mit der Nachfolgerin geliefert hat.« Alexa googelt ein Bild und hält es ihrem Vater unter die Nase: »Da. Die ist das. Die musst du doch kennen. Die macht so Unterwäschereklame. Ihre beste Freundin hat sich den Van der Vaart geschnappt. Aber das ist nicht lange gutgegangen.«

Er kennt sie nicht und ist auch nicht sonderlich beeindruckt. »Ja, hübsch«, lautet sein Kommentar.

Ob ein schnödes Hübsch die Mühe wert ist, die diese Frau mit Sicherheit auf Körper und Gesicht verwendet?

»Also jedenfalls hat es diese Karin, das Sylvie-Meis-Body-Double mit irgendeinem Typ im Jacuzzi richtig doll krachen lassen. So doll, dass Juan die beiden ermahnen musste und auf die Kabine geschickt hat. Das hat schon an Ruhestörung gegrenzt hat, hat er nur gesagt. Und dass Karin sehr gelenkig ist.«

Spargelsex. Eben kennengelernt – schon den Whirlpool aufgewirbelt. Karin scheint keine Frau zu sein, die Zeit verschwendet. Aber warum eigentlich nicht? Worauf sollte sie warten? Kann man sich in unserem Alter nicht mal über Konventionen, über dieses Das-macht-man-doch-nicht hinwegsetzen? Hat sie nicht eigentlich recht? Warum warten und, vor allem, worauf? Dass er sich erst unsterblich verliebt? Die Kreuzfahrt dauert nur eine Woche, und da macht es Sinn, nicht zu viel Zeit mit romantischem Geplänkel zu verschwenden, vor allem, wenn man was ganz anderes sucht. So oder so, die beiden sind erwachsen und können tun und lassen, was sie wollen.

»Ich finde das ein bisschen eklig, und auch voll peinlich. Ich würde auf keinen Fall mehr in diesen Jacuzzi gehen, nachdem, was ich da gehört habe«, regt sich Alexa auf.

»Egal, was Menschen da drin treiben, diese heißen Jacuzzis sind immer eine Mordskeimquelle. Ich will dir gar nicht sagen, was man sich da alles holen kann. Vor allem nicht jetzt beim Frühstück. Ich sage nur Fäkalien, Hautschuppen und so weiter«, referiert Paul.

»Uah, Papa, das ist ja megaeklig. Hör auf.«

Wir verbringen den Tag in Köln. Haben den Ausflug *Veganes Köln* gebucht, da wir alle die Stadt ansonsten schon kennen. Leider sind die Restaurants, die veganen Restaurants jedenfalls, noch geschlossen. Wir bewundern sie von außen. Highlight des Trips: ein Käse in einem Vegansupermarkt, der aussieht wie Käse und schmeckt wie Käse. Die Gruppe ist in Ekstase. Was für eine Entdeckung! Es wird eingekauft wie verrückt, obwohl der Käse nicht gerade ein Schnäppchen ist. Aber im Urlaub sitzt das Geld ja bekanntlich lockerer. Was der Pauschaltourist in eine Fakehandtasche investiert, steckt der vegane Kreuzfahrer in den Fakekäse. Begierden sind eben unterschiedlich.

Karin ist nicht dabei. Der Spargelmann auch nicht. Wahrscheinlich verbringen die beiden den Rest der Reise in der Kabine. Nur keinen Neid, Andrea, denke ich, du hast in dieser Hinsicht keinen Grund zu klagen. Habe ich wirklich nicht. Was mich an Paul immer genervt hat, dieses Missionarische in Ernährungsfragen, ist auf dieser Reise erstaunlich gemildert. Wahrscheinlich weil er sich selbst so viel Belehrung anhören muss.

Heute hat ihn sich eine Rentnerin in kanariengelber Baumwollstrumpfhose zur Brust genommen. Sie hat ihm auf ihrem Handy Kälbchengeschrei vorgespielt. Schreckliches Kälbchengeschrei.

»Und warum schreien diese wunderbaren Tiere?«, hat sie ihn gefragt, und er hat direkt schuldbewusst geguckt. »Weil Sie, ja, Männer wie Sie, ihnen die Milch wegtrinken!«

»Ich hab verstanden«, hat er nur noch gesagt und mir dann leise flüsternd vorgeschlagen, uns unauffällig von der Gruppe abzusetzen.

Alexa will weiter dabeibleiben. »Juan hat gesagt, dass ich auf diesem Ausflug echt was lernen kann«, sagt sie nur.

Ich bin immer wieder erstaunt, was Männer bei Frauen bewirken können. Haben sie einen solchen Einfluss verdient? In diesem speziellen Fall ist er ja durchaus positiv, aber oft genug machen wir Frauen uns ja auch zum Affen. Nur um zu gefallen. Das Gefall-Gen bei Frauen ist einfach immens groß. Wir täuschen Interesse vor, lachen wie Geli über beschissene Witze und hocken vor Sportsendungen, die uns nicht die Bohne interessieren. Manche nennen es Kompromiss. »Beziehungen ohne Kompromisse funktionieren eben nicht«, sagen diese Frauen. Ja und nein. Beidseitige Kompromisse ja – einseitige nein.

Wir sind doch nicht geboren, um die Herren bei Laune zu halten.

Paul und ich setzen uns in ein Café, und ich trinke – wenigstens mit latent schlechtem Gewissen – einen Cappuccino. Ich habe direkt Angst, von der Kälbchenrentnerin gestellt zu werden.

»Scheiße! Ach du Scheiße!«, sagt Paul plötzlich und stiert auf sein Telefon. »O mein Gott!« Wortlos schiebt er mir sein Handy hin.

Eine Nachricht von Bea. *Hoffe, ihr habt es schön, Alexa und du. Ich hatte einen Unfall. Liege im Krankenhaus, weiß noch nichts Genaues. Kann nicht telefonieren. Sag der Kleinen nichts. Sorgt euch nicht!*

Diese Frau schafft es selbst vom Krankenbett aus, noch unverschämt zu sein: Hoffe, ihr habt es schön, Alexa und du. Was für eine Kackbratze! Sie muss mir ja keine schönen Ferien wünschen, sie muss mir keine Grüße ausrichten, aber mich einfach zu ignorieren, das ist schon dreist. So schlimm ist es ja wohl nicht, wenn sie unterschwellig noch so fies sein kann, denke ich, ermahne mich aber sofort. Sie hatte einen Unfall. Sie ist im Krankenhaus. Mitleid, nicht Wut, wäre die angemessene Reaktion.

»Oje. Die Arme«, sage ich deshalb und schäme mich ein bisschen für meine bösen Gedanken. Diese Frau bringt Seiten in mir zum Vorschein, die ich selbst nicht mag.

Da kommt auch schon die nächste Nachricht, die Paul mir direkt vorliest: »Auto ist hin. Sie haben mich mit der Rettungsschere rausgeschnitten. War nicht bei Bewusstsein. Wird schon.«

Rettungsschere. Das hört sich wirklich sehr schlimm an. Ohne Bewusstsein. Mir wird angst und bange. Paul ist total geschockt.

Mein Kopf ist in einem Gestell, die Ärzte sagen, ich muss so liegen, ist die nächste Nachricht.

»Andrea, was machen wir jetzt?«, fragt mich mein total verunsicherter Freund.

»Frag, ob wir was tun können.«

Paul tippt sofort los: *Was kann ich machen? Brauchst du Hilfe? Ist Heinz da?*

Heinz ist nicht da. Man kann eh nichts machen, nur abwarten. Wegen des Rückens. Alles ist fixiert. Es tut weh, antwortet sie prompt.

Das klingt nun wirklich dramatisch.

Paul sagt immer nur: »O mein Gott, o mein Gott.« Schnell schreibt er zurück: *Dein Arzt soll mich anrufen! Dringend. Soll ich kommen? In welchem Krankenhaus bist Du?*

Später. Schmerzen, lautet die knappe, aber prompte Antwort, und wir sitzen da und warten.

»Was machen wir jetzt?«, frage ich meinen Liebsten.

»Ich muss da hin, das bin ich ihr schuldig. Ich kann nicht hier sitzen und Kaffee trinken, später Linsenbällchen essen, und sie kämpft um ihr Leben. Wenn ich einen Arzt sprechen könnte, na ja, dann könnte ich die Lage besser einschätzen. Aber Rettungsschere und ohne Bewusstsein klingt nicht vielversprechend.

»Sollen wir Alexa anrufen?«, frage ich.

Sollte ein Kind nicht wissen, was mit seiner Mutter los ist?

»Auf keinen Fall, Andrea. Nichts überstürzen. Sie ist ein sehr sensibles Kind. Erst checke ich die Lage. Man muss sie nicht unnötig verunsichern.«

Wahrscheinlich ist es am vernünftigsten so.

»Aber was genau tun wir jetzt?«, will ich wissen.

»Wenn ich das wüsste. Eigentlich würde ich am liebsten sofort losfahren und mich kümmern. Es ist einfach wichtig, dass jemand da ist. Und ich bin vom Fach, da ist das gleich ganz was anderes.«

Kaum hat er das gesagt, kommt eine neue Nachricht. *Lass nur. Macht euch einen schönen Urlaub. Hoffentlich bis nach dem Urlaub!*

»Schau dir das an«, schnieft Paul jetzt. »So ist Bea. Sie will, dass wir weiter einen schönen Urlaub haben. Sie ist eben tief drinnen nicht so egoistisch, wie es manchmal scheint.«

Nein, das glaube ich jetzt eher weniger, äußere diese Bedenken aber natürlich nicht. Wenn sie gewollt hätte, dass wir weiterhin einen unbeschwerten, schönen Urlaub haben, hätte sie sich gar nicht erst gemeldet. Sie kennt Paul gut genug, um zu wissen, dass ihn eine solche Nachricht wahnsinnig macht. Dass er sich hilflos und schlecht fühlen wird. Was sie allerdings nicht weiß, ist, dass wir gar nicht weit weg sind. Sie wähnt uns in der Karibik. Was sollten wir jetzt, unter Palmen sitzend, mit dieser Information anfangen? Oder an Deck eines Schiffes mitten auf dem Ozean?

»Ich muss da hin, gerade jetzt. Sie hat doch niemanden sonst.«

Das war's dann wohl mit dem Urlaub. Natürlich muss

er hin. Das leuchtet selbst mir ein. Vor allem hätte ich unter diesen Umständen eh keinen Spaß mehr. Und tatsächlich habe ich Mitleid mit ihr. So etwas hat niemand verdient. Na ja – fast niemand. Aber sie nun wirklich nicht. Was wäre, wenn es Christoph wäre? Mein Ex? Ich würde auch keine ruhige Minute mehr haben.

»Dann lass uns aufs Schiff zurückgehen und packen und dann heimfahren. Wir können ein Auto mieten. Von Köln nach Frankfurt sind es ja nicht mehr als zwei Stunden«, versuche ich etwas Konstruktives zum Thema beizutragen.

»Aber was machen wir mit Alexa?«, fragt mich Paul.

»Wir fahren ins Krankenhaus, checken die Lage und sind morgen beim nächsten Halt wieder zurück an Bord. Wir sagen, es ist was mit meiner Mutter. Das wird sie nicht hinterfragen. Da ist ja ständig was. Wenn es sehr schlimm steht, was ich nicht hoffe, holen wir Alexa ab. Oder sie könnte, rein theoretisch, auch bis Amsterdam mitfahren und dann mit dem Zug nach Hause kommen«, schlage ich vor.

»Was würde ich bloß ohne dich machen!«, mit diesen Worten zieht mich Paul zu sich heran und gibt mir einen Kuss. Ich habe ein implantiertes Krisen-Gen, bin also in Notfällen gut zu gebrauchen.

Zwanzig Minuten später sind wir schon in der Kabine, und ich packe die Koffer. Paul ruft Alexa an und schildert ihr die angebliche Lage.

»Kommst du allein zurecht, Hase?«, will er wissen. »Oder willst du lieber mit uns kommen? Wenn alles glattläuft, sind wir morgen Abend wieder da. Oder ich hole dich in Amsterdam ab, oder du setzt dich da in den Zug!«

Alexa ist schockiert, bietet ganz lieb an mitzukommen um uns zu unterstützen, würde aber auch sehr gern auf dem Schiff bleiben. Das hätte ich Paul auch vorher sagen können.

»Können wir die mit diesem Juan hier tatsächlich alleine lassen?«, sorgt er sich noch kurz.

»Was, außer Sex, könnte passieren?«, frage ich zurück.

Ich bin noch immer nicht sicher, ob es richtig ist, Alexa nicht die Wahrheit zu sagen. Wäre ich sie und würde ich das später rauskriegen, wäre ich verdammt sauer.

»Sex?«, Paul guckt entsetzt.

»Paul, sie ist sechzehn! Das wird, wenn, sicher nicht das erste Mal sein.«

»Sollte ich vorher noch ein Vater-Tochter-Gespräch führen?«, erkundigt er sich unsicher.

»Das Zeitfenster hast du, wenn du es bisher noch nicht getan hast, definitiv verpasst! Sorg dich nicht. Die ist ganz schön gewieft und lässt sich nicht so schnell um den kleinen Finger wickeln. Die weiß, was sie tut und was nicht. Nach unserem Frühstücksbakteriengespräch wird sie es jedenfalls nicht im Jacuzzi tun!«

Er rollt mit den Augen. »Wenn du meinst, dann ist es ja gut.«

Wir regeln alles auf dem Schiff, umarmen Alexa, und zwei Stunden nach der ersten Nachricht von Bea sitzen wir in einem himmelblauen Fiat 500, dem letzten verfügbaren Mietwagen, und rauschen über die A3.

Ich habe auf Pauls Geheiß hin noch drei Nachrichten an Bea geschrieben. Er fährt, so schnell das mit einem Fiat 500 und 68 PS eben geht, diktiert, und ich tippe in sein Handy: *Bitte melde dich. Sag mir, wo du liegst. Lass mich mit einem Arzt sprechen.*

Die einzige Nachricht, die von ihr noch kommt, lautet: *Klinik. Müde. Werde sediert. Kann nicht mehr schreiben.*

Paul überlegt, was mit Bea sein könnte. Er ist zutiefst beunruhigt: »Bea könnte im Rollstuhl nicht leben. Sie ist eine so bewegungsfreudige Frau. Sie hat mal vor Jahren gesagt, dass sie sich lieber umbringen würde.«

Das finde ich nicht bewegungsfreudig, sondern saublöd. Was für ein Satz. So etwas sagen Menschen nur im Zustand herrlichster Gesundheit. Ich glaube, dass man im Fall der Fälle sehr viel stärker am Leben hängt, als man sich vorstellen kann.

»Beruhig dich, Paul, so nützt du ihr gar nichts. Vielleicht ist alles gar nicht so schlimm, oder sie hat was missverstanden. Manchmal sehen Dinge ja zunächst sehr viel dramatischer aus.«

»Es tut mir leid«, sagt Paul plötzlich, »wegen der Kreuzfahrt. Es tut mir leid. Es war dein Geschenk. Du hättest auf dem Schiff bleiben sollen. Dass ich dir das zumute. Bea ist nun wirklich nicht dein Problem.«

Das ist ein kleiner Irrtum. Bea ist schon seit langem mein Problem, in diesem Fall aber, bin ich wirklich in Sorge. Um Bea, um Paul und auch um Alexa. In einem solchen Fall habe ich meine oft schäbigen Gedanken im Griff.

»Dann hätten wir aber die Ausrede mit meiner Mutter

nicht vorbringen können. Was soll Alexa denn denken, wenn es meiner Mutter schlecht geht und nur du hinfährst und ich weiter fröhlich im Jacuzzi plantsche. Da hätte ich sicherlich nicht auf dem Schiff bleiben können. Ich wäre aber sowieso nicht geblieben. Glaubst du, ich kann veganen Sekt picheln, während du dich vor lauter Sorgen verrückt machst? Ich bin die Frau an deiner Seite. Auch und gerade, wenn es dir nicht gutgeht. Kreuzfahrt hin oder her. Ich liebe dich. Und jetzt keine Dankesreden mehr. Das ist selbstverständlich.«

Er sagt es trotzdem: »Danke!«

Wir brauchen zwei Stunden und fünfzehn Minuten bis zur Uniklinik in Frankfurt. Paul zieht, entgegen seines Naturells, nicht mal einen Parkschein. Wir hasten zum Empfang.

»Paul Angelsteiner. Hallo, guten Tag, ich muss wissen, wo meine Frau, also Exfrau, Bea Angelsteiner, liegt. Ich nehme an, Unfallchirurgie. Wahrscheinlich Intensiv«, verliert Paul keine Zeit.

»Ma langsam, der Herr. Wie war der Name?«

»Angelsteiner. Wie die Angel und der Stein und er dran.«

»Ham wir nicht, Angelstein.«

»Angelsteiner!«, brüllt Paul jetzt fast. »So schwer ist der Name ja nun auch wieder nicht.

»Sie müsse net schreie, ich höre sehr gut, und ich möchte auch nicht so behandelt werden. Wir haben weder Angelstein noch Angelsteiner. Noch Gerolsteiner. Überhaupt nix mit Angel. Oder Steiner.«

»Entschuldigung«, presst Paul hervor, »ich bin sehr angespannt. Sie ist gestern reingekommen, mit dem Rettungswagen, schwerer Autounfall, ich bin auch Arzt«, redet Paul weiter.

»Wenn Sie auch Arzt sind, dann sollten Sie wissen, dass das hier die Uniklinik ist und wir täglich massenweise Rettungswagen haben, die uns anfahren.«

»Vielleicht hat sie unter ihrem Mädchennamen eingecheckt«, schlage ich vor.

»Was wäre ich ohne dich!«, ruft Paul begeistert. »Potatsch, Bea Potatsch. Beate Potatsch. So ist es korrekt. Der richtige Name.«

»Na, das ist ja 'ne komplett andere Baustelle, Potatsch«, er muss sich sichtlich ein Lachen verkneifen. »Ne, das wär mir auch aufgefallen. Potatsch, das habe ich ja noch nie gehört. Ham wir nicht. Kein Potatsch und auch sonst kein Tatschi.«

Kein Wunder, dass Bea noch so heißt wie Paul. Bea Angelsteiner hört sich erheblich besser an als Beate Potatsch. Potatsch. Was macht so ein Name mit einem?

»Sind Sie ganz sicher, Potatsch. Mit kurzem O, nicht wie der Po, sondern wie der Pott«, fragt Paul noch mal nach. »Hundert Prozent sicher?«

»Ganz sicher. Kein Angelsteiner, kein Potatsch. Ich habe die Listen hier drin im Computer. Und lesen kann ich.« Jetzt ist der Mann am Empfang – Herr Bade steht auf seinem Schild – schon fast beleidigt.

Man merkt, dass Paul es nicht glauben will. »Dann fahren wir nach Höchst, dann muss sie in Höchst sein«, sagt Paul nur, und ich bedanke mich bei Herrn Bade.

»Das hat doch keinen Sinn, dass wir jetzt die Krankenhäuser abklappern. Es muss doch irgendwo vermerkt sein, also zentral vermerkt sein, wer wo liegt. Bei einem Unfall weiß doch auch die Polizei Bescheid.«

»Da hat Ihre Frau recht!«, brummt Herr Bade aus seinem Glaskasten heraus.

»Dann fahren wir jetzt zur Polizei«, sagt Paul. »Erst zur Polizei und dann ins Unfallkrankenhaus nach Seckbach.«

»Wie wäre es, wenn wir anrufen?«, wende ich ein.

Schon wählt Paul die 110. Es dauert einen Moment, bis Paul dem Polizisten am anderen Ende der Leitung die Lage geschildert hat. Ich höre nur, was Paul sagt: »Aha. Hmmh. Können Sie da nicht mal eine Ausnahme machen. Hm. Ach so. Und wenn ich Sie sehr bitte. Ah. Verstehe. Gut. Dann nicht.« Er legt auf.

»Sie haben eine Schweigepflicht. Er darf nicht reden. Aber er hat gesagt, es gab einige Unfälle, und die Krankenhäuser geben Auskunft, wenn man nach einem konkreten Namen fragt.«

Die nächste Stunde verbringen wir in einer Cafeteria auf dem Uniklinikgelände am Telefon. Rufen in allen Krankenhäusern in Frankfurt an. Ein mühseliges Geschäft. Unglaublich, wie viele Krankenhäuser es in einer einzigen Stadt gibt.

Zwischendrin schreibt Paul immer wieder an Bea. *Wo bist du? Melde dich!«*

In allen Kliniken dieselbe Antwort. Keine Frau Potatsch und auch keine Frau Angelsteiner. Keine Bea, keine Beate.

»Ich fühle mich beschissen, so hilflos! Sie kämpft um ihr Leben, und ich sitze hier rum«, konstatiert Paul frustriert zwischen zwei Telefonaten.

»Ruf halt mal bei Bea an. Vielleicht geht ja jemand vom Pflegepersonal dran«, schlage ich vor.

Er probiert es. »Nur die Mailbox. Ich werd verrückt. Lass uns zu mir in die Klinik nach Höchst fahren, die werden mir sicherlich irgendwie helfen können. Außerdem werde ich vom Hier-Rumsitzen verrückt.«

Ich willige ein, obwohl ich es klüger finde, erst mal überall anzurufen. »Ruf doch einen Kollegen an, von eurer Unfallstation, der wird doch was sagen können«, versuche ich, Paul zu überzeugen.

»Bis ich da einen am Telefon habe, bin ich schon da. Ich muss was tun. Auch wenn es blinder Aktionismus ist.«

Ich kann ihn verstehen. Manchmal tut man Dinge, die nicht unbedingt sinnvoll sind, nur um einfach irgendwas zu tun. Wenigstens irgendwie zu agieren gibt ein besseres Gefühl.

»Außerdem haben wir guten Kaffee in unserer Klinikkantine«, beschwört er mich.

Und für einen guten Kaffee fahre ich auch gern mal quer durch die Stadt.

Eine halbe Stunde später sind wir in Höchst am Klinikum.

An der Klinikrezeption ein strahlendes Gesicht. »Herr Doktor! Herr Doktor Angelsteiner, ich dachte Sie seien noch im Urlaub. Wie schön, Sie zu sehen.« Die Empfangsdame nickt mir zu.

»Hallo, Frau Heil, gut sehen Sie aus. Also, meine Exfrau hatte einen Unfall. Sie muss irgendwo in Frankfurt in einer Klinik liegen. Hier oder sonstwo. Können Sie mal gucken, Frau Heil? Ich bin ziemlich besorgt.«

»Ach du je, das ist ja furchtbar. Natürlich kann ich gucken. Sie Armer, Sie.«

»Angelsteiner oder Potatsch. Bea oder Beate«, gibt Paul weitere Infos. »Das hätten wir gleich machen sollen!«, wendet Paul sich an mich. »Ich hätte erst denken, dann handeln sollen. Das war bescheuert.«

Es dauert. Frau Heil – ein schöner Name für eine Frau, die an der Klinikrezeption arbeitet, bestimmt hat er die Einstellung begünstigt – lässt sich noch mehrfach Potatsch buchstabieren.

»Wie der Po und tatschen geschrieben, aber nicht gesprochen. Kurzes o, wie der Pott, nicht wie der Po«, erklärt Paul, und Frau Heil bemüht sich sichtlich, nicht zu grinsen.

Die arme Bea. Mit dem Namen hat sie sich garantiert schon einiges anhören müssen. Wenn es denn beim Hören geblieben ist. Potatsch ist ja als Name fast schon eine Aufforderung.

»Nichts, Dr. Angelsteiner, nichts. Nicht mit dem Po-Namen und nichts unter Angelsteiner. Nichts in Frankfurt. Keine Rettungswagenlieferung mit diesem Namen. Nicht hier und auch sonst nirgends.«

»Seltsam«, sagt Paul nur und runzelt die Stirn. »Können Sie auch die umliegenden Orte checken? Offenbach, Rodgau, Darmstadt und vielleicht auch die Taunusgegend?«, bittet Paul Frau Heil. Sie lächelt und nickt artig. So, wie die guckt, könnte er sie noch um sehr viel mehr bitten. Ich lege meine Arme um Paul, einfach um mal eben die Besitzverhältnisse zu klären. In einem solchen Moment natürlich irgendwie albern und kleinkariert. Trotzdem – sicher ist sicher. Nur damit Frau Heil weiß, dass es außer der Exfrau auch noch eine aktuelle Frau gibt.

»Ich rufe die Leitstellen an, Dr. Angelsteiner. Wenn Sie solange in der Cafeteria warten wollen?«

»Danke, Frau Heil, Sie haben was bei mir gut!«

Kaum sitzen wir, ruft er wieder bei Bea an. Nichts, nur die Mailbox.

»Probiere es doch mal bei ihr zu Hause, vielleicht ist Heinz inzwischen da oder eine Freundin oder so. Sie hat doch 'ne Katze, da muss doch jemand ab und an in der Wohnung sein! Irgendwer wird doch Bescheid wissen«, mache ich einen weiteren Vorschlag. »Na ja, probieren schadet ja nichts«, sagt er und wählt.

Ich höre mehrfach das Freizeichen und dann: »Angelsteiner, hallo hier ist Bea«. Und dann nur noch Wortfetzen. Aber eins kann ich sehen: Paul steht kurz vor der Explosion.

»Du brauchst dringend Hilfe. Aber nicht von mir«, ist das Letzte, was er sagt, bevor er auflegt.

Fünf Minuten später ist die Welt eine andere.

Bea hatte keinen schweren Verkehrsunfall. Bea liegt daheim auf der Couch, und ihr war langweilig. Und sie war sauer, dass sie sich langweilt und wir uns amüsieren. Auch noch mit ihrer Tochter. Da hat sich Bea gedacht, mit einem kleinen Schrecken könnte sie uns die gute Laune verderben. Na ja, und dann kam eins zum anderen. Unfall, Rettungsschere, Bewusstlosigkeit, Kopf im Gestell. Es hat sich verselbständigt. Ende vom Lied: Bea hat sich alles nur ausgedacht. So die Kurzzusammenfassung von Paul, der so fassungslos ist, dass er noch nicht mal richtig ausrasten kann.

Blass und bebend vor Zorn, sagt er: »Die Frau ist für mich erledigt. Was um alles in der Welt soll so etwas? Wie krank muss man sein, um so zu agieren? Dagegen ist ein Aufmerksamkeitsdefizitsyndrom ja ein Scheiß. Das ist psychotisch. Neurotisch ist das. Krank auf jeden Fall. Ist ja nicht meine Fachrichtung. Aber da besteht definitiv Handlungsbedarf. Eigentlich müsste man sie direkt einweisen. Stell dir vor, wir wären aus der Karibik zurückgeflogen? Stell dir vor, ich hätte Alexa informiert! Die Angst, die sie gehabt hätte. Angst um ihre Mutter. Das hätte ich niemals von Bea gedacht. Rettungsschere!« Er holt tief Luft. »Es tut mir so leid, dass wir Hals über Kopf abgefahren sind, Andrea. Alles nur wegen dieser bekloppten Frau, mit der ich tatsächlich mal zusammen war.« Er schnaubt.

Es ist wirklich verrückt. Aber irgendwie auch schon wieder so verrückt, dass ich lachen muss. »Ach, was soll's, zum Glück ist sie gesund, und eins ist klar, sie hat eine Menge Phantasie.«

Oh, wie vernünftig und gelassen ich sein kann. Vor allem dann, wenn andere kurz vor dem Ausflippen sind. So in Rage habe ich Paul noch nie gesehen.

»Am liebsten würde ich hinfahren und ihr eine knallen. Ich weiß nicht, ob ich jemals wieder einen Satz von ihr ernst nehmen kann. Ich weiß nicht, ob ich ihr das je verzeihen kann. Ihr je wieder glauben kann.«

»In zehn Jahren lacht ihr drüber«, will ich ihm etwas Versöhnliches anbieten. Dann fällt mir ein: »Solltest du nicht deiner Frau Heil vom Empfang sagen, dass sie ihre Bemühungen einstellen kann?«

»Du hast recht«, sagt er und macht sich in Richtung Empfang auf.

Statt auf einem Kreuzfahrtschiff nach Amsterdam zu schippern, sitze ich in einer Krankenhauscafeteria. Kurz habe auch ich den Impuls, Bea eine zu knallen. Oder zwei. Oder drei. Die spinnt ja nun echt total.

Was hat sie erwartet? Dass wir verzweifelt beim Piña-Colada-Trinken überlegen, wie man ihr helfen könnte? Dass wir uns unruhig auf den Sonnenliegen hin und her rollen und uns kein bisschen entspannen können, weil wir immerzu an die arme Bea denken? Wahrscheinlich hat sie gar nicht besonders viel gedacht. Wollte schlicht Aufmerksamkeit. Dass Paul direkt kommt, hat sie wahrscheinlich nicht beabsichtigt. Davon will ich jedenfalls mal wohlwollend, so wohlwollend, wie man in einem solchen Fall sein kann, ausgehen. Sie wollte uns einfach nur den Urlaub versauen. Wollte sich reindrängen, wollte bedacht werden. Sie konnte ja relativ sicher sein, dass ihr kleines Lügenmärchen nicht rauskommen würde. Das, was jetzt passiert ist, war nicht ihre Absicht. Sie war ja davon ausgegangen, dass unüberwindbare Weltmeere zwischen ihr und uns liegen würden. Aber hätte sie, als eine Frau, die Paul mehr als gut kennt, nicht ahnen müssen, wie er reagiert?

Wirklich Verständnis für diese Aktion kann ich nicht aufbringen. Das hat tatsächlich etwas Krankes. Das ist mehr als nur eine klitzekleine Schwindelei. Das werden wir Alexa keinesfalls erzählen dürfen. Vor allem nicht im Moment, wo ihr Verhältnis zu Bea sowieso ein wenig angeschlagen scheint. Natürlich könnte ich es ihr erzählen, um unser neues Bündnis zu festigen. Aber so charakterschwach bin ich dann doch nicht. Das wäre fast schlimmer als das, was Bea gemacht hat. Einerseits. Andererseits: Wäre sie nicht selbst schuld an dem, was dann passiert? Ich glaube, sie wird so oder so in nächster Zeit sehr, sehr kleinlaut sein, und man tritt nicht auf das, was am Boden liegt. Es wäre die perfekte Gelegenheit, aber der Anstand verbietet es.

Mein Handy brummt.

Wie geht es Deiner Mutter?, schreibt Alexa.

Mir wird richtiggehend warm ums Herz, weil ich so langsam begreife, was Paul an diesem Kind so liebt. Sie kann wirklich nett sein. Und aufmerksam. Ich werde ihr auf keinen Fall verraten, was ihre Mutter da für eine peinliche Nummer abgezogen hat.

Danke der Nachfrage. Alles soweit ganz gut. Wir melden uns später. Hoffen, Du hast Spaß!

Ich überlege, ob ich Kuss drunterschreiben soll, entscheide mich aber für Umarmung. Nie übertreiben, Andrea, nie übertreiben. Zarte Pflänzchen sind schnell hinüber. Man kann sie auch zu viel wässern.

Als Paul zurückkommt, sieht er richtig mitgenommen aus: »Ich kann das immer noch nicht kapieren. Ich bin total von der Rolle und frage mich wirklich, was in dieser Frau vorgeht. Was sollte das? War ganz schön peinlich, bei Frau Heil zu behaupten, das Ganze wäre ein Missverständnis gewesen. Ich glaube, die hat gedacht, ich ticke nicht ganz richtig. Dabei, wenn einer nicht ganz richtig tickt, dann bin das sicherlich nicht ich. Wie kann Bea nur so was machen? Sollte ich sie besser einliefern lassen?«

Ich nehme ihn in den Arm und sage: »Hör auf zu grübeln. Ich meine, das können Menschen, die glücklich und zufrieden sind, nicht verstehen. Das ist sehr krank und auch sehr traurig. Sei nicht zu böse auf sie. Vielleicht muss sie echt mal zu einem Psychologen.« Ich küsse ihn.

»Ohne dich wäre ich durchgedreht«, haucht er, und ich denke nur: Ohne mich hätte sie das gar nicht getan. »Was nun?«, will er wissen. »Zurück oder einfach hierbleiben und heimlich zu Hause ausruhen? Der Gedanke, jetzt noch mal Stunden auf der Autobahn zu verbringen, ist nicht besonders verlockend, oder? Was meinst du? Du entscheidest, Andrea. Sag, was du willst.«

Ich bin unsicher. Es war schön auf dem Schiff, sehr schön sogar. Aber muss ich noch zwei weitere Schiffstage haben? Ich hätte Lust auf Amsterdam, aber momentan finde ich den Gedanken an mein Sofa zu Hause auch nicht übel. Ich könnte gucken, was mein Sohn treibt, und Mama würde sich wahrscheinlich auch freuen. Außerdem kenne ich Amsterdam. Und vorher ist das Schiff noch in Alk oder so ähnlich. Da müssten wir jetzt hinfahren, um wieder an Bord zu gehen. Ob ich da viel verpasse? Ich habe jedenfalls vorher noch nie von einem schönen holländischen Städtchen namens Alk gehört. Ich weiß nicht, was ich will. Stundenlang Autofahren jedenfalls nicht. »Entscheide du, ich bin hin- und hergerissen. Ich finde beides okay«, antworte ich.

»Lass uns nach Hause fahren, ausruhen und irgendwas Leckeres beim Italiener bestellen. Morgen können wir immer noch zurück. Ich bin fertig für heute. Das hat mich umgehauen. Ich kann das einfach nicht verstehen. Warum nur ...«

Paul will schon wieder loslegen, aber ich bremse ihn. »Paul, wir können jetzt stunden- oder tagelang rätseln, weshalb sie das gemacht hat. Aber wir ticken anders. Deshalb werden wir das auch nicht verstehen können. Es ging auf jeden Fall um Aufmerksamkeit. So – aber für heute habe ich genug von Beate Potatsch.« Ich betone es falsch. Absichtlich.

»Du hast recht, Andrea. Ich muss aufhören, das verstehen zu wollen. Aber es ist so gar nicht ihre Art, und es ist so gestört. Und es ist auch nicht ihre Art, so gestört zu sein.«

Da wäre ich jetzt nicht ganz so überzeugt, denke ich. »Stopp. Schluss. Ende. Wir fahren jetzt nach Hause«, sage ich stattdessen.

Und genau das tun wir auch.

Ich bin gespannt, wie mein Sohn reagieren wird. Ich rufe extra nicht vorher an, um ihn nicht in die Flucht zu schlagen. Und ich bin auch sehr gespannt darauf zu sehen, wie das Haus aussieht. Schließlich erwartet Mark uns ja nicht. Drei Tage früher aus dem Urlaub heimzukehren, ist eigentlich gemein. Ich hätte als Jugendlicher auch bis auf den letzten Drücker gewartet, um dann die Bude in einem Aufwasch auf Hochglanz zu bringen. Sollte ich wenigstens Claudia, meine Tochter, anrufen? Um nicht selbst schlimm überrascht zu werden. Einerseits. Allerdings, was sollte mich heute noch schlimm überraschen?

Als ich den Schlüssel ins Schloss stecke, bin ich innerlich darauf vorbereitet, durch einen Wust von leeren Pizzakartons und ein Spalier aus Bierflaschen zu waten. Aber weit gefehlt.

Zu Hause ist alles noch genauso wie bei unserer Abfahrt. Keinerlei Veränderungen. Gerade so, als hätte man das Haus bis zu unserer Rückkehr versiegelt. Wo um alles in der Welt treibt sich mein Sohn rum?

Müssen wir uns jetzt auch noch auf die Suche nach Mark machen? Mein Suchpotential für heute ist erschöpft. Ich erreiche Claudie nicht und rufe Rudi an.

»Rudi, alles gut? Wo ist Mark? Ich bin zu Hause, und er ist nicht hier«, rede ich los, kaum, dass der arme Rudi den Anruf angenommen hat.

»Wieso seid ihr denn schon zu Haus? Isch wollt der Blume hinstelle zur Begrüßung. Ihr wolltet doch noch gar net da sein. Was is denn bassiert? Geht's euch net gut?«, regt sich Rudi direkt auf.

»Ach, das ist eine wahnsinnig lange Geschichte, aber uns geht es gut. Jetzt mache ich mir nur Sorgen um Mark. Ich habe nicht mal Claudia erreicht. Und hier ist auch keiner. Ist Mark bei dir? Wo stecken die alle? Was ist mit dem Praktikum?«, überschütte ich Rudi mit Fragen.

»Langsam, Andrea, langsam. Einen Schritt nach em anneren. Jetzt beruischst de disch erst ema. Alles is in

Ordnung. De Mark schläft aushäusisch, weil er en bissche beleidischt is. Nix Schlimmes. Halt beleidischt, wie die in dem Alter schnell ema sin. Des derfst de gar net ernst nemme. Un des mit dem Praktikum ist, sache mer ma so, rischtungsweisend, gell. Un die Claudia un de Emil sin, soweit isch des weiß, heim, weil de Emil sisch mit de Mutter, also mit seiner Mutter, de Tamara von bei eusch gegeüber, irschendwie gekracht hat. Es is im Prinzip alles in bester Ordnung.«

Um nach einer Darlegung von komplettem Chaos zu behaupten, alles sei im Prinzip bestens, dafür muss man wahrscheinlich Rudi heißen.

Bevor ich weitere Fragen stellen und detaillierte Auskünfte einfordern kann, wimmelt Rudi mich ab: »So, niemand is in Gefahr, jetzt geht er ma ins Bett, un moin klärn mer die ganze Schose. Aber eine Frage hätt isch dann auch emal: Was macht er denn schon daheim? War's net schön? Habt ihr euch gestritte? Geht's euch net gut?«

Ich habe keine Lust, jetzt die komplette Bea-Geschichte aufzurollen. »Uns geht es wunderbar. Wir haben uns auch nicht gestritten. Alles andere erkläre ich dir dann auch am besten morgen. Hast du Lust zum Frühstück zu kommen? Vielleicht mit Irene?«, frage ich meinen Lieblings-Exschwiegervater.

»Gern, aber die Irene wird net könne, die macht doch jetzt Flüchtlingsarbeit. Moin is Kegeln oder Deutschunnerisch oder Deutschunnerisch mit Kegeln. Ach, isch hab de Überblick verlorn. Aber isch komm. So gesche neun Uhr. Is des in Ordnung?«

»Ich freu mich auf dich, Rudi«, sage ich nur noch.

Paul schaut mich entgeistert an. »Andrea, wir haben frei, einfach so frei. Wir hätten ausschlafen können. Im Bett bleiben können den ganzen Tag, und jetzt kommt Schweinebraten Rudi zum Frühstück? Und das um neun Uhr. O nein, was hast du getan! Niemand weiß, dass wir hier sind. Wir hätten zwei Tage einfach vor uns hingammeln können. Uns benehmen können wie hormongesteuerte verantwortungslose Teenies mit sturmfreier Bude. Wir hätten das Haus nicht verlassen müssen. Uns nur vom Lieferservice ernähren können. So tun können, als wären wir frei von allem, von Kindern, Eltern, von jeder Art von Verpflichtung. Aber du hast gerade Gäste zum Frühstück geladen! Dir ist schon klar, dass wir nichts, aber rein gar nichts im Haus haben?« Paul sieht ehrlich geschockt aus.

Hat er gedacht, wir spielen jetzt ein bisschen Urlaub? Tun so als ob? Blenden alles um uns herum aus? Denkt er wirklich, man kann von allem eine Auszeit nehmen? Wenn man nicht zur Arbeit muss, hat man frei, aber frei von der Familie hat man letztlich nie. Egal, wo die Familie ist. Egal, wie weit weg. Die Verantwortung ist und bleibt. Immer. Überall. Wenn Verantwortung keine Rolle spielen würde, wären wir nicht hier, sondern würden gerade ein veganes Fünf-Gänge-Menü genießen. Wer Verantwortung negiert oder zumindest verdrängen will, hat in den meisten Fällen ein sehr schlechtes Gewissen. Es gibt mit Sicherheit Dinge oder Situationen, für die man nicht verantwortlich ist. Man ist nicht ein Leben lang für alles haftbar. Aber wird man sich nicht trotzdem insgeheim immer irgendwie verantwortlich fühlen?

Der Vorschlag von Paul, einfach alles zu ignorieren, was rund um uns passiert, und im eigenen Haus abzutauchen, irritiert mich. Wegen seiner Exfrau haben wir eine Reise abgebrochen, jetzt geht es um meinen Sohn, und er ist absolut entspannt. Er bemerkt, dass ich irgendwie verärgert bin. Ich versuche, es zu erklären, aber er versteht es nicht – oder er will es nicht verstehen.

»Bei Bea ging es um etwas Lebensbedrohendes, bei Mark einfach nur um die Frage, wo er gerade rumliegt. Er ist nicht krank«, argumentiert er.

Ich habe keine Lust zu streiten. Ich will nicht erklären, dass Bea zum einen nur seine Ex, zum anderen eine durchaus sehr erwachsene Frau ist, und Mark zum einen mein Sohn und zum anderen ein Erwachsener, der aber eigentlich noch minderjährig ist. Der Tag war anstrengend genug, ich will nicht, dass alles Schöne der Kreuzfahrt, jedwede Erholung sofort verpufft.

Ohne dass ich noch mehr sagen muss, entschuldigt sich Paul. »Diese Bea-Story hat mich zutiefst aufgewühlt und verstört. Und ehrlich gesagt, rückwirkend auch extrem geärgert. Ich hätte ganz anders reagieren sollen. Hätte vom Schiff aus die Krankenhäuser anrufen sollen. Ich habe überreagiert und bin auf eine perfide Lüge hereingefallen. Habe mich manipulieren lassen von einem hochmanipulativen Menschen. Und jetzt muss dieser Ärger raus, und du hast ihn abgekriegt. Das ist total daneben. Du bist die Letzte, die es verdient hat. Du hast so großartig reagiert, und das, obwohl Bea oft genug sehr überheblich und arrogant im Umgang mit dir war. Es tut mir leid.«

Diese klitzekleine Ansprache und Würdigung tut mir unglaublich gut. Er hat immerhin gemerkt, dass Bea arrogant war. Er erkennt an, dass ich meine Interessen seinen beziehungsweise Beas Malaisen untergeordnet habe. Ohne mich zu beschweren. Ja, es war selbstverständlich für mich. Aber es ist schön, dass er es nicht einfach so voraussetzt, sondern es zu schätzen weiß.

»Ich geh gleich morgen früh einkaufen für unser Frühstück, aber heute Abend bestellen wir, okay? Ich brauche Essen und Wein, um den Tag irgendwie noch positiv enden zu lassen«, sagt Paul.

Ich überlege, doch noch wenigstens bei Claudia anzurufen, um zu hören, was mit Mark ist und warum Emil sich mit seiner Mutter angelegt hat. Sie nimmt nicht ab, und ich schicke ihr eine Nachricht. *Melde Dich doch bitte mal. Was ist denn mit Emil und Tamara? Was mit Deinem Bruder, und was machen das Studium und das Leben an sich? Kuss, Mama.*

Die Pizza und der Wein bringen dem Tag auf den letzten Drücker noch auf
   1 von 5 Sternen.

7

Paul hält Wort und steht am nächsten Morgen um kurz vor acht auf, um schnell ein bisschen was fürs Frühstück einzukaufen. Ich decke den Tisch und rufe noch mal bei Claudia an.

»Moin, Mama, ich bin total im Stress, muss in einer halben Stunde an der Uni sein. Gibt's was Wichtiges? Geht's euch gut auf eurem Schiff? Alles klar mit der kleinen Pissnelke? Nervt sie schlimm?«, redet sie direkt los.

»Alles gut, Alexa war kein Problem. Wir sind wieder zu Hause, aber Mark ist nicht hier. Wo steckt der denn?«, antworte ich nur.

»Wieso seid ihr zu Hause? Ihr wolltet doch erst am Wochenende kommen? Was ist denn los?«

Die Geschichte rund um Beas »Unfall« ist keine Geschichte, die man eben mal nebenbei erzählen kann. »Das ist schwierig zu erklären. Mit uns ist aber alles okay. Was ist mit deinem Bruder?«, hake ich nach.

»Wie, ihr seid zu Hause?«, lässt sie nicht locker.

»Bea hat behauptet, sie sei im Krankenhaus, und da sind wir schnell gekommen, aber sie war gar nicht im Krankenhaus«, liefere ich eine Kurzfassung der schrägen Geschichte.

»Hä, sie war im Krankenhaus und dann doch nicht? Und dafür kommt ihr zurückgeflogen? Das kapiere ich nicht.«

Ich sage nur: »Das ist ein wenig kompliziert, Claudia. Aber was ist mit deinem Bruder?«

»Mama, ich muss echt los. Mit Mark ist alles okay, der übernachtet nur nicht zu Hause, weil nichts da ist. Nix zu futtern. Es geht ihm aber, glaube ich jedenfalls, gut. Er ist auch sauer auf mich. Er sagt, ich wäre ja noch schlimmer als du. Also, ich krieg aus dem grad gar nichts raus. Der will mit mir nicht sprechen. Mama, dein kleiner Butzibub ist einfach nur megabeleidigt. Ich muss los, lass uns nachher in Ruhe telefonieren.«

Das Gespräch hat mich nicht viel weitergebracht. Immerhin weiß ich, dass es Mark, bis aufs Beleidigtsein, gut geht. Rudi wird mehr wissen, tröste ich mich. Man muss loslassen und vertrauen. Loslassen finde ich schwierig. Loszulassen, wenn man weiß, dass alles gutgeht, ist einfach. Aber in Marks Fall ist darauf nicht unbedingt Verlass. Wie soll man entspannt loslassen, wenn man weiß, dass der Betreffende womöglich nicht weich fällt. Wahrscheinlich hat das Nicht-loslassen-Können immer auch ein bisschen mit der Angst vor Kontrollverlust zu tun. Wer festhält hat die Kontrolle. Ich mag es nicht, keine Kontrolle zu haben. Auch nicht bei mir selbst. Ich habe sehr gern die Zügel in der Hand.

Rudi steht um Viertel vor neun vor der Tür. Rudi ist nicht pünktlich, Rudi ist überpünktlich. Rudi nimmt sich das akademische Viertel, obwohl er kein Akademiker ist, und hängt es vorne dran. Zum Glück kenne ich Rudi und seine Gewohnheiten.

Als Erstes muss ich berichten. Rudi kann nicht glauben, was ich ihm erzähle, und mir geht es immer noch ähnlich. Immer, wenn ich das Geschehene Revue passieren lasse, denke ich, das gibt's doch nicht.

»Warum nur macht en Mensch so was?«, fragt er immer wieder. »Die wollt euch doch echt de Urlaub verderbe! So ganz knusper kann die ja net sein!«

So kann man es auch sagen. Ganz knusper scheint Bea wirklich nicht zu sein. Oder sie ist einfach nur allein.

»Is des dieses moderne ADHS, was heutzutach ja so viele ham?«

»Ach, wenn ich das wüsste, Rudi. Wir können alle nur spekulieren. Vielleicht ist sie nicht so glücklich, wie sie tut, und kann deshalb auch bei anderen Glück nur schwer ertragen. Vor allem nicht bei ihrem Ex.«

»Schee is des net. Des sprichst net für ihrn Charakter. Sie wollt ihn doch net mehr.«

Das stimmt. Aber auch ich kenne dieses Gefühl von Eifersucht – selbst wenn man den Expartner eigentlich gar nicht mehr will. Irgendwie bin ich auch eifersüchtig auf Christophs Neue. Nicht, weil ich ihn gern zurück hätte. Aber so richtig gut gönnen kann ich in dieser Hinsicht auch nicht.

»Ihr ward werklisch auf einer veganen Flusskreuzfahrt? Was macht mer denn da? Isch mein, mer geht doch auch uffs Schiff, um gut zu esse un net um net zu esse.«

Paul schnaubt leise. »Da bist du einfach ein bisschen altmodisch, Rudi. Wir haben massig und gut gegessen, nur eben vegan. Warte, bis du meine Linsenbällchen probiert hast. Ich habe einen veganen Kochkurs mitgemacht«, berichte ich stolz.

»Ich kann's kaum abwarte!«, sagt Rudi ganz trocken und schnappt sich eine weitere Scheibe Schinken.

»Was ist denn jetzt mit Mark?«, wechselt Paul geschickt das Thema.

»Da bahnen sich unglaubliche Dinge ihrn Weg! Der Bub hat Pläne. Der ist fast schon aktiv, muss mer sache. De Rumlieger is Vergangeheit, denk ich. Mer weiß es ja nie so ganz sischer. Aber isch mein, den Virus ham mer ihm ausgetriebe. Oder sacht mer des Virus? Ach, is ja egal. Des Praktikum war uff alle Fälle der entscheidende Schritt, des Anti-Rumliesch-Medikament«, lobt er sich selbst ein wenig.

»Rudi, ein bisschen detaillierter darf's schon sein. Wie macht er sich? Was sagt dein Freund Ludwig? Und was für Pläne? Jetzt lass dir halt nicht alles aus der Nase ziehen«, bettle ich.

»Isch derf net alles verate, so rischtisch verstande hab isch es auch noch net. Mer solle heut Abend zu deiner Mutter komme, da erklärt er uns alles.«

»Du hast es nicht verstanden?«, frage ich nach. »Was hat er denn für irrsinnige Pläne? Der hat doch sonst keinen Hang zu besonders komplizierten Dingen? Will er Hirnchirurg werden oder wie Emil Atomwissenschaftler?«

»Andrea, isch habs versproche. Un isch halt meine Verspreche. Isch bin vom alte Schlag. Aber eins is klar, du kannst dich runnerfahrn. Also vom Aufregungsgrad her gesehe.«

Ich soll mich runterfahren? Was ist denn das für ein neuer, hipper Jargon, den Rudi da spricht. Gleich empfiehlt er mir noch, mal zu chillen. »Rudi, bitte, mein Überraschungsbedarf ist fürs Erste absolut gedeckt. Gib mir doch mal wenigstens einen Hinweis.«

»Mein Mund is quasi versiegelt, nur so viel: Es is ungewöhnlich. Un isch könnts auch net erklärn, weil isch es ja auch noch net so ganz verstande hab.«

Ungewöhnlich – das habe ich doch schon. Kann nicht eins meiner Kinder mal etwas total Gewöhnliches machen. Jura, BWL, Medizin oder eine schöne Lehre. Claudia und Körperpflege und jetzt noch Mark. Dazu eine Stieftochter, die Hundedesignermode entwerfen will. Warum nur wird das Normale immer so geringgeschätzt?

Ich will weiter quengeln und bohren, aber Paul lenkt ein. »Na gut, wir sind nach der Bea Krankengeschichte nicht mehr so schnell zu schocken. Wann sollen wir wo sein?«

»Hab ich doch schon gesacht: bei Andreas Mutter um sieben.«

»Warum denn bei meiner Mutter? Was hat die denn damit zu tun? Vertust du dich da nicht?«, bleibe ich weiter fragend am Ball.

»Andrea, isch bin alt, aber net blöd. Bei deiner Mutter um sieben.«

Ich starte einen letzten Versuch: »Rudi, bitte, bitte. Ich bin die Mutter. Das macht mich wahnsinnig.«

Jetzt lacht mein Exschwiegervater: »Herzscher, der liegt seit Ewischkeite rum, da kommt's doch uff en halbe Tag net an. Un außerdem – en bissche Wahnsinn belebt.« Rudi kann stur sein.

»Jetzt lass halt locker, Andrea«, mahnt nun auch Paul,

»er will es nicht sagen. Die paar Stunden hältst du schon aus.«

Es wird mir augenscheinlich nichts anderes übrigbleiben.

Rudi verabschiedet sich schnell, vielleicht aus Angst, dass ich ihm doch noch vorerst geheime Informationen entlocke.

»Die Irene un isch wolln noch in die Therme. Fürn Rücke. Mer sehn uns dann später. Die kommt dann net mit zu deiner Mutter. Des langt vom Platz her net, hat der Bub gesacht.« Das wird ja immer rätselhafter. Was soll denn da vom Platz her nicht reichen? Meine Mutter wohnt doch in einem recht großen Haus – von sehr beengten Wohnverhältnissen kann man da wohl nicht sprechen. Und Irene ist auch nicht so üppig gebaut, dass sie besondere Raumkapazitäten erfordert.

»Ist mit Irene alles gut?«, zeige ich mich noch mal von meiner höflichen Seite.

»Ja, eischentlich alles prima«, antwortet er ungewohnt knapp. Da ist es wieder, dieses kleine verdächtige Wort: eigentlich.

»Wieso nur eigentlich?«, hake ich nach.

Rudi räuspert sich: »Sie will, des mer Nägel mit Köppe mache. Sie will heirate. Mit großem Tamtam.«

Begeisterung hört sich anders an.

»Aber du liebst sie doch?«, ergreife ich latent Irenes Partei.

»Ja, selbstverständlich lieb isch die Irene. Sonst wer mer ja net zusamme. Ich brauch keine Putz- und Waschfrau, und koche kann isch auch. Aber isch bin mer net sicher, ob isch noch ema heirate will. Mein Herz hat se doch auch so.«

Ich denke kurz, vielleicht will sie auch deine Pension, falls du vor ihr stirbst, sage das natürlich nicht. Obwohl ich das durchaus verstehen könnte. Es geht ja nicht um irre Gelder. Aber der Gedanke an eine – wenn auch sehr übersichtliche – Absicherung ist im Alter sicherlich beruhigend.

»Net des mer uns missverstehe, isch lieb se werklisch. Un isch bin ja ach kein Maffay oder Grönemeyer, dass ich mir einbilde tät, es wörd noch ema ne Mitzwanzigerin komme un sich meiner erbarme. Es hat nix mit der Irene zu tun.«

Immerhin, ein Mann, der einen gewissen Realismus hat. Hat man ja heutzutage eher selten. Dieses Ich-heirate-eine-Frau-die-jünger-ist-als-meine-Kinder greift ziemlich um sich. Und es hat etwas Ansteckendes. Je mehr Männer es tun, umso mehr denken die restlichen der Herren, das würde ihnen auch zustehen. Richtig empörend findet das auch niemand mehr. Mal ehrlich, H. P. Baxxter, der Sänger von Scooter ist 52. Seine aktuelle Freundin neunzehn. Gruselt die sich nicht? Das sollte ich mir mal erlauben! Umgekehrt wäre der dann bei mir siebzehn! Bei dem Thema geht es mit mir durch, da könnte ich ehrlich ausrasten. Als ich mit Paul mal drüber geredet habe, hat er nur gesagt: »Da gehören doch zwei dazu!« Ja, aber, wollte ich sagen, und dann habe ich es gelassen und meine Empörung runtergeschluckt. Paul ist ein durchaus reflektierter Mann, aber eben auch ein Mann. Und insgeheim finden die wahrscheinlich fast alle die Vorstellung verführerisch, dass sie könnten, wenn sie denn wollten. Die Vorstellung, dass ihr potentieller Partnerinnenfischteich riesig ist und sie die unendliche Wahl haben.

»Isch war der Mann von de Inge, un isch weiß net, ob des net ne Form von Verrat wär. Also Verrat is auch übertriebe, aber ob de Christoph des gut finde würd, wenn sein Vater noch ema heiratet, da bin isch mir auch net sicher.«

»Christoph würde da nie was sagen«, muss ich meinen Ex jetzt mal verteidigen, »im Gegenteil, er würde sich für euch freuen, da musst du dir keinerlei Sorgen machen, Rudi.« Ich könnte noch ergänzen: »Und rausreden kannst du dich damit auch nicht«, lasse es aber bleiben.

»Ei ja, isch überleg ja auch, es is ja irschendwie auch fair. Warum sollt die Irene büße dadefür, dass isch schon emal verheiratet war.«

»Wenn es ihr Herzenswunsch ist und du sie liebst, dann solltest du ihr den Wunsch erfüllen«, beschließe ich das Gespräch.

Kaum ist mein Schwiegervater zur Haustür raus, mustert mich Paul vielsagend. »Darf ich nur mal kurz wiederholen, was du da gerade gesagt hast?«

Mist. Da habe ich mich selbst schön reingeritten. Ich kann Rudi nämlich insgeheim verstehen. Auch ich habe nicht den Drang zu heiraten. Da ist ein diffuses Gefühl, das mich zurückhält. Da ist eine Stimme, die sagt, das warst du schon, das muss nicht noch mal sein, so erfolgreich war die Sache ja nicht.

Diesmal rettet mich Bea aus der Verlegenheit, mich zu erklären. Nicht sie selbst, aber eine Nachricht.

»Es ist ihr peinlich«, sagt Paul.

Ja, das ist ja mal eine riesige Einsicht. Na klar ist das peinlich. Mehr als peinlich.

»Sie will mit mir reden«, verkündet mir Paul.

Welch eine Einsicht, welch ein Angebot! Wäre ich Paul, ich würde einen Teufel tun – aber ich bin nicht Paul.

»Ich bin wirklich wütend, enttäuscht und entsetzt, aber die Chance, sich irgendwie zu erklären, muss ich ihr geben. Außerdem will ich auch gern verstehen. Ich werde mal schnell bei ihr vorbeifahren«, sucht er wiederum bei mir nach Verständnis.

Ich finde, sie hätte die Größe haben müssen, hierherzukommen. Auch mir schuldet sie eine Erklärung. Außerdem auch eine fette Entschuldigung. Sie hat uns den Urlaub verdorben. Nicht nur Paul. Auch mir und ihrer Tochter. Einerseits. Andererseits hat sie Alexa damit vielleicht sogar einen Gefallen getan – die hat jetzt sturmfreie Kajüte und kann sich ganz ihren neuen Hobbys, Veganismus und Juan, widmen.

Aber insgesamt gesehen, habe ich null Verständnis dafür, dass Paul jetzt auch noch bei ihr vorbeifahren will. Gestern Abend hat er sie noch als Irre beschimpft, und jetzt trinken der Arzt und die eben noch Irre gemütlich einen Kaffee zusammen? Das stinkt mir gewaltig. Ich lege ein moderates Veto ein. »Ich finde nicht, dass du fahren solltest, sie kann herkommen, wenn sie was zu sagen hat.«

»Andrea, das würde ihr sehr schwerfallen. Sie ist nicht gut in solchen Dingen. Die Nachricht jetzt war schon ein großer Schritt. Da mache ich jetzt einen kleinen, ich vergeb mir ja nichts dabei. Ich war schon immer der Erwachsenere von uns beiden.«

Es gibt Menschen, die können sich fast alles erlauben, und weil man ihnen alles nachsieht, gibt es für diese Menschen auch keinen Grund, irgendwann vielleicht tatsächlich mal erwachsen zu werden.

»Deine Entscheidung«, sage ich in einem Ton, der jetzt sehr deutlich macht, was ich davon halte.

»Jetzt sei doch nicht so, ich mag mich nach all dem Schlamassel nicht auch noch mit dir streiten«, bittet mich Paul um Absolution.

»Tu, was du nicht lassen kannst, aber erwarte nicht, dass ich auch noch applaudiere!«, sage ich, so ruhig es geht.

Er schweigt einen Moment und entscheidet sich, nicht zu fahren. »Du hast recht. Wenn sie reden will, soll sie kommen. Es kann ja nicht ewig so weitergehen. Selbst eine Bea muss mal lernen, dass Handeln eben auch Konsequenzen hat.«

Am liebsten würde ich die Arme triumphierend in die Luft strecken und »Siehste« rufen. Aber ich bin ja nicht meine Schwester. Stattdessen zeige ich mich von meiner supervernünftigen Seite: »Ich glaube, das ist gut so. Und auch richtig.«

Es geht nicht nur darum, dass er auf mich gehört hat. Es geht auch um die Sache an sich. Bea muss merken, dass sie uns nicht dirigieren kann, wie sie Lust hat.

Meine Siehste-Schwester – ich könnte sie anrufen und die Mittagsschicht bei meiner Mutter übernehmen. Ich könnte. Aber noch weiß Birgit ja nicht, dass ich wieder da bin, und ich werde meine Mutter heute Abend beim großen Überraschungsevent sehen.

Warum mich mein Sohn bei meiner Mutter treffen will, beschäftigt mich. Ich bin angespannt und verdammt neugierig. Ich schicke ihm eine WhatsApp: *Sind wieder da. Freue mich auf dich. Warum sollen wir zu Oma kommen? Wollen wir uns nicht lieber zu Hause treffen?*

»*Ne, bei Oma. Um 19.00 Uhr. Bis nachher!*«, lautet seine prompte, kurze Antwort. Der scheint mir immer noch ziemlich beleidigt. Er ist kein Mann der großen Worte, aber ein Gruß oder Kuss oder ein nettes Wort hätte ihn auch nicht umgebracht. Ich kann hier nicht rumsitzen und bis heute Abend warten und mir ständig Gedanken machen, was für abstruse Pläne mein Sohn wohl hat.

»Ich gehe mal rüber zu Tamara, auf einen Kaffee«, informiere ich Paul. Ich brauche Ablenkung. Außerdem würde ich gern mal wissen, warum sich Wunderkind Emil mit Mutti gestritten hat. Paul ist mit seinem Handy beschäftigt. Ich will mich nicht weiter über Bea aufregen und frage gar nicht erst nach. Wer fragt, muss auch mit der Antwort zurechtkommen, und ich möchte nicht noch mehr Zeit mit Bea verbringen. Nicht mal gedanklich.

»Viel Spaß, sag ihr einen schönen Gruß. Alexa geht es übrigens wunderbar. Sie findet Holland toll, das Essen toll, alles toll. Sie will am liebsten auf dem Schiff bleiben. Hat sie mir gerade geschrieben.«

Anstatt zu vermuten, sollte man doch besser fragen. Von Alexa, nicht von Bea war die Nachricht. Noch vor zwei Wochen hätte ich gesagt, das nimmt sich nichts. Das

Grauen kommt immer aus der gleichen Ecke. Heute sehe ich das anders. Dafür, dass Alexa diese Mutter hat, ist sie eigentlich noch glimpflich davongekommen. Sie hat 'ne Meise, aber eine übersichtliche. Eine, die sich noch austarieren lässt. Bei Bea habe ich Zweifel, ob da noch Korrekturen möglich sind. Die ist, wie sie ist.

Als ich das Haus verlasse, geht auch im Nachbarhaus die Tür auf. Anita. Jetzt, wo ich sie sehe, schäme ich mich direkt wieder für mein Verhalten bei meinem letzten Besuch.

»Ich gehe auf einen Sprung zu Tamara. Hast du Zeit und Lust mitzukommen?«, frage ich.

»Ich wollte einkaufen, aber das läuft mir ja nicht weg. Warum nicht. Ich wollte eh mal mit euch reden«, entgegnet Anita.

Da werden wir jetzt einen schönen und auch noch gerechtfertigten Einlauf kassieren. Anita denkt wahrscheinlich: Prima, da knöpfe ich mir die Tratschtanten direkt im Doppelpack vor. Mit einem Aufwasch zwei erledigt.

Tamara freut sich, uns zu sehen.

Die Freude legt sich allerdings sofort, als Anita sie nicht besonders nett begrüßt: »Hab grad keinen Kerl im Haus, da dachte ich, bis der nächste kommt, schau ich mal bei dir vorbei.«

Oh, das geht ja gut los.

Bisher hat dieser Tag höchstens
    1 von 5 Sternen.

Anita fackelt auch nicht lange, als wir bei Tamara im Wohnzimmer sitzen. »Ja, wir hatten eine Menge Herrenbesuch.« Sie legt eine Pause ein.

Tamara macht ein Birgit-Siehste-Gesicht in meine Richtung.

»Makler, ihr Idiotinnen! Was denkt ihr eigentlich von mir? Und auch von Rena. Nur weil Rena mal was mit Friedhelm hatte, einem verheirateten Mann, zufällig meinem, ist sie noch lange keine Professionelle. Und ich? Also ehrlich? Ich dachte, wir kennen und mögen uns. Ich war echt gekränkt. Ich will das Haus verkaufen. Das waren Sachverständige, Banker und Makler. Die kommen eben tagsüber. Manchmal ist es nützlich zu fragen, anstatt zu spekulieren und Gerüchte zu verbreiten.«

Wir sitzen da wie zwei Kinder, die im Supermarkt gerade beim Klauen erwischt worden sind.

»Entschuldige, das war doof von mir«, werfe ich mich, wenigstens verbal in den Staub.

Tamara nickt und sagt: »Von mir auch.«

Anita schweigt. Und schweigt. Ich kann Schweigen nicht gut aushalten.

»Wir haben das ja nicht ernsthaft gedacht. Wir waren nur verwundert über dieses hohe Männeraufkommen«, versuche ich zu erklären.

Aus Anita bricht es heraus: »Wir kennen uns ewig lange. Wir leben in Spucknähe. Kann man da nicht miteinander reden? Je älter ich werde, umso mehr hasse ich dieses Hintenrumgedöns. Jeder tratscht über jeden. Ich will das nicht mehr. Dieses Hausfrauengeschwätz.«

Sie hat natürlich recht – etwas, was ich nicht besonders gern eingestehe, aber selbst, wenn man im Recht ist, muss man, nachdem sich die andere Seite entschuldigt hat, nicht noch ewig drauf rum reiten.

»Was sollen wir noch sagen? Es tut uns leid, es war blöd, aber es ist auch kein Kapitalverbrechen! Und tratschen tun auch nicht nur Hausfrauen«, wage ich zu sagen. »Es war nur ein bisschen albernes Gerede. Demnächst frage ich jedenfalls direkt – und Tamara bestimmt auch.«

Anita verzieht ihr Gesicht zu etwas, was man mit viel gutem Willen als Lächeln bezeichnen könnte. »Na gut, ich will auch nicht nachtragend sein. Eigentlich ist es auch ziemlich lustig – also, der Gedanke.«

Uff, gerade noch mal hingebogen.

Anita redet weiter: »Und demnächst sind wir auch nicht mehr in Spucknähe. Da könnt ihr dann reden, was ihr wollt. Ich kriege es eh nicht mehr mit!«

So ganz verziehen hat sie uns offensichtlich doch nicht. Das werden wir uns noch einige Zeit anhören müssen.

»Ich habe eine Penthousewohnung in Frankfurt gekauft. Rena zieht mit ein. So kann ich die dann finanzieren. Das Haus hier ist verkauft. Der Lebensabschnitt ist beendet. Reihenhausidylle ade.« Sie lacht.

»Wie viel hast du bekommen? Ist so eine Penthousewohnung nicht irre teuer? Wer hat das Haus gekauft? Wir brauchen Informationen, sonst haben wir ja gar nichts mehr zum Tratschen«, traut sich Tamara auf ganz schön dünnes Eis.

Anita lacht. »Dreihundertfünfzigtausend Euro, ja, ein Paar – um alle deine Fragen schnell zu beantworten.«

Natürlich lechzen wir nach Details. Details zur Wohnung und Details zu den neuen Hausbesitzern. Anita zückt ihr Handy und zeigt uns voller Stolz Bilder ihres Penthouse. Penthouse. Wie Christoph. Penthouse – allein das Wort hat was. Es klingt nach Aufregung, nach Glamour, nach Luxus. Allesamt Begriffe, die einem nicht in den Sinn kommen, wenn man das Wort Reihenhaus hört. Reihenhaus klingt nach praktisch, familienfreundlich und S-Bahn-Anschluss. Ich bin sofort ein bisschen neidisch. Die Wohnung hat alles, was man heute begehrt. Dachterrasse, riesiges Wohnzimmer, Schlafzimmer mit direktem Zugang zum Bad, Ankleide und Aufzug bis in die Wohnung.

»Die Lifttür geht auf, und man steht in der Wohnung. Und die Regendusche solltet ihr mal sehen. Wahnsinn«, genießt Anita unsere begehrlichen Blicke. »Rena findet, wir sind keine Reihenhausfrauen.«

Das war jetzt auch kein sehr freundlicher Satz. Sie sind keine Reihenhausfrauen – wir aber anscheinend schon.

»Was sind denn bitte Reihenhausfrauen?«, fragt da schon Tamara und hört sich auch ein wenig pikiert an.

»No offense«, sagt da Anita nur. Seit sie mit Rena zusammenwohnt, die ja als Stewardess arbeitet, lässt Anita gern mal was Englisches in ihre Sätze einfließen.

»Ne, alles gut«, sagt Tamara, »aber 'ne Definition hätte ich schon gern.«

Jetzt ist es an Anita, verlegen zu sein. »Ihr wisst doch, was ich meine. Kinder, Thermomix und Getratsche – das sind Reihenhausfrauen.«

Ich habe keinen Thermomix. Ich bin schon mal raus.

»Das sind doch lächerliche Vorurteile. Wer andere

als Spießer bezeichnet, als Reihenhausfrau, der ist doch selber keinen Deut besser. Das sind doch beschissene Klischees. Ein Wohnort sagt doch nichts über Menschen aus. Genauso wenig wie Kleidung und ein Thermomix«, regt sich Tamara jetzt auf, und ich kann nicht anders, als auf ihren Thermomix zu starren. Ihr 1200 Euro teures Prestigeteil in der Küche. Der Thermomix ist der Sportwagen der Muttis. Während ich das denke, muss ich kichern.

»Was gibt's denn da zu lachen, du bist genauso eine Reihenhausfrau wie ich. Eigentlich das Paradebeispiel für eine Reihenhausfrau«, motzt Tamara los.

Eben hat der Vormittag seinen letzten Stern verloren. Die spinnt wohl. Wieso bin ich eine Reihenhausfrau? Auch noch das Paradebeispiel einer Reihenhausfrau? Irgendwie hört sich das keinesfalls nach einem Kompliment an.

»Was, bitte schön, ist an mir denn so reihenhausig?«, frage ich und versuche, nicht zu angepisst zu klingen. Ich meine, mal ehrlich, wer ist denn hier die Back- und Dekoliese? »Ich bin berufstätig, geschieden und habe zwei Kinder. Ist das reihenhausig?«, will ich wissen und komme mir vor wie eine bescheuerte Kampfhenne. Ich merke, wie mein Adrenalin ansteigt und ich so richtig sauer werde.

»Reihenhausig ist man im Kopf«, sagt *die* Frau zu mir, die jetzt, im Frühjahr, schon das gemeinsame Weihnachten plant.

»Stopp!«, ertönt da Anitas Stimme. »Sofort Schluss. Es ist doch ganz einfach: Ich bin eine Hobbyprostituierte und bald Exreihenhäuserin, die gern kocht, und du«, sie deutet auf mich, »bist die Paradereihenhausfrau mit besonderem Haustier, dem Sofafaultier. Jetzt müssen wir nur noch eine herrliche Beleidigung für Tamara finden.«

»Oberglucke!«, rutscht mir raus.

Anita lacht: »Das trifft es gut. Dann sind wir ja quitt. Macht die Oberglucke mir noch einen Latte? Vielleicht mit dem Thermomix?«

Jetzt wäre der optimale Punkt gekommen, das Gespräch noch in andere Bahnen zu lenken. Der Point of return, wie Anita es wahrscheinlich ausdrücken würde. Jetzt könnten wir einfach alle zusammen lachen und die Sache begraben. Aber Tamara will die Oberglucke keinesfalls auf sich sitzen lassen. Dabei finde ich, dass sie geradezu gut weggekommen ist. Ich finde Oberglucke weniger schlimm als Paradereihenhausfrau. Oberglucke ist ein Aspekt, Reihenhausfrau ist ein Gesamtpaket.

»Sag mal, geht's noch? Wir wollen nett Kaffee zusammen trinken, und dann muss ich mir so was anhören? Nur weil ich gut koche und mich um mein Kind kümmere? Das ist normal. Ich bin weit entfernt davon, eine Glucke zu sein. Ich würde meinen Sohn nur nicht so wenig unterstützen wie andere hier.«

Andere hier bin definitiv ich. Anita hat keine Kinder. War mir klar, dass mein Amöbensohn noch aufs Tablett kommt.

»Davon mal abgesehen, die Gluckenmutti und ihr Sohn haben gerade beschlossen, Weihnachten nicht zusammen zu feiern«, zischt Tamara.

Oje, was da wohl passiert ist.

»Seine Freundin, eine gewisse Claudia, will mit ihm

über Weihnachten wegfahren. Nach all den Jahren, die ich mich gekümmert habe, fährt der Weihnachten einfach so weg. Ohne vorher mit mir zu reden. Du weißt ja sicherlich Bescheid, Andrea. Wahrscheinlich ist das mit auf deinem Mist gewachsen, dir ist es ja mehr als recht, wenn die Kinder weg sind und du deinen zweiten Frühling feiern kannst. Ungestört.« Sie schnaubt.

Anita steht auf. »Ich wollte ja noch einkaufen, und ich glaube, das hier klärt ihr mal besser unter euch. Da habe ich nix mit zu tun. Außerdem, ich muss mich eilen, nachher kommt bestimmt noch Kundschaft.« Sie kichert und geht.

Wie schlau von ihr, sie hat den Brandbeschleuniger gezündet und lässt uns mit dem Feuer allein.

»Das mit Weihnachten wusste ich nicht. Das ist ja Scheiße. Das tut mir leid, ich weiß, wie wichtig dir das ist. Ich hätte es auch schön gefunden, wenn wir alle zusammen gefeiert hätten«, nutze ich eine klitzekleine Schwindelei als Deseskalationsmaßnahme.

»Vielleicht bin ich echt bisschen 'ne Glucke, aber stell dir mal vor – nur wir Alten allein an Heiligabend. Das ist doch trostlos.«

Ich nicke, obwohl mir ja mindestens ein Kind bleibt. Und Alexa. Und Rudi. Und meine Mutter. Sie deutet mein Nicken als Zustimmung.

»Dann lass uns doch trotzdem zusammen feiern. Du hast doch gesagt, du hättest es auch schön gefunden. Wir brauchen doch Emil und Claudia nicht dafür.«

Das hat man davon. Schon eine kleine Schwindelei kann einen richtig in die Scheiße reiten. »Ja, das wäre natürlich nett«, ich will nicht zu ekstatisch klingen, »aber mit meiner Mutter – also je nachdem, feiern wir vielleicht mit meiner Schwester bei ihr, oder bei Stefan meinem Bruder in Hamburg. Ist ja noch ein bisschen hin, da können wir ja noch mal drüber reden«, bemühe ich mich, ein wenig Tempo aus der Sache zu nehmen. »Können wir das eben vergessen? Oder wenigstens den Groll beiseiteschieben?«, frage ich.

»Ja«, sagt sie, »das wäre schön. Da ist irgendwas mit mir durchgegangen.«

»Was glaubst du, wer das Haus gekauft hat? Ob das auch welche von den Typen waren? Ich hab überhaupt keine Familie gesehen, die zur Besichtigung da war? Du etwa? Ob das vielleicht ein schwules Paar gekauft hat?«

»Lass uns einfach Anita fragen. Außerdem werden wir ja bald merken, wer einzieht«, antworte ich.

»Sind wir wieder Freundinnen?«, fragt Tamara, und sie hat was von einer Fünfjährigen, die sich mit ihrer besten Freundin im Kindergarten zerstritten hatte. Herzig irgendwie.

»Ja, aber das Reihenhausige an mir erklärst du mir irgendwann noch mal«, sage ich und nehme sie in den Arm.

»Weihnachten haben wir Zeit dafür«, lacht sie. Als ich aufbreche, grinst sie mich an der Tür noch mal an und sagt: »Ich weiß, dass ihr alle neidisch auf meinen Thermomix seid. Er ist auch echt toll!«

Ich wollte entspannt einen Kaffee trinken, und wir haben uns fast zerfleischt. Wie bescheuert man manchmal ist. Man tut Menschen absichtlich weh. Na ja, ich habe immerhin nicht angefangen, aber die Oberglucke hätte ich mir sparen können. Als ich an meinem natürlichen Bestimmungsort zurück bin – die Reihenhausfrau in ihrem Reihenhaus –, bin ich kurz davor, mir eine Flasche Wein aufzumachen. Aber das Reihenhausige in mir sagt nein. Tagsüber kein Alkohol. Obwohl ich Urlaub habe, nicht Auto fahren muss, sagt irgendeine Stimme der Vernunft in mir nein. Weil man nicht vor dem Abend trinkt. Man, man, man. Ich mache mir einen grünen Tee, der, laut Paul, anregender als jeder Kaffee ist. Und außerdem irrsinnig gesund. Ich könnte eine Runde laufen gehen, fällt mir da ein. Ich habe doch beschlossen, sportlich zu sein. Aber gerade zu Beginn einer sportlichen Laufbahn soll man es ja nicht übertreiben. Man soll ja nicht unvernünftig sein. Stattdessen rufe ich Sabine an.

»Magst du nach dem Arbeiten kurz vorbeikommen? Ich habe ordentlich was zu erzählen, und ich wüsste auch gern, wie der Stand der Dinge mit Juan ist.«

»Gegen fünf bin ich da. Ich wollte heute eh früher Schluss machen«, sagt sie, und ich freue mich schon jetzt.

Sabine ist eben Sabine. Werde sie fragen, ob ich reihenhausig bin. Ich merke, das nagt an mir. Aber, was wäre schon dabei, reihenhausig zu sein? Ich wohne hier, freiwillig – und weil wir uns auch nichts Dolleres hätten leisten können –, und ich wohne gern hier. Gut, das Penthouse wäre natürlich eine Option. Aber sind diese Dinger nicht irrsinnig teuer? Hat Anita gar nichts drüber gesagt. Ich kann mir nicht vorstellen, dass sie so ein Wahnsinnsteil mit dem Geld aus dem Hausverkauf finanziert. Ein Penthouse wäre auch für Paul und mich toll.

Also für mich. Ich kann mir Paul nur schwer in einem Penthouse vorstellen. In ein Penthouse gehören Männer mit Anzug und gegeltem Haar. Mit Ray-Ban-Sonnenbrille und Pferdelederschuhen. Mein Ex ist so eine Art Mann – nicht der Prototyp, eher die Lightversion. Und was hat es dir gebracht, Andrea, frage ich mich? Eine Scheidung. Christoph wohnt in einem Penthouse. Ob seine neue blonde dickbusige Miezi da schon eingezogen ist? Die Sportskanone?

Was mache ich mir bloß für Gedanken. Das kann mir doch alles schnuppe sein, ich habe mein Leben und mein Reihenhaus. Dieses ewige Schielen danach, wer es noch besser hat, noch schöner, noch aufregender, macht das eigene Leben ja nicht besser. Ganz im Gegenteil. Da wird immer einer sein, dem es noch besser geht. Oder vermeintlich besser geht. Warum nur tun wir uns so schwer damit, zufrieden zu sein? Darf man überhaupt zufrieden sein, oder gehört das immerwährende Streben nach mehr dazu? Ich bin mit meinem Leben zufrieden. Ich würde sogar behaupten: Ich bin glücklich. Ich bin nicht frei von Sorgen, aber trotzdem glücklich. Vielleicht bin ich eben nur eine Reihenhausfrau und keine Penthousefrau. Und wenn schon.

Wo ist eigentlich Paul? Der könnte mich doch jetzt schnell noch ein bisschen glücklicher machen. Wir haben das Haus für uns – die Amöbe ist raus, und niemand muss arbeiten. Eigentlich wäre das auch ein schöner Urlaub: sturmfreie, kinderbefreite Bude und keinerlei Verpflichtung. Paul allerdings scheint nicht da zu sein. Ich rufe und suche – was schnell erledigt ist in einem Reihenhaus –, aber kein Paul weit und breit. Der wird sich doch nicht umentschieden haben und zu Bea gefahren sein? Allein die Vorstellung macht mich wütend. Wehe, wenn.

Ich schicke ihm eine Nachricht: *Wo steckst Du denn? Dachte, wir würden es uns noch ein bisschen hübsch machen.*

Ein bisschen hübsch machen, ist mein Synonym für Sex. Ich bin nicht der Typ Frau, der unglaublich scharfe, versaute Textnachrichten verschickt. Irgendwas in mir sträubt sich da.

Ich kümmere mich um die Wäsche und bin unsicher, ob der Lederbikini in die Waschmaschine darf. Wasser kann er ja auf jeden Fall ab, immerhin ist es ein Bikini. Aber ich entscheide mich, nachdem ich mir noch mal seinen Anschaffungspreis vor Augen geführt habe, dagegen.

Paul war nicht bei Bea. Sein Glück. Er hat Getränke geholt. Er will nicht, dass ich mich damit abschleppe. Es sind die kleinen Sachen, die an Männern Freude machen.

Den Nachmittag machen wir uns sehr, sehr hübsch.

5 von 5 Sternen

Sabine hat nicht Rudis Pünktlichkeits-Gen und steht abgehetzt um zwanzig nach fünf vor der Tür.

»Es gibt Neuigkeiten und nicht mal schlechte«, begrüßt sie mich.

Zunächst aber will sie die ausführliche Bea-Story hören. Sie ist, wie es sich für eine beste Freundin gehört, angemessen empört und findet, Bea müsse zu Kreuze kriechen.

Viel spannender aber finde ich Sabines Neuigkeiten. Sie hat heimlich an Juans Eltern geschrieben. Auf Spanisch. Sie macht einen Volkshochschulkurs und hat sich von ihrer Lehrerin Carmen helfen lassen. »Ich konnte einfach nicht weiter hier abwarten. Wie das Kaninchen vor der Schlange. Da habe ich beschlossen, ich schreibe ganz altmodisch einen Brief, schon vor zwei Wochen, ehrlich gesagt, und schildere ihnen, wie ich die Situation empfinde. Sie sollen wissen, dass ich keine abgeklärte Alte bin, die ihren Sohn mal eben vernascht.«

Ich bin beeindruckt, das muss man sich erst mal trauen. »Was, um alles in der Welt, hast du denn geschrieben?«, frage ich.

»Na ja, alles eben. Dass ich ihn liebe, dass ich weiß, wie alt ich bin, ich mir das aber nicht absichtlich ausgesucht habe. Dass ich keine Frau bin, die auf Jungs steht, aber eben in ihren sehr verliebt bin. So verliebt, wie ich noch nie war. Ich habe geschrieben, wie gut wir uns verstehen, wie wohl wir uns fühlen und dass wir gern zusammenleben würden. Ich habe ausgedrückt, dass ich ihre Bedenken verstehe, aber dass sie verstehen müssten, dass ich ihren Sohn liebe.«

Wow. Was für ein mutiger Schritt. Ich weiß nicht, ob ich mich getraut hätte, so offensiv vorzugehen.

»Hast du mit Juan darüber gesprochen?«, frage ich vorsichtig.

»Nein, das ist eine Sache unter Erwachsenen.« Sie lacht. »Ne, habe ich nicht. Ich wollte ihm nicht noch mehr Stress machen. Ich habe auch die Eltern gebeten, es ihm gegenüber nicht zu erwähnen.«

»Und«, will ich neugierig wissen, »was ist passiert? Haben sie reagiert?«

»Aber wie! Drei Tage nachdem sie meinen Brief hatten, kam ein Päckchen. Per Express. Hat bestimmt ein Schweinegeld an Porto gekostet. Von Mallorca dauert die Post sonst ewig.«

»Ja, und jetzt spann mich nicht so auf die Folter. Was war drin? Halt dich nicht mit Portokram auf! Ich will keine Postgeschichten. Fakten!«, fordere ich.

»Serrano-Schinken, diese Sobrasada-Wurst, Ensaimadas, das ist dieses leckere Gebäck, Olivenöl, Zitronen aus eigener Ernte und ein Brief«, antwortet sie.

»Wollen sie dich mästen, damit ihr Bub dann den Moppel verlässt?«, frage ich.

»Nein, sie wollen mich mit Dingen aus ihrer Heimat vertraut machen, weil ich ja jetzt Teil der Familie bin.« Sie schnieft und hat eine Träne im Augenwinkel. »El amor es el amor, haben sie den Brief überschrieben. Liebe ist Liebe. Ist das nicht süß? Sie freuen sich, mich in Ruhe kennenzulernen. Der Gedanke war ihnen fremd, aber sie wollen sich alle Mühe geben.«

Ich umarme Sabine.

»Unter P.S. haben sie geschrieben, dass wir uns sicher gut verstehen werden, wir seien ja ein Alter. Und einen Smiley druntergemalt. Ich bin so glücklich, dass ich kaum weiß, wohin mit meinem Glück. Ich musste es Juan zeigen, und stell dir vor, er hat geweint. Geweint! Vor Freude! Ach und hier ist auch ein Stück Sobrasada für dich. Symbolisch ein Stück vom Glück.« Sie gibt mir eine Art Dauerwurst.

Wenn man diese Wurst anschaut, ist Glück sicher nicht die erste Assoziation.

»Luftgetrocknete Rohwurst zum Schmieren, 'ne Art Leberwurst. Man muss sich dran gewöhnen, es fiel mir also nicht sooo schwer, ein Stück für dich zu opfern,« lacht sie.

Ich freue mich wie verrückt für meine Freundin, hätte aber lieber ein Stück Glücksschinken abbekommen. Bis mir einfällt, dass ich ja eigentlich keine Wurst mehr essen wollte. Einerseits. Andererseits sollte man vielleicht ein Stück Glückswurst besser nicht verschmähen. Sabine strahlt. Sie hat es verdient. Sie hat nie besonderes Liebesglück gehabt, und jetzt mit Juan geht es ihr einfach gut. Saugut.

»Danke für die Wurst oder eher fürs Glück – ich kann es brauchen. Heute Abend, also eigentlich gleich, ist die große Verkündung von Mark. Er hat angeblich aufregende Pläne, so komplizierte, dass Rudi sie mir nicht erklären konnte. Das macht mich ziemlich nervös.«

Jetzt nimmt Sabine mich in den Arm. »Egal, was kommt, Andrea, er ist ein guter Kerl. Bisschen mehr Pfeffer im Arsch könnte nicht schaden, aber der Kern stimmt. Der berappelt sich schon. Versuch, entspannt zu sein.« Ich verspreche es.

Um Viertel vor sieben starten wir. Claudia und Emil kommen auch, hat mir Claudia kurz am Telefon erklärt. Gleich die ganz große Runde.

Paul beruhigt mich. »Es wird nichts Dramatisches sein. In dem Alter ist jede Entscheidung ganz was Großes und Einzigartiges. Man glaubt, die Welt dreht sich nur um einen selbst. Das ist normal.«

»Aber was denkst du, was er für Pläne hat? Was will er auf einmal?«, frage ich bei Paul nach, auch wenn ich weiß, dass er, genau wie ich, nur spekulieren kann.

»Andrea, in einer halben Stunde wissen wir mehr. Das musst du jetzt aushalten. Ich habe keine Ahnung. Wie auch? Übrigens, was machen wir mit Alexa? Soll sie alleine zurückkommen, oder fahren wir nach Amsterdam und holen sie ab? Vielleicht einen Tag früher? Dann hätten wir noch Zeit für uns?«

Ich kann jetzt grade keine Entscheidung treffen. Auf keinen Fall. Ich bin so sehr in Gedanken und grüble andauernd darüber nach, was mit meinem Sohn ist. Er wird doch nicht fest in der Gaststätte von diesem Rudi-Freund arbeiten wollen? Oder will er jetzt doch studieren oder eine Lehre machen? Oder einfach nur ausziehen, um woanders gemütlicher rumzuliegen? Hat er einen Ort fürs ungestörte Liegen gefunden? »Eins nach dem anderen. Ich sage dir nach heute Abend Bescheid. Ein Tag in Amsterdam mit dir wäre natürlich schön«, drücke ich mich erst mal vor einer Entscheidung.

Im Prinzip kann Alexa ja auch einfach in den Zug steigen, und wir holen sie dann am Bahnhof ab. Wer Sex hat, kann auch alleine Zug fahren.

Wir sind da. Ich bin unglaublich aufgeregt und weiß eigentlich gar nicht genau, warum.

»Alles wird gut werden«, sagt Paul und küsst mich, dann steigen wir aus.

Die erste Überraschung ist meine Mutter. Sie öffnet uns die Tür – das hat sie seit Wochen nicht mehr getan. »Hallo, schnell rein, gleich geht es los!«, begrüßt sie uns.

Während ich noch überlege, was gleich losgeht, fällt mir auf, dass meine Mutter angezogen ist. Richtig angezogen, mit dunkelblauem Rock, cremefarbener Bluse und Ballerinas. Wo ist der Kuschel-Teleshopping-Hausanzug? Wie hübsch sie aussieht! Ihre Haare sind frisch gefönt, sie hat ein wenig Rouge auf den Wangen, Wimperntusche und einen leicht verrutschten Lidstrich.

»Mama, du siehst heute ganz besonders bezaubernd aus!«, freue ich mich und umarme sie.

»Vorsicht, die Haare, die hat mir jemand gemacht«, antwortet sie.

»Wirklich hübsch!«, kommentiert Paul.

Mama kichert, und es klingt fast ein wenig kokett. Überraschung Nummer zwei ist der Fernseher – er ist aus. Überraschung Nummer drei ist Malgorzata. Sie wirkt richtiggehend aufgeregt und hat sich sogar die Nägel lackiert. Auch sie trägt keinen Hausanzug, sondern ein Kleid mit sehr vielen sehr bunten Blumen und darüber einen Kittel.

»Hallo«, sage ich zu Malgorzata. »Was ist hier denn los? Alle haben sich so schön gemacht. Hat jemand Geburtstag? Gibt's ein Fest?«

»Fest ja, Geburtstag nein, ist Überraschung für dich. Wirst du gleich hören, von deine Sohn, von skarb.«

»Eigentlich heißt er Mark«, wende ich ein.

Sie lacht herzhaft. »Skarb ist polnisch für Schatzi. Ist ein Schatzi der Mark.«

Ich erinnere mich dunkel daran, dass er ein Schatzi sein kann. »Wo ist er denn?«, will ich wissen.

»Setz dich, Bub kommt«, sagt sie nur und drückt mich liebevoll in die Sofapolster. »Er erklärt alles, und dann geht los mit Fest!«, strahlt sie mich an. »Andere Gäste kommen erst später, so habt Zeit zu reden, skarb und du.«

Malgorzata hat Mark von Anfang an gemocht, aber sie hat ihn noch nie Schatzi genannt. Wird mir mein Sohn jetzt mitteilen, dass er sich unsterblich in die polnische Pflegekraft meiner Mutter verliebt hat? Warum sonst sollte sie ihn Schatzi nennen? Was kann er vollbracht haben, damit sie so euphorisch von ihm redet? Werde ich am Ende noch eine Selbsthilfegruppe mit Sabines potentiellen Schwiegereltern gründen, um darüber hinwegzukommen, dass unsere Kinder sehr viel ältere Partner haben? Ich rufe nach Paul.

»Nein, Mark und Mutti ganz allein«, erklärt Malgorzata.

Er will mich allein sprechen? Ich bin immer verwirrter. Was feiern wir hier? Ist Mark in die katholische Kirche eingetreten? Wird das seine Taufe? Hat das alles gar nichts mit Berufsplänen zu tun?

»Skarb, Mutti ist da!«, ruft Malgorzata in Richtung Küche.

Und da steht er auch schon. Schön, ihn mal nicht in der Horizontalen zu sehen. Groß ist er, dünn, und er macht einen irre nervösen Eindruck.

»Mama, ich freu mich, dass du da bist!«

Noch immer bin ich darüber erstaunt, wie tief seine

Stimme ist. Ich nehme ihn in den Arm und drücke ihn ganz fest, verkneife mir Vorwürfe darüber, dass er sich nicht gemeldet hat.

»Ich freue mich auch sehr. Das hat mir zugesetzt mit unserem Streit, ich mag nicht mit dir streiten«, sage ich und verkneife mir heroisch den Zusatz, »aber ich will doch nur dein Bestes.«

»Es ist etwas total Verrücktes passiert«, beginnt er dann.

Ich muss schlucken. Jetzt kommt es – er liebt Malgorzata. Ruhig bleiben, Andrea, egal, was er sagt.

»Also, es ist ganz viel passiert. Ich habe mich verliebt, und ich weiß, was ich machen will. Und alle finden es toll.«

Da war es. Verliebt. Alle finden es toll? Gut, meine Mutter ist selbst ein bisschen verliebt in Malgorzata und auch ein wenig verwirrt, aber dass sie begeistert darüber sein soll, dass ihr Enkelsohn mit Malgorzata zusammen ist, kann ich mir echt nur schwer vorstellen. Dann wäre von ihrer Ursprungspersönlichkeit wirklich nichts mehr übrig.

»Selbst Oma?«, frage ich zurück und versuche, mich nicht zu skeptisch anzuhören.

»Oma ist Feuer und Flamme, die kann es gar nicht mehr abwarten«, erwidert mein Sohn.

»Hast du was zu trinken für mich? Vielleicht ein Glas Wein? Ich kann mir auch schnell eins holen«, biete ich an.

»Bleib sitzen, ich mach das!«

Wie sehr habe ich mich in den letzten Monaten nach

diesem Satz gesehnt. Als ich ein großes Glas kühlen Weißwein in der Hand halte, sage ich nur: »Leg los, alles von Anfang an, ich bin neugierig!«

»Gut. Dann fange ich mal an. Also, ich war voll abgenervt von dieser Praktikumsgeschichte. Ich wollte echt nicht hin, aber Malgorzata hat mich überzeugt.«

Ich muss direkt unterbrechen. »Wieso denn Malgorzata?«

»Wart halt mal ab, Mama, lass mich mal reden«, setzt er sich zur Wehr. »Nachdem ich bei euch weg bin, da war ich echt voll sauer und wollte zu Mike, du weißt, der aus meiner Stufe, der mit den Pickeln. Aber der hatte 'ne Freundin da, und dann hab ich überlegt und bin zu Oma.

»Mike hat 'ne Freundin?«, muss ich noch mal kurz unterbrechen. Das überrascht mich jetzt wirklich. Pickelmike, der Menschen sedieren kann, indem er seine Schuhe auszieht.

»Mama, jetzt echt. Hör halt mal zu. Ja, Mike hat 'ne Freundin. Sieht sogar richtig gut aus. Also, ich bin zu Oma. Und dann haben wir ferngesehen, und Oma ist ins Bett. Und dann hat Malgorzata mir das Bett im Gästezimmer bezogen und dann ...«

»Stopp!«, bricht es aus mir heraus. »Keine Details. Das will eine Mutter nicht hören.«

Er schaut mich verdutzt an. »Mann, Mama, kannst du nicht mal zuhören. Ich werde mich nicht in Details verlieren. Also dann habe ich, weil ich nicht müde war und Malgorzata auch nicht, mit ihr geredet. Fast die halbe Nacht. Die ist ganz schön schlau. Und sie hat gesagt, ich muss das Praktikum machen. Ich soll nicht so faul sein.

Das wäre zum Schämen. Jung und frisch – und nichts tun. Im Sarg kann man lange genug liegen, hat sie gesagt. Und dass Oma und sie sich freuen, wenn ich in der Zeit des Praktikums hier wohne. Na ja, und da habe ich gedacht, super, bei Malgorzata gibt's immer supergutes Essen, dann mach ich halt das blöde Praktikum. Was soll's.«

Ich rede mir den Mund fusselig, und Malgorzata sagt faul und zum Schämen und liegen kann man im Sarg, und Mark spurt. Das ist ja geradezu grotesk. Ein Witz.

»Ich hab dann den Opa Rudi angerufen, und der hat mich hier abgeholt. Das Restaurant vom Ludwig ist eher 'ne Kneipe. Schnitzelhaus eben. Aber immer voll, schon mittags, ein Megabetrieb. Alles ist auch ziemlich billig. Aber der Laden läuft.« Er holt Luft, und ich nutze die Pause für eine winzig kleine Zwischenfrage.

»Was musstest du denn machen?«, will ich wissen.

»Den ersten Tag habe ich Kartoffeln geschält, Salat gewaschen und dann Töpfe geschrubbt. Ein Riesenspaß. Absolut ätzend. Ich wollte nie mehr hin. Richtige Scheißarbeit.«

Ja, denke ich, ich weiß genau, wovon du sprichst. Ich habe in meinem Leben schon die ein oder andere Kartoffel geschält. Salat waschen und Töpfe schrubben ist mir auch nicht fremd. Ich kenne niemanden, für den das ein immenser Spaß ist.

»Aber dieser Ludwig, der Chef, ist irgendwie cool. Den hat meine miese Laune gar nicht weiter gestört. Der hat nur gesagt, so muffig gucken alle Spüler, hast schon den richtigen Spülgesichtsausdruck. Und abends ist es dann passiert. Als wir zugemacht haben, ist Kira gekommen.«

»Welche Kira?«, wage ich eine weitere Unterbrechung.

»Mama, um acht kommen die anderen, und da will ich fertig sein mit meiner Geschichte. Hör einfach zu. Du kannst mich danach fragen.«

Ich nicke brav und weiß noch immer nicht, wer Kira ist.

»Ist das Ludwigs Frau?« Ich kann schwer meine Klappe halten.

»Mama, Kira ist nicht Ludwigs Frau. Kira ist neunzehn und arbeitet nebenher im Flüchtlingsheim, in dem in Eschborn. Und Ludwig gibt alle Lebensmittel, die abends übrig sind, ans Heim. Was ich ziemlich gut von ihm finde. Ich meine, das müsste er ja nicht machen. Also Kira ist Wahnsinn. Hammer. Die macht das einfach so, obwohl sie studiert, macht sie da mit. In dem Heim. Und hilft beim Essen. Die schleppt die Kisten zum Auto, und da habe ich gesagt, ich könnte ihr ja helfen. Sie sieht wirklich bombe aus und ist auch voll nett. Ehrlich gesagt, ich weiß nicht, ob ich ihr sonst geholfen hätte. Ich wollte einfach Zeit mit ihr verbringen. Und weil ich ja nichts vorhatte, bin ich mitgefahren zum Heim. Ich hab gesagt, ich würde ihr beim Ausladen helfen. Ich wollte einfach länger in ihrer Nähe sein. Ich guck sie so gern an. Ich glaub, das fand sie gut.«

Na klar. Hilfsbereitschaft kommt bei Frauen immer gut an, denke ich, sage aber nichts. Ich will mir nicht noch einen Rüffel von meinem Sohn einfangen.

»Dann hat mir Kira alles gezeigt. Wie die Leute leben, wie das mit der Organisation läuft, und es war interessant. Hätte ich nicht gedacht. Und dann hat sie mich auf ein Bier eingeladen, weil ich ihr ja geholfen habe. Na ja, und es ist echt spät geworden. Am nächsten Tag habe ich ihr wieder geholfen.«

Mir dämmert es. Es ist nicht Malgorzata, in die er verschossen ist, es ist Kira. Ich kenne sie nicht, weiß kaum etwas von ihr und bin doch unendlich froh über seine Wahl. Spontan habe ich die kleine Kira ins Herz geschlossen. Malgorzata als Schwiegertochter hätte zu viel Toleranz erfordert. Ich weiß nicht, ob ich die aufgebracht hätte. Emil strapaziert meine Nerven ja schon, aber Malgorzata wäre höchstwahrscheinlich mein Untergang.

»Bist du in Kira verliebt?«, erbitte ich eine Bestätigung meiner Vermutung.

»Ja, bin ich. Total.« Er grinst übers ganze Gesicht und sieht ganz kurz mal aus wie der kleine Mark von früher.

»Das ist ja toll. Dann lernen wir sie heute Abend bestimmt kennen?«, frage ich. Sie, also, ist der Anlass dieses Festes. Kira. Das hätte er auch weniger förmlich machen können. Ohne den Aufmarsch fast der ganzen Familie. Vielleicht ist das bei einer zarten Verliebtheit doch auch eine Nummer zu groß.

»Ja, klar«, antwortet mein Sohn. »Sie ist cool. Und Rudi und Oma und Malgorzata kennen sie eh schon. Und dass ihr sie trefft, ist mehr so ein Nebeneffekt von heute Abend.«

Gerade dachte ich, ich hätte verstanden, was Sache ist, schon bin ich wieder verwirrt.

»Kann ich jetzt weitermachen?«, will Mark wissen.

»Ja klar, ich bin mordsgespannt«, entgegne ich.

So viel, wie mein Sohn heute spricht, hat er im vergangenen Jahr nicht mit mir gesprochen. Unglaublich. Wahrscheinlich haben sich all diese Worte aufgestaut, und jetzt purzeln sie nur so aus ihm heraus.

»Also, dann hat mich Kira gefragt, ob ich helfen kann, noch anderswo Lebensmittel zu holen, und ich hab natürlich gesagt, klar, selbst in Sibirien oder auf dem Mond.«

Wie charmant Mark sein kann. Es ist schön, das festzustellen.

»Und dann kam der Hammer. Ich sollte gar nicht mit ihr die Lebensmittel abholen, sondern mit zwei Frauen aus dem Heim. Sie hat darum gebeten, dass ich die beiden begleite und beim Tragen helfe. Sie hätten drei Adressen, wo sie Lebensmittel, frische, richtig gute Sachen abholen könnten. Obwohl ich darauf nicht wirklich Lust hatte, konnte ich dann aber natürlich keinen Rückzieher machen. Also bin ich mit Leyla und Samira los. So heißen die zwei Frauen aus dem Heim. Syrerinnen. Mittags war das. In meiner Mittagspause. Das hat mich schon ein bisschen genervt, aber ich hatte es ja versprochen. Und der Ludwig hat gesagt, es wär nicht schlimm, wenn es 'ne halbe Stunde länger dauert. Wär ja für 'ne gute Sache. Und jetzt, Mama, jetzt nicht sauer werden. Du musst mir versprechen, dass du nicht ausrastest!«

Warum sollte ich sauer sein oder sogar ausrasten, wenn mein Sohn mit zwei Syrerinnen durch die Gegend zieht? Oder hat er jetzt Kira wieder sausenlassen und sich spontan in eine von den beiden verguckt?

»Das zweite Haus, an dem sie geklingelt haben, war das hier. Omas Haus. Ich hab das erst gar nicht gerafft, aber Malgorzata kam zur Tür und hat sich super erschreckt, weil ich dabei war. Sie hatte schon zwei volle Tüten für Leyla und Samira gepackt. Alles das, was ihr immer für Oma und Malgorzata einkauft. Gemüse und Fisch. Berge von Gemüse.«

Ich denke im ersten Moment, ich hätte mich verhört. Die spenden das Zeug, das wir mühsam einkaufen? Das erklärt die Fischstäbchen und das Dosengemüse. Wahrscheinlich gab's den Kabeljau im Heim. Und den Lachs. Und den Seewolf. Es erklärt auch die zwei Frauen mit Kopftuch, die ich neulich hier beim Verlassen des Hauses gesehen habe. Die, von denen Malgorzata behauptet hat, sie seien aus der Gemeinde und würden die alten Kleider von Mama und Malgorzata auftragen.

»Die beiden hatten einfach keinen Bock auf eure Essensbefehle, und Oma ist richtig böse deswegen gewesen. Sie hat gesagt, sie sei alt genug zu entscheiden, ob sie verfette und wodurch. Und Malgorzata hat gesagt, es sei schlimmer als Gefängnis. Essen nach Plan. Keine Wahl zu haben.« Er seufzt: »Ich hab echt Schiss, dass du jetzt sauer bist.«

Bin ich sauer? Eher nicht. Ich fühle mich irgendwie verarscht. Was für ein Aufwand. Die Fotos der Rezepte aus den Zeitschriften abfotografieren, parallel eigene Gerichte kochen und immer auf der Hut sein. All das Geld, das wir, Birgit und ich, ausgegeben haben.

»Warum haben sie denn nichts gesagt?«, erkundige ich mich.

Mark macht mir klar, warum: »Ihr habt sie nicht ernst genommen. Sie hatten auch ein bisschen Angst, vor allem vor Birgit. Oma hat Angst gehabt, ihr schickt Malgorzata weg, und sie muss ins Heim.«

Jetzt ist jeder Rest von Ärger weg. »So war das nicht gedacht. Wir wollten ihnen helfen, und wir wollten, dass Oma gesund isst, nicht, dass sie Angst hat«, rechtfertige ich mich.

Mark nickt: »Ich verstehe das, und das habe ich ihnen auch gesagt. Aber Oma will Fleisch und Leckereien und Saucen, sie will Essen, das ihr schmeckt und sie glücklich macht. Ihre Gesundheit ist ihr relativ schnurz.«

Ich habe es verstanden, und ich werde es akzeptieren, das beschließe ich auf der Stelle. Was soll Birgit dann noch machen? Wenn Stefan, mein Bruder, und ich uns auf Mamas Seite stellen, wird sie irgendwann einknicken. Allein kann sie das logistisch auch gar nicht stemmen.

»Oma mag es auch, zum Bäcker mitzugehen und sich was auszusuchen. Sie hilft auch gern in der Küche. Sie mag immer noch gern bestimmen, was es gibt. Je mehr ihr Gemüse vorgeschrieben habt, umso weniger wollte sie es essen. Trotzreaktion, wie bei einem Kind. Wenn einem jemand sagt, was man zu tun hat, und alles steuern will, dann passiert so etwas. Ich kann das gut nachvollziehen. Ich bin auch ein bisschen aus Trotz so lange liegen geblieben. Ihr müsst das verstehen: Wenn ihr aufhört mit euren Anweisungen, werden sie sicherlich bald wieder gesünder essen.«

Ich nicke brav und erspare mir die Bemerkung, dass er sich am Ende auch nur unter Druck erhoben hat. Stattdessen sage ich: »Das leuchtet mir ein. Ich will nicht, dass meine Mutter mich belügen und rumtricksen muss, um das auf den Teller zu bekommen, was sie wirklich mag. Das kann nicht Sinn der Sache sein. Und vor allem will ich nicht, dass sie Angst hat.«

O Gott, wie schrecklich. Ich atme tief ein: »Aber ist das allein der Grund fürs Fest? Feiert Oma ihre neugewonnene Essensfreiheit? Wart ihr so sicher, dass ich einlenken würde?«

»Ne, Quatsch. Das war ja nur ein Zufall, dass ich das mitbekommen habe, das ist ja quasi nur die Vorgeschichte. Ich war nicht mal sicher, ob ich es dir erzählen sollte. Habe dann aber gedacht, es kann ja nicht so weitergehen. Die eigentliche Geschichte folgt jetzt«, antwortet mein Sohn.

Die eigentliche Geschichte folgt? Was soll da jetzt folgen? »Ich weiß nicht, ob ich ohne ein weiteres Glas Wein noch mehr Überraschungen vertrage. In den letzten Tagen hatte ich ausreichend Überraschungen. Mein Bedarf in diesem Bereich ist fürs Erste gedeckt. Kriege ich noch einen Wein?«

Mein Sohn nickt. »Es dürfte jetzt auch alles so weit vorbereitet sein, die anderen werden jede Minute kommen. Lass uns rübergehen, ins Esszimmer.«

Ich stehe auf und überlege schon, wie ich das Birgit beibringe. Habe direkt ein bisschen Muffensausen.

»Ich hoffe, Birgit flippt nicht aus«, sage ich zu Mark beim Verlassen des Wohnzimmers.

»Sie weiß es schon und findet es nicht gut, aber wenn du einverstanden bist, wird sie sich nicht querstellen. Sie hat gesagt, sie hofft, du rastest nicht aus«, antwortet mein Sohn.

Ich bin einerseits erleichtert, andererseits empört. Die stimmt einfach so zu? Was hat sie dann die ganze Zeit für einen Affenzirkus veranstaltet?

»Wer hat es ihr gesagt?«, will ich wissen.

»Ich«, sagt mein Sohn nur. »Ich hab das übernommen.«

Jetzt bin ich stolz auf ihn. Er hat sich für seine Oma in die Bresche geworfen und sich getraut, Frau Siehste, seiner gestrengen Tante, entgegenzutreten. Mein schluffiger Amöbensohn hat Mut. Ein schönes Gefühl. Nur eins verwundert mich: Warum hat mich Birgit nicht direkt angerufen und mir die Leviten gelesen. Fragen über Fragen.

Im Esszimmer wartet die nächste Überraschung. Eine riesige Tafel. Der Esstisch meiner Eltern ist ausgezogen – ich kann mich nicht erinnern, wann er das zuletzt gewesen ist – und schön gedeckt. Mit dem guten Porzellan meiner Eltern. Stoffservietten und Kerzenleuchter – das ganze Programm. Ich staune. Es sieht einfach phantastisch aus.

»Ich habe das gemacht!«, tönt es da neben mir. »Fast alleine habe ich das gemacht.« Meine Mutter ist verantwortlich für diesen Tisch.

»Das ist wunderschön Mama. Egal, was man an dieser Tafel verspeist, alles wird so gut schmecken. Selbst Fischstäbchen und Dosenerbsen.« Ich lache, damit sie merkt, dass es ein Scherz ist.

»Wir machen das jetzt öfters!«, sagt sie und reagiert gar nicht auf meine kleine Essensanspielung.

Malgorzata hat die Schürze abgelegt, und Paul taucht endlich wieder auf.

»Wo warst du denn?«, frage ich nur.

»Erst in der Küche – da stehen herrliche Überraschungen –, und dann habe ich draußen telefoniert. Mit Alexa. Sie möchte am liebsten auf dem Schiff bleiben. Bei Juan.«

Die Juans dieser Welt müssen eine unglaubliche Anziehungskraft haben.

»Sie geht noch in die Schule, sie kann ja schlecht dauerhaft den Rhein rauf- und runterschippern«, bemerke ich trocken. So wird es dann auch nichts mit der Karriere als Hundemodendesignerin geht mir durch den Kopf.

»Habe ich ihr alles gesagt, aber sie ist bockig. Wir müssen also unbedingt hin, um sie zu holen. Ich glaube im Moment kaum, dass sie freiwillig von Bord geht«, argumentiert Paul.

Ich denke nur, eins nach dem anderen. Jetzt will ich erst mal sehen, was dieser Abend noch bringt.

Zunächst bringt er jede Menge Gäste. Rudi ist – wie eigentlich immer – der Erste. Im Schlepptau sein Freund Ludwig, der Mark auf die Schulter klopft und ihn seinen Lieblingsspüler nennt. Die nächsten sind Claudia, meine Tochter, mit der Nachwuchshoffnung in Physik im Schlepptau.

»Ihr wollt Weihnachten wegfahren?«, frage ich, nachdem ich sie begrüßt habe. Emil räuspert sich, und Claudia guckt verlegen.

»Hat das meine Mutter gesagt?«, äußert sich Emil.

»Nein, es stand in meinem Tageshoroskop!«, antworte ich.

»Wir wissen es noch nicht, Mama«, mischt sich Claudia ein, »wir haben nur mal darüber nachgedacht, und da ist Tamara direkt steilgegangen. Sie hätte schon Pläne gemacht und eine Tischordnung, und jetzt würden wir alles zerstören. Da war Emil ein bisschen unwirsch und Tamara stinksauer.«

Sie hat schon eine Tischordnung, und ich bin die Reihenhausfrau. Ich glaub, es hackt. Bevor ich mich weiter aufregen kann, klingelt es wieder. Zwei Frauen mit Kopftuch. Wollen die jetzt auch noch abends Lebensmittel bei meiner Mutter abholen?

»Das sind Samira und Leyla«, stellt Mark sie uns vor. »Ich habe sie eingeladen, weil sie Teil meiner Geschichte sind.«

Das ist süß. Mein Sohn ist ein sozialer Mensch. Ich sehe mich schon bei Tamara auftrumpfen. Ich habe vielleicht kein hochbegabtes Kind – sehr wahrscheinlich nicht, es sei denn, es geschieht noch ein spätes Wunder –, aber ein sehr soziales und herzensgutes.

Die beiden Syrerinnen sind ein wenig schüchtern, sprechen kaum Deutsch, aber ganz gut Englisch.

Dann kommt Kira. Ich hatte sie mir klein und zart vorgestellt, elfengleich. Nichts von alledem stimmt. Sie misst bestimmt einen Meter achtzig und ist nicht dick, aber als zart würde sie mit Sicherheit niemand bezeichnen. Sie hat kurzes Haar, hellblond gefärbt, und ein Nasenpiercing. Sie ist hübsch, zweifelsohne, aber mehr der handfeste Typ. Keine Spur von niedlich. Die hätte jede Lebensmittelkiste auch sehr gut alleine schleppen können, schießt mir durch den Kopf.

»Hallo, Sie müssen Marks Mutter sein. Schön, Sie mal zu treffen!«, begrüßt sie mich. Sie wirkt selbstsicher und kein bisschen schüchtern. Als sie mich anlacht, entblößt sie die makellosesten Zähne, die ich je gesehen habe. Zähne wie gemacht für Zahnpastawerbung. »Bin gespannt, was Sie zu unserer Idee sagen«, redet sie direkt weiter.

»Ich bin auch sehr gespannt – vor allem auf die Idee«, antworte ich und beschließe, dass sie mir gefällt. Also Kira, aber hoffentlich auch die Idee.

Kira hat Mumm, das merkt man gleich. Malgorzata, Rudi, Ludwig und meine Mutter werden herzhaft umarmt. Mark gibt sie vor allen Augen einen langen Kuss. Nein, schüchtern ist sie definitiv nicht, da war eindeutig auch Zunge im Spiel. Ob Mark, der einen verdammt roten Kopf hat, damit umgehen kann? Ist mein Sohn einer solchen Frau gewachsen? Vielleicht wird er mit einer Kira an seiner Seite an Größe gewinnen. Sie sieht jedenfalls nicht aus wie eine Frau, die es durchgehen lässt, wenn mein Sohn einfach nur rumliegt. Wäre ich mehr Kira, wäre mein Sohn dann weniger Mark? Der Mark, den ich in den letzten Monate erlebt habe? Ich glaube, eine Kira wird ihn beflügeln, antreiben, sein Adrenalinkick sein.

Mark und Kira platzieren uns im Esszimmer. Alle loben meine Mutter für die geschmackvolle Tischdekoration, und sie blüht unter dem Komplimentenhagel sichtlich auf.

Als wir alle sitzen und einen Aperitif vor uns stehen haben, legt mein Sohn mit einer kleinen Ansprache los.

»Schön, dass ihr alle hier seid. Das hier ist nicht einfach nur ein gemeinsames Abendessen, sondern mehr. Es ist ein Anfang, der Auftakt von etwas Neuem. Nicht nur in meinem Leben. Wie ihr wisst, habe ich ja Kira kennengelernt und dadurch auch Leyla und Samira.«

Die beiden schauen auf, als ihr Name genannt wird.

»Sie verstehen nicht gut Deutsch, aber ich habe ihnen das Ganze schon vorab auf Englisch erklärt, und sie sind Feuer und Flamme für die Idee, die ich euch jetzt präsentiere. Malgosia und Oma auch.«

Er macht eine Pause und meine Mutter klatscht.

»Wer ist denn jetzt auch noch Malgosia?«, frage ich schnell, bevor er weiterredet.

»Das ist die polnische Koseform von Malgorzata. Den hat sie verdient, weil sie sich so engagiert hat bei der Planung und uns heute Abend mit einem polnischen Vier-Gänge-Menü verwöhnt. Unsere Malgosia!« Er strahlt sie an, und Malgorzata, die jetzt Malgosia heißt, wischt sich ein Tränchen aus dem Augenwinkel. »Ich habe darüber nachgedacht, was hier für Ressourcen brach liegen und nicht genutzt werden. Und Kira hat mir erzählt, dass sie neulich abends in einem Supper-Club gegessen hat. Ich erkläre euch mal, was das ist, so ein Supper-Club. Also, das ist zurzeit sehr im Trend, in Berlin gibt es schon ganz viele, in allen großen Städten eigentlich. Ein Supper-Club ist eigentlich nichts anderes als eine Art privates Restaurant. Das Ganze findet zu Hause statt. Jemand kocht, und fremde Leute können zum Essen kommen. Die zahlen einen gewissen Betrag, essen gut und lernen gleichzeitig eine Menge neue Leute kennen. Ich fand das irgendwie ein tolles Konzept, und dann habe ich es mit Kira«, er wirft ihr einen sehr liebevollen Blick zu, »weiterentwickelt. Bei Papa habe ich mich schlau gemacht, wie das steuerlich ist und was man da tun muss. Wir werden einen Verein gründen, und Papa hilft mir mit dem Rest. Das ist nicht so ganz einfach, aber wir werden es hinkriegen. Wir wollen einen Multikulti-Supper-Club veranstalten. Einmal im Monat. Hier bei Oma. Sie hat den Platz, und es bringt Abwechslung in ihr und unser Leben. Den Auftakt macht heute Malgosia als Gastgeberin. Heute ist quasi ein Probelauf, und im nächsten Monat wollen Leyla und Samira kochen. Syrisch. Das Ganze soll eine feste Einrichtung werden. Heute als Familienvariante. Das nächste Mal für fremde Leute, also zahlende Gäste.«

Ich muss all die Informationen in meinem Kopf sortieren. Mamas Haus soll eine Art Restaurant werden. Irgendwer kocht, und irgendwer kommt zu Gast. Fremde Leute hier in unserem Haus. Die dafür bezahlen sollen, hier um unseren Esstisch sitzen zu dürfen.

»Wer soll denn da kommen?«, wage ich erste Bedenken.

Mein Sohn räuspert sich: »Das ist gar kein Problem. Die nächsten drei Male sind wir schon ausgebucht! Jeweils zwölf zahlende Gäste.«

Kira erhebt sich und springt ihm bei. »Mark hat eine super Facebookseite gemacht, und wir haben bei Ludwig«, sie wirft ihm eine Kusshand zu, »ein Plakat aufhängen dürfen. Die Idee kommt super an. Wir haben erst mal drei Abende geplant, und dann sehen wir weiter. Aber diese drei sind voll. Neunundvierzig fünfzig pro Person.«

49,50 mal zwölf. Ich kann ja schlecht meinen Handytaschenrechner bemühen. Zu offensichtlich.

»Das sind fünfhundertvierundneunzig Euro, wow!«, kommentiert Emil. Wie schnell dieser Junge im Kopf rechnen kann.

Meine Mutter klatscht schon wieder. Sie scheint absolut hingerissen von der Sache. Ein Restaurant – hier, in meinem Elternhaus. Also gut, nur eine Art Teilzeitrestaurant. Der Gedanke ist irgendwie seltsam. Werden die Leute nebenher Mamas Schmuckschatulle plündern? Unser Haus verwüsten? Bin ich mal wieder spießig?

Malgorzata springt auf und läuft Richtung Küche. Kira folgt ihr.

»Zeit für Gang eins!«, ruft mein Sohn, und jetzt klatschen alle, auch ich. Die beiden servieren: Sliwki w boczku. Wieder klatschen alle. Es sind frittierte Pflaumen im Speckmantel. Optisch erinnern sie mich an Datteln im Speck, die gibt es oft bei Sabine und Juan. Sie schmecken auch ähnlich.

»Spezial Sliwka, extra für speziale Gäste mit Rindfleischspeck.« Malgorzata deutet auf Leyla und Samira.

Die beiden heben ihre Wassergläser und sagen scheu: »Danke, Malgosia.«

Für Paul, den Nichtfleischesser, hat Malgorzata Hering im Sauerrahm zubereitet. Das ist wirklich extrem aufmerksam. Wir alle haben ein Gläschen Wodka zu unserer Sliwka bekommen. Leyla und Samira haben verzichtet.

»Die trinken nichts, dürfen sie nicht«, erklärt mir meine Mutter.

Ich nicke wissend. »Die sind komisch angezogen, aber nett«, sagt sie noch.

Wir stoßen an, und auch Paul bedankt sich für seine Extrawurst. Ein lustiges Wort für Fleischverzicht. Der nächste Gang ist eine Suppe.

»Wollte ich Flaki wolowe machen, aber Mark hat gesagt zu arg. Ist Kuttelsuppe. Mögen Deutsche nicht. Deshalb andere typische Suppe aus meiner Heimat: Zupa ogorkowa. Gurkensuppe. Guten Appetit!«

Wieder wird mit Wodka angestoßen, aber Claudia und meine Mutter greifen zu ihren Wassergläsern. Wie vernünftig, sollte ich auch besser tun. Aber ich glaube, mit dem Wodka vertrage ich zum einen das polnische Essen und zum anderen auch den Abend besser.

Paul amüsiert sich mit Ludwig und sogar mit Rudi. Sie lachen viel zusammen. Ich sitze neben meiner Mutter und Claudia.

»Ich wusste von der Idee. Richtig cool finde ich die. Ich wollte es dir nur nicht vorher sagen, weil es schließlich Marks Idee ist. Er sollte seinen großen Auftritt haben. Emil und ich haben schon Plätze für den syrischen Abend reserviert. Ich finde es echt klasse, dass Mark sich mit den Flüchtlingen so engagiert. Hätte ich ihm nicht zugetraut«, erzählt mir meine Tochter, während wir die Gurkensuppe löffeln.

Sie ist nicht wirklich mein Fall. Ich finde Gurke langweilig und die Suppe auch. Dafür bin ich verzückt vom Hauptgang. Gebratene Ente mit Kartoffelklößen und einer herrlichen Soße. Den polnischen Namen habe ich nach zwei Sekunden vergessen. Als Malgorzata Nachschlag anbietet, bin ich sofort dabei. Für den Nahezuvegetarier Paul hat Malgorzata Pierogi, kleine Maultaschen mit Pilzfüllung, zubereitet, die auch wahnsinnig gut schmecken. Die Arme muss ja tagelang mit der Vorbereitung beschäftigt gewesen sein. Ein Viergangmenü für zwölf Personen mit vegetarischen Alternativen – das haut mich echt um. Allein die Vorstellung, das hinkriegen zu müssen, würde mir schlaflose Nächte bereiten.

Wieder gibt es ein Glas Wodka, und diesmal muss ich aussetzen. Ich habe Angst, sonst am Ende des Menüs nicht mehr aufstehen zu können. Es ist richtig lustig und wahnsinnig entspannt. Am schönsten ist es für mich, meine Mutter zu sehen. Sie schwätzt und versucht sogar, ihre Englischkenntnisse hervorzukramen, um mit Leyla und Samira zu kommunizieren. Sie ist so voller Leben. Wie anders als die Frau im Hausanzug vor der Glotze. Man merkt, dass sie manchmal verwirrt ist, aber niemand nimmt daran Anstoß. Sie ist vollkommen integriert.

Zum Nachtisch tauschen wir Plätze, und ich sitze neben Ludwig, Marks Praktikumsgeber. »Ich hatte anfangs Angst um meine Kartoffeln«, lacht er. »Der Junge hat die so radikal geschält, dass die nachher winzig waren. Zwergkartoffeln geradezu.«

Der Nachtisch ist ein Traum. Makowiec. Ein saftiger Mohnstrudel. Auch diesmal lasse ich den Wodka aus, und Mark serviert mir einen Kaffee dazu.

Ich bin pappsatt und habe wirklich sehr viel Spaß. So unterschiedliche Menschen, so viele interessante Gespräche und so eine lockere Atmosphäre. Am meisten amüsiert mich Rudis Hessisch-Englisch, wie er versucht, Samira zu erklären, wie genau man Grüne Sauce macht: »Green soss is made of very many verschiedene Kräude.«

Am Ende des Essen stehe ich auf, um aus dem Stegreif eine kleine Dankesrede zu halten: »Das war phantastisch. Ein Lob an die Köchin und ihre Helfer. Spitzenklasse. Und nun ein spezielles Wort an meinen Sohn: Ich bin stolz wie Bolle auf dich. Das ist eine schöne Idee. Eine wundervolle Idee, und ich bin richtig sauer, dass die nächsten Abende schon ausgebucht sind!« Ich greife nach meinem Glas und proste in die Runde: »Aufs Dreifach M: Malgorzata, Mama und Mark – ihr seid toll!«

Alle brechen in Jubel aus. Mark bekommt einen roten Kopf und scheint verlegen.

Jetzt steht er auf: »Mama, danke. Wenn einer absagt, rückst du natürlich sofort nach. Ehrensache. Danke an euch. Dass ihr mich habt rumliegen lassen. Ich konnte so viel Energie sammeln, wie ein Bär im Winterschlaf. Jetzt bin ich aufgeladen, und jetzt muss alles raus. Ich habe mich eingeschrieben für Politik und Pädagogik. In Frankfurt an der Uni. Ich werde in eine WG ziehen. Kira hat Freunde, da wird ein Zimmer frei.«

Mein Sohn! Ein Student. Ich könnte losheulen vor Glück.

Kann man auch 6 von 5 Sternen vergeben?

Kann sich tatsächlich alles so schnell zum Guten wenden? Ich kann es kaum glauben, will es aber gern. Es fühlt sich so gut an. Hier zu sitzen, in diesem polnisch-syrisch-deutschem Chaos mit einem herrlich vollen Bauch und leicht wodkaselig.

Paul setzt sich zu mir. »Das ist ein herrlicher Abend«,

sagt er. »Schau dir deine Mutter an, wie sie das genießt, dieses Haus voller Menschen, dieses Leben um sie herum. Das ist sicherlich gesundheitsfördernder als jedes Gemüse. Und es ist Marks Verdienst.« Ich nicke nur. »Fahren wir morgen nach Amsterdam? Hast du Lust? Mit dem Zug, in aller Ruhe?« Ich nicke wieder. Wozu habe ich Urlaub. »Wir hängen noch einen Tag mit Alexa in Amsterdam dran. Einen Tag vorher allein und einen Tag danach mit ihr. Wär das okay für dich?«

Ich nicke noch einmal. »Ja, das wär es. Ich freue mich.«

Wir essen noch ein Dutzend Kekse, Faworki oder so ähnlich, Teigschleifen, sehr fettig, lecker und frittiert mit einem Hauch Alkohol – und dazu gibt's auch noch einen Schluck Wodka.

Zum Abschluss singt uns Malgorzata gemeinsam mit Mama ein Lied. Meine Mutter singt vor anderen! Meine ehemals so distinguierte Mutter. Und dann auch noch auf Polnisch. Oder auf irgendwas, was Polnisch sein soll. Ich kann nur sto lat raushören. Das heißt, glaube ich, so was wie hundert Jahre und soll gute Wünsche für ein langes Leben ausdrücken. Man singt dieses Lied an Geburtstagen, aber auch auf Hochzeiten – eigentlich immer, wenn es was zu feiern gibt.

»So, jetzt ist Ende. Mama muss ins Bett, ich muss aufräumen. Do widzenia! Tschüss«, verabschiedet uns Malgosia. Den Namen hat sie sich mit diesem Abend wirklich verdient. Ich bedanke mich mehrfach.

»Können wir jetzt essen, was wir wollen?«, fragt mich

Malgorzata und nutzt die Rührseligkeit des Moments. Sie ist wahrlich eine clevere Frau. »Ja«, sage ich nur und lache, »aber Gemüse muss dabei sein!«

Mark verspricht mir, wenn wir aus Amsterdam zurück sind, vorbeizuschauen und noch mal in Ruhe über sein Studium und seine Pläne mit uns zu reden.

»Du musst auch mit deinem Vater sprechen«, erinnere ich ihn.

»Längst erledigt. Wir haben ausführlich telefoniert, gestern schon. Alles schon abgesegnet. Ich musste ihn doch wegen der Rechtsfragen eh sprechen.«

Also wussten, bis auf mich, alle Bescheid. Kein Grund, beleidigt zu sein, Andrea, ermahne ich mich selbst.

Wir nehmen ein Taxi nach Hause. Weder Paul noch ich sollten noch Auto fahren, da sind wir uns einig.

Die Nacht ist relativ mild, und wir setzen uns noch mal raus in den Garten. Es ist dunkel und wahnsinnig still in der Reihenhaussiedlung. Alles schläft. In Reihenhäusern geht spätestens um Mitternacht das Licht aus.

»Es gibt etwas, was ich unbedingt mit dir besprechen möchte. Es liegt mir sehr am Herzen«, sagt Paul in die Stille hinein.

»Na dann, raus damit«, reagiere ich ein wenig forsch.

»Jetzt sind ja beide Kinder aus dem Haus, also bald. Mark will ja nach Frankfurt ziehen. Und das wäre ja dann der Moment, wo uns hier nicht mehr so viel hält.«

»Rein theoretisch, ja«, antworte ich. »Bis auf meine Mutter und Rudi. Und natürlich meine Arbeit.«

Pauls Stimme wird leiser: »Na ja, ich habe ein wenig

Angst, es dir zu sagen, Andrea«, er atmet tief ein, »man hat mir ein Angebot gemacht.«

Jetzt habe ich Angst. Was soll das heißen, ein Angebot? Will er in einer anderen Klinik anfangen? Irgendwo ganz weit weg von hier? Was bedeutet das für uns? Unsere Liebe? Unsere Zukunft?

»Was für ein Angebot, Paul?«, frage ich, und meine Stimme zittert ein bisschen.

»Der Horst, ein alter Kollege, hat eine Praxis. Eine tolle Praxis, und er hat mich gefragt, ob ich sie übernehmen will. Und ehrlich, Andrea, ich will schrecklich gern. Vom Arbeiten her wäre es mein Traum. Ich will schon so lange weg aus der Klinik, und das wäre die perfekte Möglichkeit. Aber ohne dich wäre es eben nur eine Möglichkeit. Ich würde wahnsinnig gern aus der Möglichkeit Realität machen. Ich möchte diese Praxis so gern haben.« Er seufzt.

Ich lehne mich an ihn und greife nach seiner Hand. Mein Herz hämmert so laut, dass man es bestimmt bis zu Tamara hören kann.

»Wo ist diese begehrenswerte Praxis?«, stelle ich die alles entscheidende Frage. Wäre sie hier bei uns um die Ecke oder im Einzugsgebiet, gäbe es nicht den leisesten Grund für Paul, ängstlich zu sein. Diese Wunderpraxis muss sehr weit weg sein.

»Die Praxis ist in Rasdorf.«

Ich habe schon geahnt, dass sie sich nicht in Barcelona, New York oder Berlin befindet. Aber Rasdorf habe ich in meinem ganzen Leben noch nie gehört.

»Es ist hübsch dort«, fügt Paul noch hinzu.

»Wo um alles in der Welt soll das sein?«, erkundige ich mich so munter wie möglich.

»Gleich bei Fulda, ein paar Kilometer in Richtung Thüringen. Ein netter Ort. Knapp zweitausend Einwohner. Und wir könnten ein wundervolles Haus mieten. Mit einem enormen Grundstück. Ein bisschen außerhalb von Rasdorf. So eine Viertelstunde. Da wären wir ganz für uns. Richtig auf dem Land. Ohne Nachbarn. Am Nordrand der Rhön.«

Hilfe. Ohne Nachbarn am Nordrand der Rhön. Ich sehe mich schon vereinsamen. Nicht mal mehr eine Tamara, die auf Besuch kommt. Bis auf einen Ausflug zum Schlittenfahren auf der Wasserkuppe habe ich keinerlei Erinnerungen an die Rhön. Ich kenne die Rhön nicht. Ich habe nichts gegen die Rhön, aber ich komme aus dem Rhein-Main-Gebiet – wir haben den Taunus.

»Was denn für ein wundervolles Haus?«, erfrage ich Details, obwohl ich schon jetzt kurz vor der Schockstarre bin.

»Ein Traum. So wie man es sich immer wünscht. Und das für wirklich kleines Geld, absolut erschwinglich. So viel Land und so viel Ruhe – Rasdorf wäre mein Traum. Du solltest das Haus sehen, riesengroß mit einer gigantischen Linde davor. Es sieht aus wie in einem Film«, schwärmt Paul.

»Es ist sicher schön, aber was soll ich dort machen?«

»Bei mir sein, von dort aus für Herrn Klessling arbeiten, dich entspannen, wohlfühlen, und wenn du Sehnsucht nach der Großstadt hast – von Fulda aus bist du in einer Stunde in Frankfurt. Nach Fulda selbst ist es nur ein Katzensprung, vielleicht dreißig Kilometer. Und man ist quasi sofort in Thüringen. Die Lage ist phantastisch.« Paul kann sich kaum mehr halten.

Ich wäre gern ebenso begeistert – aber ich bin es nicht. Jedenfalls nicht, ohne dieses Rasdorf gesehen zu haben. Es kennengelernt zu haben. »Ich weiß nicht, ob ich da leben will, Paul«, sage ich ehrlich.

»Es ist erst mal nur für ein Jahr. Wir könnten das wunderschöne Haus mieten und für ein Jahr auf Probe dorthin gehen. Wenn es uns oder dir dort nicht gefällt, kommen wir zurück. Das verspreche ich dir.«

Das hört sich schon sehr viel besser an. 365 Tage sind keine so lange Zeit, 365 Tage kann man viel aushalten. Vielleicht tue ich Rasdorf auch unrecht. Vielleicht ist es tatsächlich ein Traum, dort zu leben. Aber was ist mit meinen Freunden? Mit meinen Kindern? Mit meiner Familie?

»Du wärst nicht aus der Welt, man ist schnell hier. Die Rhön ist ganz nah. Mit dem Auto oder mit dem Zug. Die Kinder könnten dich besuchen, in dem Haus ist Platz für alle. Auch für deine Mutter. Sie könnte mit Malgorzata bei uns leben, und vielleicht wäre es auch ein neues Zuhause für Alexa.«

Das wird ja immer besser! Raus aufs Land und im Gepäck meine Mutter und als Bonus noch Alexa. »Kommt Bea auch vorbei?«

Paul lacht: »Nein, ich wollte doch nur sagen: Das Haus ist ein riesiges, altes Haus, da können locker zehn Personen unterkommen. Aber ich kann diese Vertretung in der Praxis nur machen, wenn du ja sagst. Ohne dich nützt mir auch das Traumhaus nichts. Aber es wäre herrlich, wenn du der Sache eine Chance geben würdest.«

Warum eigentlich nicht? Ständig will ich Herausforderungen, und hier bietet sich eine. Landleben auf Zeit, 365 Tage Feldversuch. Andrea zu Besuch im Dorf. Frau Reihenhaus in Gummistiefeln. Ich denke, ich bin dabei.

»Paul, ich brauche Gummistiefel«, sage ich und küsse ihn.

»Das ist unglaublich!«, freut sich Paul, und ich finde, er hat recht. Es ist unglaublich.

Wie hat das Juan genannt: Prueba de fuego – Feuerprobe.

Ich bin gespannt auf meine.

5 von 5 Sternen

Danksagung

Natürlich muss sich eine Autorin bedanken. Viele leiden unter mir, wenn ich schreibe. Vor allem in der Endphase, wenn ich, wie immer, denke, ich würde es nicht schaffen. Wenn ich hadere und jammere, dann sind Menschen um mich, die das tapfer, stoisch und sogar freundlich ertragen. Das ist schön, und ich weiß es sehr zu schätzen. Danke an Silke, meine kluge und einfühlsame Lektorin, und an meine wunderbaren Kinder.

Ohne Hilfe ist das Schreiben grauenvoll. Ohne Connys Hilfe unvorstellbar. Danke. Du bist die Allerbeste.